LETTRES LATINO-AMÉRICAINES

LE SILENCE DE LA PLUIE

Titre original :
O silêncio da chuva
Editeur original :
Companhia das Letras, São Paulo

ISBN 2-7427-4939-X

Photographie de couverture :

Luiz Alfredo Garcia-Roza

Le Silence de la pluie

roman traduit du portugais (Brésil)
par Valérie Lermite et Eliana Machado

ACTES SUD

PREMIÈRE PARTIE

LES DEUX ARTS

Il examina son arme avec la délicatesse de celui qui examine une pièce rare. Il en apprécia le poids, caressa le canon du doigt jusqu'au cran de mire, ouvrit le barillet en le faisant tourner, le referma d'un mouvement de la main et testa la détente. Il essaya la crosse sans viser, les yeux fermés, seulement pour la prise. L'inscription *Detective Special*, sur la longueur du canon, lui rappela de vieux films policiers. Il prit six balles dans la boîte et les introduisit lentement, une à une, dans le barillet. Il referma le barillet, poussa la boîte de balles et le carré de flanelle au fond du tiroir et rangea l'arme dans son attaché-case. Sur la table, l'argent et l'enveloppe qu'il plaça dans un autre compartiment, isolés du revolver. Il parcourut la pièce des yeux, saisit l'attaché-case, déverrouilla la porte de son bureau et sortit.

Dans la pièce contiguë, il prit congé de Rose, la secrétaire, et, dans le hall près de l'ascenseur, il rencontra Cláudio Lucena. Il aurait préféré ne pas s'être disputé avec lui, mais à présent cela lui était indifférent. Ils s'étaient déjà disputés de nombreuses fois sans que leur amitié en fût troublée. Avant que l'ascenseur arrive au rez-de-chaussée, toute trace d'animosité s'était dissipée. Ils échangèrent trois mots sur le trottoir puis se séparèrent.

Il marcha dans la rue São José, en direction du parking Menezes Cortes. Il n'était pas pressé, il était sûr de lui. Sa place privée se trouvait au deuxième étage auquel on accédait par les escalators de la galerie. Il était garé à quelques mètres de la porte donnant sur l'escalator. L'obscurité du parking contrastait avec la luminosité du dehors. Le flux des véhicules en direction de la sortie était encore faible.

Il monta en voiture, s'assit derrière le volant, posa l'attaché-case sur le siège du passager, se cala contre l'appuie-tête et resta un certain temps à penser aux derniers événements. Il éprouvait une sensation de paix. Il ouvrit la boîte à gants et en retira le paquet de cigarettes qui se trouvait là depuis qu'il avait décidé d'arrêter de fumer, un peu plus de deux mois auparavant. Il savoura la cigarette lentement : les grandes taffes, après une longue période d'abstinence, le laissèrent légèrement étourdi, mais pas assez pour altérer sa lucidité. Dès qu'il l'eut finie, il remonta les vitres, ouvrit l'attaché-case, y prit le revolver, posa le canon sur sa tempe droite et appuya sur la détente.

1

Espinosa traversa la rue lentement, le regard rivé au sol, les mains dans les poches, en direction de la place. Le soleil était encore fort en cet après-midi de printemps*. Il chercha un banc libre, face au port, le vieil immeuble du journal *A Noite*** derrière lui. A l'ombre d'un grand ficus, il laissa fuser les idées tous azimuts.

Peu de gens auraient considéré la place Mauá comme un lieu propice à la réflexion, excepté les mendiants et lui. Au début, ils étaient méfiants mais, petit à petit, ils s'étaient habitués à sa présence. Il n'avait jamais fréquenté la place de nuit. Il respectait la métamorphose opérée par les habitués du *Scandinavia Night Club* ou de la *Boite Florida*.

Tout en prêtant une minutieuse attention au mouvement des grues sur le port, il donna libre cours à sa pensée. Peu de temps auparavant, il avait conçu l'idée que quelques moments de solitude pouvaient être favorables à la méditation. Assis sur ce banc, il était arrivé à la conclusion que cela ne s'appliquait pas à lui. La plupart du temps, sa vie mentale se déroulait sous la forme d'un flot d'images semi-délirantes accompagnées de dialogues entièrement fantastiques. Il ne se jugeait pas capable d'une réflexion purement

* Au Brésil, le printemps va du 22 septembre au 20 décembre. *(N.d.T.)*

** Le journal *A Noite* ("La Nuit") circula à Rio de Janeiro du 18 juillet 1911 au 27 décembre 1957. *(N.d.T.)*

rationnelle, ce qui, pour un policier, était pour le moins embarrassant.

La place, bien que petite et située dans un des endroits les plus fréquentés de Rio, permettait de s'évader de l'atmosphère pesante du commissariat. Le mardi n'était pas un jour particulièrement mauvais, surtout quand on le comparait aux nuits du vendredi et du week-end, lorsque le commissariat se remplissait de prostituées et de pickpockets des environs du port. C'était ça sa clientèle : des prostituées, des pickpockets, des ivrognes et des drogués, les moins que rien des bas-fonds portuaires. Les grands délits commis dans les bureaux du centre n'arrivaient jamais à la 1re DPJ. Même la prostitution de luxe, pratiquée dans des immeubles situés à quelques mètres du commissariat, restait à l'abri de l'action policière. Les meurtres étaient rares en centre-ville.

2

Malgré le jour – un mardi –, l'auditorium de l'université située sur l'île du Fundão était presque totalement rempli quand le conférencier annonça Bia Vasconcelos, l'oratrice de l'après-midi. Cela faisait un an qu'ils s'étaient rencontrés pour la première fois. L'année précédente, elle s'était exprimée en tant qu'intervenante et Júlio en tant que conférencier. Depuis, ils s'étaient revus trois fois, accidentellement, au cours de deux *vernissages** et lors de la Semaine de l'art au parc Lage. Elle était habillée simplement mais avec une élégance indiscutable. Ses cheveux, noirs et épais, coupés au niveau de la nuque, mettaient en valeur son visage et son cou. A trente-quatre ans, son corps et ses gestes étaient aussi harmonieux que ceux d'une ballerine. Les débats terminés,

* En français dans le texte. *(N.d.T.)*

Júlio proposa de la raccompagner et l'invita à boire un verre en centre-ville. A la sortie du bâtiment, la luminosité de l'après-midi de septembre les aveugla et le vrombissement d'un jet commercial qui décollait du Galeão les surprit. Dans la voiture, la sensation d'intimité la plus stricte les rendit silencieux. Quand la première phrase fut prononcée, ils étaient déjà à la sortie du campus universitaire. Durant le trajet, il y eut plus de silence que de conversation.

Ils trouvèrent une place sur l'avenue Chile, près de la cathédrale, et marchèrent jusqu'à la rue de la Carioca. Sur les trottoirs bondés, certaines personnes essayaient de tuer le temps. A la porte du cinéma *Íris*, une affiche manuscrite annonçait "Deux films et deux shows avec des filles triées sur le volet", tandis qu'une autre, richement illustrée, présentait le film *L'Exterminatrice d'orgasmes*. Le mouvement intense et le bruit produit par les magasins de disques empêchaient toute discussion. Ils arrivèrent au *Bar Luiz* à cinq heures moins cinq. Ils choisirent une table pour deux près du mur. A la table voisine, un touriste étudiait attentivement le plan de la ville ; à une autre table, un peu plus loin, un groupe bavardait ; derrière Bia, un grand mulâtre, portant un débardeur en soie, deux bracelets en argent à chaque poignet, une chaîne autour du cou et beaucoup de bagues, argumentait à voix basse avec une blonde.

L'intérieur *art déco** du *Bar Luiz* est protégé de la rue par un panneau en bois et une vitre cannelée de deux mètres de hauteur. La partie supérieure du panneau est transparente, ce qui permet de voir les habitations voisines avec leurs façades en pierre de taille et leurs balustres en fer forgé. Júlio ne voyait que Bia. Pour la première fois, ils étaient face à face, à quelques centimètres à peine l'un de l'autre. Ils demandèrent des pressions et du cervelas. Bia eut du mal à ouvrir le sachet en plastique qui protégeait

* En français dans le texte. *(N.d.T.)*

les couverts. Júlio l'aida et leurs mains se touchèrent. Pendant qu'ils discutaient, ils notaient des détails l'un sur l'autre ; sous la petite table, parfois leurs genoux se frôlaient.

La beauté de Bia ne s'offrait pas totalement au premier regard. Il s'y ajoutait, chaque fois, un trait qui n'avait pas encore été dévoilé, et Júlio cueillait ces révélations comme s'il se fût agi d'une apparition divine. Lors de leur conversation, ils furent réservés, elle parla du cours d'arts graphiques qu'elle avait suivi en Italie, lui, de sa double activité de professeur d'architecture à la faculté et de travailleur indépendant. Cette rencontre dura un peu plus d'une heure. A six heures et quart, Bia dit qu'elle devait s'en aller et refusa l'offre de Júlio de la reconduire chez elle. Au moment des adieux, leurs lèvres s'effleurèrent.

3

A huit heures du soir, la plupart des voitures stationnées au deuxième étage du parking étaient déjà parties quand le type obèse, essoufflé, avertit l'employé responsable de l'étage qu'il y avait un homme mort dans la voiture garée à côté de la sienne.

— Comment savez-vous qu'il est mort ? demanda l'employé, avec une feinte indifférence.

— Parce qu'une personne avec un trou dans la tête et des vêtements imbibés de sang ne dort pas au volant, putain !

Le mot *sang* a, parfois, une force mobilisatrice plus grande que celle du mot *mort*. L'employé sortit de sa cabine et regarda dans la direction indiquée par l'homme.

— Je ne peux pas abandonner mon poste.

— Merde ! Vous n'êtes pas aux commandes d'un bateau ! Appelez quelqu'un et téléphonez à la police pendant que je surveille la voiture.

— Surveiller la voiture, pour quoi faire ? N'avez-vous pas dit que le gars était mort ?

— Pour que personne ne touche à rien. Vous ne comprenez donc pas ? Il y a un gars mort juste là. Il a peut-être été assassiné.

Le mot *assassiné* produisit un nouvel effet. L'employé abandonna sa cabine et brailla le nom de quelqu'un à l'étage supérieur.

Très vite, des curieux surgis de nulle part s'ajoutèrent aux employés, mais le groupe se réduisit rapidement avec l'arrivée de la voiture de patrouille de la police militaire qui montait la rampe d'accès, son gyrophare clignotant sur le toit. La zone fut isolée et ce qui restait du groupe dispersé. Restèrent uniquement les employés du parking et l'homme qui avait trouvé le corps. Ce fait divers fut communiqué au commissariat de la place Mauá, avec une observation précisant que la victime était le directeur d'une grande compagnie située en centre-ville.

Lorsque Espinosa arriva, une demi-heure plus tard, le patrouilleur lui fit un rapport et lui remit le porte-cartes qui contenait des papiers, des cartes de crédit et des cartes de visite. Il se trouvait dans une des poches de la veste, l'autre était vide. Aucun portefeuille ne fut trouvé et le mort n'avait pas d'argent sur lui. Les papiers et les cartes de visite contenaient les renseignements nécessaires à son identification. Ricardo Fonseca de Carvalho, quarante-deux ans, directeur général de la Planalto Minerações. L'adresse et le téléphone de son domicile figuraient sur les cartes.

L'homme obèse, assis dans sa voiture, n'était plus essoufflé mais visiblement fatigué. Il eut peur lorsque le visage d'Espinosa apparut derrière la vitre, de son côté.

— Bonsoir, je suis l'inspecteur Espinosa de la 1re DPJ. C'est vous qui avez trouvé le corps ?

— Oui, monsieur.

L'homme obèse sortit de la voiture.

— Pouvez-vous me donner vos nom, adresse et téléphone ?

Sa voix était calme, un peu fatiguée et ne présentait aucun signe d'intimidation. Malgré les années passées au service de la police, Espinosa n'avait pas assimilé le parler typique de ses collègues. Les rapports qu'il rédigeait, écrits dans un style quasi littéraire, exigeaient de ces derniers un effort supplémentaire. Sa façon de s'habiller ne suivait pas non plus le modèle de la corporation, surtout celui des policiers plus jeunes. Il n'avait jamais porté de tennis ni de gilet en cuir.

— Mon nom est Osmar… Osmar Ferreira Bueno. J'ai déjà donné mon adresse et mon téléphone à l'autre policier.

— Monsieur Osmar, je sais que vous avez vécu une expérience désagréable et qu'à cette heure-ci vous devriez déjà être chez vous, mais votre déposition est importante. Je veux que vous me racontiez exactement ce qui s'est passé à partir du moment où vous avez vu la voiture.

— Je n'ai pas grand-chose à dire. Au moment d'ouvrir la portière de ma voiture, j'ai vu l'homme affalé sur le volant, dans la voiture à côté. Il n'avait pas l'air de dormir. J'ai pensé à un infarctus. J'ai tapé à la vitre deux ou trois fois ; comme il ne bougeait pas, j'ai ouvert la portière. Dès que le plafonnier s'est allumé, j'ai vu le sang sur ses vêtements ; j'ai contourné la voiture et, par l'autre vitre, j'ai vu la blessure à la tête. J'ai refermé la portière et suis parti en courant avertir l'employé du parking.

— Avez-vous touché le corps ou pris un objet quelconque ?

— Non. Il n'a pas été nécessaire de le toucher pour savoir qu'il était mort. Je n'ai rien pris et rien touché.

— Pendant que vous alliez chercher l'employé, quelqu'un s'est-il approché de la voiture ?

— Non. J'y suis allé en courant et je suis vite revenu, le parking était déjà presque désert et il aurait été facile de voir quelqu'un s'en approcher.

— Merci, monsieur Osmar, nous reprendrons contact avec vous.

Il était évident que le directeur avait été volé. Personne ne sort jamais sans argent. Surtout un homme avec de tels habits, une telle voiture et directeur d'une entreprise. Vu la taille de l'orifice, l'arme utilisée devait être un calibre 38. La balle n'avait pas traversé la tête, elle s'était logée dans le cerveau. Il n'y avait pas de signe évident de lutte et la clé était sur le contact. Dans le cendrier, il n'y avait qu'une cigarette qui, d'après l'odeur, devait être récente. Il n'y avait pas de cendre. La banquette arrière et le coffre étaient vides.

Penché par-dessus le muret de la rampe d'accès au parking, le regard perdu en direction du couvent Saint-Antoine, Espinosa essayait de reconstituer la scène mentalement. Il en imagina plusieurs, toutes partant d'un fait qui semblait clair : l'assassin était à l'avant de la voiture, à côté du conducteur, au moment de tirer.

Premier scénario. L'assassin est caché à l'arrière et il attend. L'obscurité est presque totale. Quand le propriétaire de la voiture ouvre la portière, le plafonnier s'allume, l'homme est surpris par son agresseur qui le contraint à monter sous la menace d'une arme. Après avoir donné le portefeuille et peut-être un autre objet personnel, le directeur essaie de réagir et prend une balle. L'assassin quitte la voiture par la portière de droite et sort par l'escalator sans se faire remarquer.

Deuxième scénario. L'assassin attend à l'extérieur de la voiture quand le directeur s'approche ; il pointe l'arme sur lui et l'oblige à entrer par la portière opposée à celle du conducteur. Il monte à son tour et lui ordonne de démarrer ; quand le directeur se penche pour mettre la clé dans le contact, il est atteint à la tête. Pour que les choses se soient déroulées de cette façon-là, le loquet de la portière du conducteur aurait dû être retrouvé fermé, ce qui n'était pas le cas.

La question du mobile était toujours d'actualité. Une tentative d'enlèvement n'était pas une hypothèse envisageable. C'était peu probable. Les lieux ne s'y prêtent pas, il n'y a qu'une sortie et le directeur aurait pu tenter une évasion dramatique au moment du passage au guichet. En plus, un enlèvement n'est jamais exécuté par une seule personne, et il n'y avait aucun indice d'un deuxième ravisseur.

Troisième scénario. L'assassin est connu du directeur, ils arrivent ensemble pour prendre la voiture. Dès qu'ils montent, il appuie le revolver sur la tempe de l'autre et tire. Il prend le portefeuille et la montre pour simuler un vol et sort par l'escalier de secours.

Espinosa ne se souciait pas de la rigueur formelle de ces constructions imaginaires et ne faisait aucun effort non plus pour les graver dans sa mémoire. Il savait que beaucoup d'autres surgiraient au cours de son enquête sans qu'aucune ne conserve sa forme originelle et il les laissait se mélanger les unes aux autres, faisant place à des scénarios plus complexes. Il enjamba la rampe d'accès et retourna vers la voiture. L'expert de la police scientifique rangeait dans une valise des instruments et des enveloppes en plastique étiquetées.

— Je vais porter les échantillons pour les faire analyser, dit-il. Pour le moment, je ne peux pas en dire plus. Le coup a été tiré arme appuyée contre la tempe de la victime, probablement un revolver calibre 38. La mort a été instantanée. Il n'y a pas de trace de lutte et pas d'empreintes digitales. On aura plus de détails après l'analyse des échantillons.

— Merci, Freire, on en parlera demain. – Il était déjà en train de sortir quand il se tourna vers l'expert. – Une dernière chose. Avez-vous trouvé du rouge à lèvres sur la bouche ou sur le visage ?

— Rien de visible. Le légiste sera plus à même de le vérifier.

Quatrième scénario. En allant vers le parking, le directeur retrouve une femme de sa connaissance, ils s'embrassent et poursuivent leur chemin en direction du parking. En arrivant, le directeur lui ouvre la portière, fait le tour de la voiture, monte du côté du conducteur, s'assoit et, avant même de faire tourner le moteur ou d'allumer les phares, il est abattu.

Un cinquième scénario, celui du suicide, ne lui avait pas traversé l'esprit. Aucune arme n'ayant été retrouvée dans la voiture.

A neuf heures et demie du soir, il n'y avait plus grand-chose à faire sur les lieux. Le café situé au rez-de-chaussée du parking, à côté de l'escalator, était fermé. (Quelqu'un aurait pu avoir vu Ricardo Carvalho, dans le cas où il aurait pris un café avant de monter.) Toujours est-il que les magasins et les bars étaient fermés et les rues désertes. Il n'y avait plus personne non plus dans les locaux de la Planalto Minerações.

4

Espinosa avait pour principe de ne pas communiquer certains renseignements par téléphone. Après être passé par le commissariat, il prit sa voiture et alla parler à la femme du directeur. Sur le chemin du jardin Botanique, il ajouta d'autres scénarios à ceux qu'il avait déjà imaginés.

Lorsque le concierge lui demanda son nom, il montra sa carte de policier et dit qu'il préférait monter sans être annoncé.

— C'est l'appartement sur le toit, vous devez appuyer sur le dernier niveau.

Espinosa ne fit aucun commentaire. L'ascenseur était entièrement habillé de miroirs et, à moins que quelqu'un ne fût monté récemment, il était parfumé.

Il dut sonner deux fois à la porte. Le concierge était probablement en train de prévenir que la police montait. Dès que la porte fut ouverte, cette idée s'effaça. La femme jeune et belle qui lui ouvrit la porte avait un air d'une tranquillité absolue.

— Madame Bia Carvalho ?

— Bia Vasconcelos, répondit-elle avec fermeté et, devant l'hésitation du policier, elle ajouta : Je conserve mon nom de jeune fille.

— Je suis l'inspecteur Espinosa, de la 1re DPJ.

— Il est arrivé quelque chose ?

— Je suis désolé, mais je ne vous apporte pas de bonnes nouvelles.

— Qu'est-il arrivé ?

— Puis-je entrer ? demanda Espinosa sans lui répondre.

— Bien sûr. Entrez, je vous en prie. Mais qu'est-il arrivé ? demanda-t-elle d'une voix à peine audible.

— Votre mari est mort, dit Espinosa. Assassiné.

Bia Vasconcelos pâlit et chercha quelque chose à quoi s'accrocher. Espinosa la retint par les bras et la fit asseoir sur le canapé. Pendant quelques secondes elle ne dit rien, le regard fixé sur un point entre le mur et le plafond.

— Je suis désolé, dit Espinosa, je ne connais pas de moyen d'annoncer cela en douceur.

— Comment est-ce arrivé ?

— Je peux vous dire comment il a été retrouvé, mais pas comment c'est arrivé. Voulez-vous que j'aille vous chercher un verre d'eau ?

— Oui, s'il vous plaît, la cuisine se trouve juste là.

Espinosa revint rapidement avec de l'eau.

— Voulez-vous prendre un calmant ? Voulez-vous que j'avertisse quelqu'un ?

— Non, je ne veux rien prendre. Je veux que vous avertissiez mon père, son nom est Alírio Vasconcelos, son numéro est sur la première page du petit carnet là-bas.

Sa main tremblait lorsqu'elle montra le carnet d'adresses à côté du téléphone.

Pendant qu'Espinosa composait le numéro, elle se tourna vers lui :

— S'il vous plaît, je lui parlerai moi-même.

Espinosa entendit une voix répondre à l'autre bout du fil tandis qu'il apportait l'appareil à l'endroit où elle était assise.

— Papa… Ricardo est mort… assassiné… Oui, assassiné… Je ne sais pas encore… Oui, je vais bien…

Un policier nommé… et, se tournant vers Espinosa : Comment vous appelez-vous déjà ?

— Espinosa, inspecteur Espinosa, de la 1re DPJ.

— Inspecteur Espinosa, répéta-t-elle. Papa demande si vous pouvez rester ici jusqu'à son arrivée. Il sera là dans quelques minutes.

— Oui. Il n'a pas besoin de venir en courant, je ne suis pas pressé.

Elle transmit le message et raccrocha. Ils restèrent quelque temps silencieux. Bia Vasconcelos reprit progressivement des couleurs, voulut savoir à quelle heure son mari avait été assassiné et dans quelles circonstances. Espinosa lui donna l'heure approximative et décrivit, de la façon la plus douce possible, comment son mari avait été retrouvé. Elle fixa à nouveau son regard sur le point situé entre le mur et le plafond, demeurant ainsi pendant plusieurs secondes. Ensuite, sans que rien eût été demandé :

— Peu de temps avant, je buvais un verre avec un ami tout près du lieu en question, dit-elle d'une voix toujours monocorde.

— A quelle heure ? demanda Espinosa.

— Entre cinq et six heures du soir, je suis partie peu de temps après six heures, je voulais passer à mon atelier avant de rentrer à la maison.

— Et y êtes-vous passée ?

— Non. Je suis allée au cinéma. J'avais besoin de réfléchir à certaines choses et le cinéma s'y prête bien.

— Avez-vous aimé le film ?

— Vous interrogez les gens avec gentillesse.

— Je ne vous interroge pas. Vous avez parlé spontanément du verre pris avec cet ami et du cinéma.

— Sans l'ami, compléta Bia Vasconcelos.

Espinosa n'insista pas. Il lui posa des questions sur les habitudes de son mari, s'il avait des ennemis, s'il avait dit quelque chose qui aurait pu avoir un lien avec le crime, si elle avait remarqué chez lui quelque chose d'étrange quand il était parti de la maison ce matin-là.

— Votre mari avait-il l'habitude de sortir avec un attaché-case ou une mallette ?

— Oui, il a un attaché-case en cuir qu'il emporte partout.

— Pouvez-vous le décrire ?

— C'est un attaché-case en cuir marron, taille standard, avec deux ou trois compartiments intérieurs et ses initiales gravées à l'extérieur.

Petit à petit, sa voix retrouvait son expressivité. Bia Vasconcelos était toujours assise. Espinosa remarqua la musique douce qui provenait du coin d'une étagère. Musique classique. Il ne fut pas capable d'identifier le compositeur. Quelques minutes plus tard, la sonnette de la porte d'entrée retentit.

Alírio Torres Vasconcelos était un homme d'une soixantaine d'années dont la voix grave sortait d'une large poitrine. Après avoir longuement serré sa fille dans ses bras, il se présenta et demanda à l'inspecteur de lui raconter les faits en détail, ce que fit Espinosa, en omettant les détails. Vu la façon dont il posait les questions et vu sa réaction devant les réponses, il était évident qu'il n'éprouvait pas une grande sympathie pour son gendre. A la fin, il demanda quelles étaient les mesures à prendre dans l'immédiat.

— Je suis désolé, dit Espinosa, mais quelqu'un devra reconnaître le corps à la morgue. Il ajouta : Ça peut attendre demain.

Et il laissa le père avec sa fille.

Dans la rue, il se souvint de n'avoir pris qu'un sandwich pour le déjeuner.

5

La Planalto Minerações occupe le douzième étage d'un immeuble dans la rue de l'Ouvidor, presque à l'angle de l'avenue Rio Branco. La façade en verre fumé empêche qu'on ne voie de l'extérieur, protégeant ainsi les occupants de ses luxueux bureaux des regards curieux. L'air conditionné maintient une température agréable, érigeant un barrage permanent contre la chaleur des tropiques. Les ascenseurs sont spacieux, silencieux et rapides. Le circuit interne de télévision et un système soigné de sécurité complètent le cadre dans lequel le monde développé et le tiers-monde sont tenus à distance l'un de l'autre.

La nouvelle de l'assassinat avait devancé Espinosa. A la réception, deux jeunes filles excitées en parlaient, excitation qui augmenta à la vue de la carte du policier.

— Bonjour, je suis l'inspecteur Espinosa de la 1re DPJ. Je voudrais parler au directeur de la compagnie.

— Le docteur Daniel Weil n'est pas encore arrivé… C'est lui le président, il arrive généralement vers 10 heures. Et, avec une respiration légèrement haletante : Voulez-vous parler avec l'un des directeurs ?

Cláudio Lucena, cadre dirigeant de la Planalto Minerações, devait avoir le même âge que Ricardo Carvalho. Corps athlétique, élégamment vêtu, les gestes amples mais une voix fluette qui détonnait avec l'ensemble. Il reçut Espinosa avec une expression triste pas très convaincante.

— Inspecteur, quelle tragédie, comment une telle chose a-t-elle pu arriver ? dit-il en se levant, main tendue.

— C'est ce que j'essaie de découvrir, répondit Espinosa.

— Asseyez-vous, je vous prie, dit Lucena, montrant un confortable canapé recouvert de cuir noir.

Espinosa, en entrant, avait remarqué que le bureau était tout en noir, gris et blanc. Les tableaux et les objets ne dérogeaient pas à cette règle. Malgré le manque de couleurs, c'était d'un très bon goût. Ayant noté le regard d'Espinosa, Lucena commenta :

— Nos bureaux, au Brésil et à l'étranger, obéissent aux mêmes normes. Notre président pense que c'est une façon de nous sentir partout chez nous.

Et une façon de donner plus de relief au vert du dollar et au jaune de l'or, pensa Espinosa.

— Madame Carmem, deux cafés s'il vous plaît, ordonna-t-il par l'interphone. S'asseyant dans le fauteuil devant Espinosa : Inspecteur, je suis prêt à vous aider dans la mesure du possible.

— Merci, docteur Lucena. Quand avez-vous vu Ricardo Carvalho pour la dernière fois ?

— Nous sommes sortis ensemble, hier, à six heures quarante-cinq. Nous avons parlé quelques minutes sur le trottoir puis nous avons pris des directions opposées. Je suis parti à la recherche d'un taxi sur l'avenue Rio Branco et lui est allé récupérer sa voiture au parking Menezes Cortes. Je dois avoir été la dernière personne à le voir vivant.

— J'espère que vous avez été l'avant-dernière, docteur Lucena.

— J'ai voulu dire la dernière personne connue, inspecteur.

— Et qu'est-ce qui vous fait penser que l'assassin est un inconnu ?

— Franchement je ne sais pas, seulement je ne peux pas imaginer que quelqu'un de connu ait pu commettre ce crime.

— Venez-vous toujours en centre-ville en taxi ?

— Oui, c'est plus pratique.

— Pourquoi ne profitiez-vous pas de la voiture de votre ami ?

— J'habite au Leme, et lui au jardin Botanique, ce sont des chemins différents.

Carmem entra avec le plateau : une cafetière en argent, deux tasses, deux verres d'eau et une assiette de petits fours. Ils interrompirent leur conversation pendant le service du café. De nouveau seuls :

— Connaissiez-vous bien Ricardo Carvalho ?

— En plus d'être des collègues, nous étions des amis. Nous nous fréquentions et plusieurs fois nous avons voyagé ensemble, accompagnés de nos épouses.

— Et comment était-il ?

— Excellent directeur, entièrement dévoué à la Planalto Minerações, ambitieux et implacable en affaires. En tant qu'ami, il était loyal et serviable. Tout le monde l'aimait dans la compagnie. – Il semblait parler de sa propre personne. Après une petite pause : Je ne comprends pas comment on a pu faire ça.

— Et en dehors de la compagnie, avait-il des ennemis ? Vous avez dit qu'il était implacable en affaires.

— J'ai peut-être utilisé un mot trop fort, c'était un négociateur habile, ce n'était pas un perdant. De toute façon, il n'a rien fait qui puisse justifier un assassinat.

— Rien ne justifie un assassinat, observa Espinosa.

— Sans doute. Je pensais au mobile, non à la justification.

— Ricardo Carvalho a-t-il parfois fait mention de quelque chose qui, d'après vous, pourrait avoir un rapport avec le crime ?

— Je ne me souviens de rien et, sincèrement inspecteur, outre le vol, je ne vois pas quel a pu être le mobile de l'assassinat.

— Quel genre de relation entretenait-il avec son épouse ?

— Bia est une personne merveilleuse. Ricardo n'a jamais été à la hauteur. – Et, se rendant compte qu'il avait été emphatique, il ajouta : Ne soyez pas étonné de m'entendre parler comme ça d'un ami, inspecteur, surtout d'un ami mort brutalement, mais c'est la pure vérité. Ricardo savait gagner de l'argent, en cela il était imbattable, mais dans les relations affectives, c'était un désastre. – L'expression interrogative d'Espinosa, front plissé, était une invitation pour que Lucena continue, même si la voix fine et le ton doctoral irritaient l'inspecteur. – Ricardo ne s'est jamais soucié des gens.

— Cela s'appliquait-il à son épouse ?

— Pas tout à fait. Une femme belle, intelligente et cultivée, c'était important dans son schéma de vie. L'amour n'était pas indispensable. Je crois même qu'il le considérait comme préjudiciable.

— Et que pensait-elle de ça ?

— Bia a son métier, c'est une designer reconnue au niveau international. Ils vivaient dans des mondes différents, voire opposés. Dernièrement, les points de rencontre entre ces deux mondes se faisaient de plus en plus rares.

— Ces mondes opposés comportaient-ils des relations extraconjugales ?

— Le sien, certainement. Quant à elle, je ne crois pas. C'est une personne très correcte. Si jamais elle tombait amoureuse de quelqu'un, elle ne continuerait pas à vivre avec son mari.

— Je ne pensais pas au côté passionnel, mais à des rencontres sans lendemain.

— Ça ne ressemble pas à Bia, elle n'est pas femme à se laisser conquérir facilement.

— Avez-vous déjà essayé, docteur Lucena ?

— Inspecteur, Ricardo était mon meilleur ami et ma femme est une amie de Bia.

— Cela ressemble plus à une justification qu'à une réponse, docteur Lucena.

— Non. Je n'ai jamais essayé de faire sa conquête.

— Une question encore. Savez-vous si le docteur Ricardo avait une arme chez lui ?

— Je n'en suis pas certain. Il y a un peu plus d'un an, lorsque nous sommes allés passer un week-end dans une maison au bord de la mer, il a apporté un revolver.

— Etes-vous capable de décrire l'arme ?

— Je l'ai vue très rapidement. Je sais seulement que c'était un revolver, mais je ne serais pas à même de dire la marque ni le calibre.

— Une dernière question. Avez-vous remarqué si le docteur Ricardo emportait quelque chose avec lui lorsque vous êtes partis mardi ?

— Rien en dehors de son attaché-case.

— Etes-vous certain qu'il avait un attaché-case ?

— Absolument.

— Merci, docteur Lucena, vous m'avez beaucoup aidé.

— Si vous avez besoin de moi, je suis à votre disposition, inspecteur. Mon intérêt est que vous trouviez l'assassin.

Le docteur Weil, le président-directeur, n'était pas encore arrivé. Les secrétaires et les autres employés n'ajoutèrent pas grand-chose d'utile à la déposition du docteur Lucena ; Rose, la secrétaire de Ricardo Carvalho, n'était pas venue travailler. Elle avait appelé en disant qu'elle ne se sentait pas bien. Cela impliquait qu'il allait devoir retourner à la Planalto Minerações, ce qui ne réjouissait pas particulièrement Espinosa.

6

Peu de gens assistèrent à la veillée funèbre. Alírio Vasconcelos et Elísio arrivèrent avec Bia. Elísio était le responsable de la galerie d'art et un peu le frère de Bia. Fils d'un ancien employé d'Alírio, il avait perdu ses parents à l'âge de neuf ans et avait été élevé par Alírio Vasconcelos comme son fils. Il avait fait des études à l'Ecole des beaux-arts et, avant de les terminer, il était déjà passé responsable de la galerie Torres-Vasconcelos. Bia avait eu du mal à le convaincre que, pendant la nuit de la veillée, elle serait bien avec la seule compagnie de Teresa. Et, devant son insistance, les parents de Ricardo ne restèrent pas à la chapelle jusqu'à l'aube. Seules Bia et Teresa y demeurèrent.

Après le premier café au bar de la chapelle, les deux amies s'assirent côte à côte, dans un fauteuil, face au cercueil. Après le passage par la morgue, le mort avait été préparé de façon à ressembler à une star de cinéma endormie.

— Finalement, ma chère, Dieu serait-il aussi juste qu'on le dit ? déclara Teresa, comme si elle commentait les bons résultats d'une kermesse.

— Qu'est-ce que tu veux dire, Teresa ? répondit Bia, choquée par la brutalité de la remarque. Ricardo était mon mari, des sentiments nous unissaient encore.

— Excuse-moi, ma chérie, mais le seul sentiment authentique de ton défunt mari fut celui qu'il a ressenti lorsqu'il a tenu entre les mains un billet en dollar pour la première fois.

— Là, tu es cruelle.

— Mais je ne suis pas hypocrite. Ni hypocrite, ni injuste d'ailleurs. Et elle continua : Jusqu'à présent, je ne suis pas arrivée à comprendre comment une femme jolie, intelligente et, par-dessus tout, raffinée comme toi a pu se marier avec un homme comme Ricardo.

— Au début, il était gentil et affectueux avec moi, répondit Bia, un peu gênée par la situation.

— Aussi gentil et affectueux que quand il avait un lingot d'or entre les mains.

Elle ne parlait pas avec haine, elle conservait un ton calme et amical.

— Je préfère parler de ça un autre jour, je ne me sens pas à l'aise pour évoquer Ricardo alors qu'il est là, mort, devant nous, dit Bia d'une voix presque inaudible, se parlant plus à elle-même.

— D'accord. Mais il n'a jamais eu cette délicatesse envers toi… de son vivant.

L'affaire fut close. Elles passèrent à un autre sujet, celui de la conférence de Bia au département d'architecture de la faculté et de l'époque où elles partageaient la même chambre en Italie.

Elles s'étaient connues à Milan. Bia fréquentait l'Istituto europeo di design, pendant que son amie finissait son droit. Fille d'Italiens, Teresa avait droit à la citoyenneté, ce qui avait facilité son séjour à Milan et ses voyages à travers l'Europe. De retour au Brésil, elle ne s'était jamais préoccupée de faire valider son diplôme, elle s'était mariée à un avocat de vingt-deux ans son aîné. Elle avait perdu un peu de sa jovialité mais gardait intactes son intelligence et sa loquacité. Le matin, lorsque les parents de Ricardo revinrent à la chapelle, elles rentrèrent toutes deux chez elles pour se changer et manger un morceau.

A partir de 9 heures, des amis commencèrent à arriver, vers 10 heures ce fut au tour des collègues de la direction et de quelques employés de la Planalto Minerações. Daniel Weil arriva tout essoufflé.

— Ma chérie, quelle tragédie, nous avons tous été très profondément touchés par ce crime brutal. J'ai exigé du policier chargé de cette affaire qu'il me tienne au courant du déroulement de l'enquête. Sache que tu peux compter sur nous en toute circonstance.

Lucena essaya un discours plus personnel, mais ne trouva pas de réceptivité. Alírio Vasconcelos se tint à l'écart, comme s'il craignait le contact avec ces hommes-là. Sa vie, comme la leur, avait tourné autour de l'argent, mais pour lui ce n'était pas la valeur la plus importante.

Pendant qu'elle entendait des mots comme "perte irréparable" et "irremplaçable", l'attention de Bia fut attirée par l'homme qui, de l'autre côté de la pièce, observait attentivement la scène : c'était le policier qui était venu chez elle. Elle ne le vit plus durant la cérémonie.

Au moment où on fermait le cercueil, Bia s'approcha du corps, le contempla pendant un certain temps, enleva sa propre alliance et la déposa sur le corps de son mari. Elle ne pleura pas, ne serra pas le mort dans ses bras, ne l'embrassa pas. L'enterrement terminé, lorsque les directeurs de la Planalto Minerações vinrent la saluer, elle dit seulement :

— Merci. Vous avez été très gentils… et efficaces.

Dans ses mots et dans ses gestes, une déconcertante et dérangeante ambiguïté.

La seule personne qui montrait une tristesse véritable c'était Rose, la secrétaire de Ricardo. Mainte fois, elle essaya de s'approcher de Bia et, à deux reprises, elle commença à dire quelque chose, mais elle fut interrompue par des gens venus présenter leurs condoléances à la veuve. Avant onze heures et demie tout était fini. C'est du moins ce que pensèrent les personnes présentes.

7

L'après-midi, Bia resta chez elle à ranger de façon désordonnée des objets qui avaient appartenu à son mari, plus pour s'habituer à l'idée de sa mort que par besoin d'imposer un nouvel ordre. Elle avait donné congé à la bonne, elle ne voulait la compagnie de personne, encore moins celle de quelqu'un qui avait participé au quotidien de sa vie d'épouse. Son père avait téléphoné, peu avant midi, pour savoir si elle allait bien et si elle voulait déjeuner. Non. Elle ne voulait pas. Elle préférait rester chez elle. En fin d'après-midi, Rose appela.

— Madame Bia ?

— Oui, répondit-elle, reconnaissant la voix de la secrétaire. Comment allez-vous, Rose ? Merci d'être venue à l'enterrement.

— Madame Bia, rien au monde n'aurait pu m'empêcher d'y aller… C'est-à-dire… j'aurais préféré ne pas y aller… En fait, j'aurais préféré qu'il ne soit pas mort.

— Je sais combien vous aimiez le docteur Ricardo, dit Bia, mettant un terme à son embarras.

— Madame Bia, j'ai besoin de vous parler, il y a certaines choses que vous devez savoir.

— Rose, Ricardo est mort, ce qu'il faisait ne m'intéresse plus.

— Ce n'est pas ce que vous pensez, dit rapidement la secrétaire, c'est au sujet de sa mort.

— Oui ?

— Je ne peux pas en parler ici ni maintenant, je préférerais vous voir, dit Rose.

— Sa mort fait l'objet d'une enquête, Rose. Nous n'y pouvons rien.

— Je pense pouvoir être utile. Ce policier est venu au bureau hier pour me parler, il a dit qu'il reviendrait demain. Avant de le voir, j'aimerais parler avec vous. Et, d'une voix très basse : S'il vous plaît, madame Bia, j'ai besoin de vous parler personnellement.

— D'accord, répondit Bia. Quand voulez-vous me rencontrer ?

— Aujourd'hui. Je peux sortir dans quelques minutes, je prends un bus et je viens directement chez vous.

— D'accord, dit Bia.

Elle raccrocha le téléphone. Il était six heures moins le quart. Rose était déjà venue plusieurs fois à son appartement pour apporter des documents que Ricardo devait signer. Jeune, jolie et gaie, elle était extrêmement réservée dès qu'il était question de la Planalto Minerações ou de Ricardo Carvalho. Il devait s'agir de quelque chose de vraiment important.

Bia éparpilla sur la table du salon les illustrations qu'elle avait rapportées de son atelier pour un nouveau livre. La dernière était à moitié terminée. Elle tenta de faire quelques retouches, mais elle n'arrivait pas à se concentrer, à tout moment elle vérifiait l'heure. A huit heures, la sonnette retentit. C'était le concierge.

— Bonsoir, madame Bia, un monsieur m'a demandé de vous remettre cette enveloppe.

— A-t-il laissé son nom ?

— Non, madame. Il a insisté pour que je vous l'apporte maintenant.

— Merci, Waldir. Alors que le concierge s'éloignait, elle ajouta : J'attends une femme nommée Rose. Quand elle arrivera, faites-la monter, s'il vous plaît.

Elle n'ouvrit pas l'enveloppe, elle savait de qui elle provenait. Elle était épuisée. Chaque muscle de son corps était tendu. Ses épaules et son cou lui faisaient mal. La nuit était fraîche et elle en profita pour prendre une douche chaude afin de se détendre. Elle avertit le concierge qu'elle serait sous la douche, au cas où quelqu'un la chercherait. Elle ouvrit la douche et laissa l'eau glisser sur son dos un long moment. La tension musculaire ne s'effaça pas, mais son état général s'améliora. Elle passa un long tee-shirt, bien large, prit une bière dans le réfrigérateur et se cala dans le canapé du salon pour lire le message de Júlio.

Si les derniers événements n'avaient pas eu lieu, ce moment-là aurait pu être agréable. Durant plusieurs nuits, lors des voyages et des dîners d'affaires de son mari, elle était restée seule, dans ce salon agréablement meublé, à lire, à écouter de la musique, à penser à son travail, laissant libre cours à ses idées. Elle vivait au dernier étage d'un immeuble moderne ayant un appartement par niveau, dont la partie arrière donnait sur le parc Lage. Le soir, le bourdonnement qui montait de la rue Jardim Botânico était couvert par le bruit des grillons et des crapauds en provenance du parc. L'appartement était confortable et d'un très bon goût, les meubles et les objets avaient été choisis par elle, son mari savait ce qui était cher mais pas ce qui était beau. Elle ouvrit la lettre.

Bia,

J'ai appris, il y a quelques heures, la mort de votre mari. J'en suis désolé. Je souffre en imaginant que vous êtes en train de souffrir. Vous pouvez compter sur moi quoi qu'il arrive. J'espère vous revoir bientôt.

Avec toute ma tendresse,

Júlio.

Les sentiments de Bia étaient confus. Son attirance pour Júlio était réelle. Il y avait longtemps qu'elle ne s'était pas sentie aussi bien en présence d'un homme, et la vie avec son mari était devenue pénible. Elle était au courant des aventures de Ricardo, mais elle savait aussi combien il était superficiel dans ses relations personnelles. Il n'avait pas vraiment d'amis, mais des intérêts, les femmes servaient seulement en tant que réaffirmation permanente de son pouvoir de séduction. Depuis qu'elle le connaissait, elle doutait qu'il se fût une seule fois affectivement lié avec quiconque, y compris avec elle-même. Júlio était un homme d'un genre différent. Il appartenait à un autre univers, plus proche du sien et dans lequel elle se sentait plus à l'aise. Mais Ricardo était mort depuis quarante-huit heures à peine : le souvenir de sa vie était encore aussi présent que celui de sa mort.

Elle relut le message et, à chaque lecture, le sens premier était envahi par d'autres sens. Aux phrases de Júlio se mélangeaient des images de Ricardo, et les images des deux se mêlaient, formant un être hybride. Elle se réveilla le lendemain, allongée sur le canapé, les lumières allumées, le message tombé par terre près de la canette de bière. Son corps était plus douloureux que la veille. Rose n'était pas venue.

Deux jours sans travailler : ça ne servirait à rien de rester à la maison à attendre que les idées et les sentiments s'apaisent. Tout en prenant son café, elle jeta un coup d'œil rapide au journal. Elle se prépara et sortit. On était vendredi. Une pluie hésitante, silencieuse, tombait.

8

La galerie Torres-Vasconcelos s'était taillé une solide réputation dans le milieu des arts plastiques grâce à l'intelligence et à la sensibilité d'Elísio Sclar. Elle avait la même réputation auprès des banques mais, dans ce cas, grâce au support et à la garantie économique de l'Imprimerie Vasconcelos, l'un des plus grands fabricants d'agendas, de calendriers et d'étiquettes du pays.

L'ancienne maison à un étage, dans le quartier du Leblon, avait été entièrement refaite pour répondre aux besoins de la galerie. La salle d'exposition y occupe tout le rez-de-chaussée, qui correspond aux trois grands salons originaux de la maison, dont les cloisons ont été démolies et les fenêtres latérales éliminées. Le décor est entièrement blanc. Dans la partie centrale, sur la longueur du salon, sont disposées deux banquettes en cuir noir sans dossier. Au fond, un escalier ouvert, aux larges marches en bois de *peroba* massif, donne accès au premier étage comportant deux bureaux, deux salles de bains et une grande salle avec une porte blindée dotée d'un système sophistiqué de réfrigération et de protection contre l'incendie où sont entreposés le patrimoine de la galerie et les œuvres laissées en dépôt.

Une entrée pour les voitures mène au bâtiment situé derrière la maison. Dans la partie inférieure de celui-ci se trouve le garage, d'une capacité de trois voitures ; la partie supérieure abrite l'atelier de Bia, dont une large fenêtre latérale donne sur le grand manguier de la cour.

L'atelier est assez vaste pour contenir une planche à dessin et une grande table de travail envahie presque entièrement par des pots pleins de pinceaux, de spatules, de feutres multicolores et de boîtes de crayons de couleur de différentes marques. Le seul mur sans fenêtre ni porte est occupé par une bibliothèque remplie de magazines et de livres d'art. Sous la fenêtre qui donne sur l'entrée des voitures se trouve un meuble à tiroirs renfermant du papier à dessin. Un canapé à trois places, suffisamment confortable pour y passer la nuit, complète le mobilier. Au fond, deux portes donnent sur la salle de bains et une petite cuisine. L'atelier possède un téléphone, un répondeur et un fax indépendants de la galerie. On y accède par un escalier latéral extérieur.

En arrivant, Bia ne trouva que le vigile et le gardien. Chaque jour, avant d'aller à l'imprimerie, son père passe à la galerie, mais ni lui ni Elísio n'étaient arrivés. La lumière rouge du répondeur clignotait. Un message de Júlio, deux de Teresa et un de son éditeur. Le plus ancien, discret, faisant allusion à la conférence au département d'architecture de la faculté, était celui de Júlio, avant qu'il eût appris la mort de Ricardo.

Elísio et Alírio arrivèrent aux alentours de 9 heures. Bia avait branché la cafetière et essayait de mettre en ordre les papiers et les livres qu'elle avait utilisés pour préparer sa conférence. L'ordinateur, avec deux versions différentes de son intervention, était encore sur la table, recouvert d'un peu de poussière. Elle ne permettait à personne de ranger l'atelier. Le gardien avait seulement l'autorisation de nettoyer la salle de bains et la petite cuisine.

Elísio fut le premier à entrer.

— Comme c'est bon de te voir par ici, dit-il avec joie, essayant d'évaluer l'état d'esprit de son amie.

Peu de gens arrivaient à capter avec autant d'acuité les petits signes révélateurs de l'intériorité de Bia.

— Elísio ! Je crois que tu es la première personne amie que je vois depuis ces quarante-huit dernières heures.

Elle venait à peine de prononcer cette phrase quand son père, qui avait mis plus de temps à monter l'escalier, entra dans l'atelier en haletant.

— Et moi, je ne compte pas ?

Bia embrassa tendrement son père et celui qu'elle considérait comme son frère.

— Voulez-vous du café ? Je viens d'en faire.

La pluie persistait, timide. Le manguier en face était en fleur et l'odeur du café se répandait dans l'atelier. L'ambiance était propice à une conversation intime, pourtant, tandis qu'ils buvaient leur café, le sujet tourna autour du travail de Bia et de la prochaine vente aux enchères de la galerie. Personne ne prononça le nom de Ricardo.

Une fois qu'ils furent tous les deux partis, Bia téléphona à son éditeur puis à Teresa. Les deux coups de fil durèrent plus longtemps que ce qu'elle aurait voulu. Elle n'appela pas Júlio, il devait être à l'université. Après un rapide rangement, elle appela la Planalto Minerações. La secrétaire de Cláudio Lucena décrocha.

— Madame Bia ? Comment allez-vous ?

— Bien, merci, Carmem.

— Voulez-vous parler au docteur Lucena ?

— Non, je voudrais parler à Rose, elle devait m'apporter quelques objets personnels appartenant à Ricardo.

— Rose n'est pas venue travailler aujourd'hui, répondit-elle. Hier, elle est partie d'ici, en parlant d'une rencontre avec vous. Elle a peut-être décidé d'aller chez vous aujourd'hui.

— Merci, Carmem.

Dès qu'elle raccrocha, elle ressentit une pression à ses tempes et un petit tremblement des mains. Le tremblement finit par cesser, mais la pression augmenta graduellement. Elle prit une aspirine accompagnée d'un peu plus de café et s'allongea quelques minutes sur le canapé. La pluie redoubla. Elle décida de se remettre au travail, mais les deux heures qui suivirent furent totalement improductives. Rose ne lui sortait pas de la tête.

Elle commanda de la salade et du jus d'orange pour le déjeuner dans un restaurant végétarien qui se trouvait à un pâté de maisons de la galerie. Son mal de tête venait peut-être du fait qu'elle n'avait pas dîné la veille et qu'elle n'avait pris qu'une tasse de café le matin. Alors qu'elle attendait, assise sur le tabouret pivotant devant la planche à dessin, elle regardait autour d'elle, s'arrêtant sur chaque objet, comme si elle les voyait pour la première fois. Elle se sentait bien dans son atelier, c'était son endroit tout à elle. Ricardo n'était venu qu'une seule fois, pour le découvrir, et encore il n'était pas resté plus de quinze minutes. Il n'y avait là aucune trace de Ricardo, rien ne rappelait sa personne, pas même une photographie.

Lorsque son déjeuner arriva, elle mangea machinalement sa salade, sans en sentir le goût ; et de toute façon il n'y avait pas beaucoup de goût à sentir. Ensuite, elle se prépara un autre café, erra dans l'atelier, sa tasse à la main, en contournant la planche à dessin et la table, déplaça quelques objets légèrement, retira de son enveloppe une revue d'art qu'elle avait reçue par la poste, et elle était entièrement absorbée par la grosse masse verte du manguier lorsque le téléphone sonna. Elle hésita entre laisser le répondeur enregistrer le message et décrocher. Elle décrocha.

— Madame Bia ?

— Oui.

— Je suis l'inspecteur Espinosa. Comment allez-vous ?

— Bien, merci, inspecteur... En quoi puis-je vous être utile ?

— Eh bien, j'attendais pour vous parler personnellement. Pouvons-nous discuter dès cet après-midi ? Je n'en aurai pas pour longtemps, je peux être là dans quarante minutes. Cela vous convient-il ?

— Ou... oui. Je m'apprêtais à sortir, mais je peux vous attendre.

— Merci. A tout de suite.

La pression à ses tempes, qui s'était calmée, réapparut. Elle n'avait jamais eu de contact avec des policiers et ne nourrissait aucune sympathie à leur égard. Elle prit une autre aspirine accompagnée d'un autre café, et prévint ensuite le vigile de conduire l'inspecteur à l'atelier quand il se présenterait. Il était inutile d'essayer de travailler ; elle s'allongea sur le canapé, ferma les yeux et attendit.

Quelques minutes plus tard, le téléphone sonna. Elle laissa le répondeur enregistrer l'appel. C'était Júlio disant qu'il n'arrivait à la joindre nulle part, qu'il réessaierait chez elle le soir. Le coup de téléphone, au lieu de la calmer, ajouta un peu plus à sa tension. Elle alla plusieurs fois à la fenêtre qui donnait sur l'entrée des voitures. La pluie avait cessé.

L'inspecteur arriva plus tôt que prévu, ce qui signifiait qu'il s'était dépêché. Mauvais signe, selon elle. Elle le vit, de la fenêtre, se dirigeant à pas lents vers l'atelier. S'il était venu en vitesse, il ne montrait maintenant aucune hâte. Il se tint quelque temps en haut de l'escalier, pour apprécier le manguier. Bia l'attendait à la porte.

— Aimez-vous les mangues, inspecteur ? Ce sont des mangues *espada* sans filaments, un délice.

— Et, vu la floraison du manguier, vous aurez une belle récolte.

— Je vous en enverrai quelques-unes.

— Merci, mais ne les envoyez pas au commissariat, les policiers ne sont pas toujours honnêtes.

Leur bref échange en haut de l'escalier servit à soulager un peu la tension de l'attente.

— Entrez, inspecteur. Accepteriez-vous un café ?

— J'accepte. Avec peu de sucre, s'il vous plaît. Très agréable, votre atelier.

Pendant qu'il prenait son café, Espinosa déambulait dans la pièce en regardant attentivement les objets, en vérifiant la marque des pinceaux, en appréciant les boîtes à crayons, en s'arrêtant sur chaque rangée de la bibliothèque. Ce n'était cependant pas le regard d'un policier mais plutôt celui d'un esthète. Finalement, il dit :

— Magnifiques vos pinceaux et vos peintures acryliques, mais ce qui me fascine le plus ce sont vos crayons de couleur. Des souvenirs d'enfance, peut-être, même si les miens n'étaient pas des Caran d'Ache.

— Vous vous y connaissez en art, inspecteur ?

— Non... A moins que, comme Thomas De Quincey, nous ne considérions l'assassinat comme un bel art. Et il ajouta : Avez-vous déjà lu Thomas De Quincey ?

— Désolée, inspecteur. Sur quel sujet a-t-il écrit ?

— Sur son expérience de l'opium et du crime. Il avait une véritable passion pour l'assassinat, mais c'était un Anglais pacifique qui ne faisait de mal à personne. Il ne faisait qu'écrire sur l'assassinat, il ne le pratiquait pas.

— Est-il votre auteur préféré, inspecteur ?

Il y avait une légère touche d'ironie dans sa voix.

— C'est un bon écrivain, répondit Espinosa, mais ce n'est pas mon préféré.

— En suggérez-vous un qui n'écrive pas seulement sur l'opium et les assassinats ?

— Sans doute. J'ai une sympathie particulière pour la littérature américaine : Hemingway, Steinbeck, Faulkner et, surtout, Melville. Je considère *Bartleby* comme un petit chef-d'œuvre. Et il n'y est question ni d'opium ni d'assassinat, ajouta-t-il avec un sourire.

Bia était déconcertée. Elle ne savait pas si elle avait devant elle un simplet ou un policier intelligent. Par précaution, elle opta pour la deuxième hypothèse.

— Mais vous n'êtes pas venu ici pour discuter de littérature et d'art, n'est-ce pas ?

— Malheureusement, non, répondit Espinosa. Je préférerais parler de votre art plutôt que du mien.

Pendant qu'il parlait, il laissait son regard traîner sur les objets de la pièce.

— Voulez-vous vous asseoir, inspecteur ? dit Bia en désignant le canapé.

— Merci. Ça vous dérange si je fume ?

— Je vous en prie, je fume aussi.

— Que pensez-vous du docteur Lucena ? demanda Espinosa de but en blanc.

— C'est un clone de mon mar… de mon défunt mari. Discutez avec lui et vous saurez comment était Ricardo. Les mêmes gestes, la même façon de parler, les mêmes vêtements, les mêmes valeurs… et probablement les mêmes maîtresses. D'ailleurs, à partir d'un certain moment, il est devenu difficile de dire qui copiait qui.

— Je lui ai déjà parlé et, pour être franc, j'ai eu l'impression que, en décrivant votre défunt mari, il était en train de se décrire lui-même. Croyez-vous que cette situation pourrait l'amener à souhaiter la mort de son ami ?

— Certainement pas, inspecteur. Je ne vois pas Lucena en train de tirer sur mon mari pour des raisons psychologiques. En outre, il ne semble pas y avoir de doute quant au fait qu'il s'agisse d'un vol, n'est-ce pas ?

— C'est possible, répondit Espinosa en continuant à examiner les pinceaux qui étaient dans un pot en bois. Les affaires de votre mari mêlaient or et diamant. Ce sont deux matériaux hautement explosifs.

— Mais je ne les crois pas suffisants pour que Lucena tue son meilleur ami, inspecteur.

— Quel est le degré de connaissance que Rose, la secrétaire de votre mari, a de ses affaires ?

— Je pense qu'elle sait beaucoup de choses, mais pas tout, même moi je ne sais pas tout ce qu'il faisait.

— Elle vous a contactée après la mort du docteur Ricardo ?

Le ton de la question était affirmatif.

— Je l'ai vue brièvement à l'enterrement.

— Et depuis, vous ne l'avez plus revue ?

— Non. Elle m'a téléphoné hier après-midi, elle voulait venir chez moi. Elle était très nerveuse et avait quelque chose d'important à me dire. J'ai d'abord pensé qu'elle voulait se confier sur les aventures de Ricardo, mais elle a affirmé qu'il ne s'agissait pas de ça. Elle a insisté pour que la conversation se déroule en tête à tête et non par téléphone.

— A quelle heure ce coup de fil a-t-il eu lieu ? demanda Espinosa.

— Peu avant six heures. Elle devait passer chez moi après son travail.

— Vous a-t-elle parlé de vous apporter un document quelconque ?

— Non. Elle n'a pas mentionné de document. Pourquoi me posez-vous ces questions au lieu de les lui poser ? Je suis sûre qu'elle va coopérer. Elle aimait beaucoup Ricardo.

Espinosa marqua une pause de quelques secondes et dit, sans modifier sa voix :

— Rose a disparu. Elle n'est pas rentrée chez elle hier, elle n'est pas allée au travail aujourd'hui et personne n'a eu de ses nouvelles depuis qu'elle a quitté la compagnie hier soir. Savez-vous si une autre personne était au courant de cette rencontre ?

— Non, je n'en ai parlé à personne, mais je ne sais pas si, elle, elle en a parlé à quelqu'un du bureau. Peut-être à Carmem, la secrétaire du docteur Lucena. Elles sont amies et travaillent dans le même bureau. Rose vit avec sa mère. N'est-elle pas passée chez elle ? N'a-t-elle laissé aucun message ?

— La seule chose qu'on sache, répondit Espinosa, c'est qu'elle n'est pas arrivée jusqu'à votre appartement. J'ai parlé au concierge et il m'a assuré qu'aucune femme n'était venue vous demander hier en fin d'après-midi.

Rose avait disparu depuis moins de vingt-quatre heures. Espinosa savait que, en temps normal, ça n'aurait pas donné lieu à de grandes inquiétudes. Dans les circonstances présentes, il n'y avait que trop de raisons de s'inquiéter.

— Quel lien peut-il y avoir entre la mort de mon mari et la disparition de Rose, si celui qui a tué Ricardo l'a tué pour le voler ? Pensez-vous qu'elle ait aussi été tuée ? demanda Bia d'une voix presque inaudible.

— Je ne sais pas, j'espère que non. Au cas où elle chercherait de nouveau à vous contacter, s'il vous plaît, appelez-moi immédiatement.

9

Espinosa ne retourna pas au commissariat. De l'atelier, il se rendit directement au parc Lage pour voir ce qui pouvait bien s'y passer l'après-midi et en début de soirée. Welber, un jeune détective de son équipe, avait été chargé d'enquêter sur les lieux et dans les environs.

Le parc, assez grand pour contenir un stade de football, est richement arboré et possède une végétation rampante qui arrive au niveau des chevilles. Il est coupé par des chemins étroits qui convergent vers une grande zone centrale et vers la bâtisse où se trouve l'Ecole des arts visuels, située environ à cent mètres de la rue. Durant la journée il est surtout fréquenté par des enfants accompagnés de leur mère et de leur nurse et, le soir, par des couples d'amoureux et par les habitués des divers ateliers de l'école. Le grand portail en fer, seul accès des voitures et des piétons par la rue Jardim Botânico, reste ouvert jusqu'à dix heures et demie du soir. Le nombre de vigiles est insuffisant pour couvrir toute la superficie du parc et le contrôle à l'entrée est pratiquement inexistant.

Lorsque Espinosa arriva, Welber descendait l'allée menant à l'ancienne bâtisse. Il ressemblait plutôt à un universitaire en vacances. Chemise polo, pull jeté sur les épaules, jeans, tennis importées ; le seul détail compromettant de son élégance était la chemise sortie du pantalon, astuce pour dissimuler l'arme glissée dans la ceinture. Les bancs éparpillés dans le parc étaient mouillés par la pluie qui n'avait cessé de tomber toute la journée. Ils parlèrent dans la voiture.

Le coup de fil de Rose à Bia avait servi de point de départ à une séquence imaginaire supplémentaire. En admettant que le récit de Bia Vasconcelos fût vrai, Rose aurait pris le bus en centre-ville et serait descendue à l'arrêt situé en face du parc Lage. Si une de ses connaissances l'avait attendue, elle aurait pu l'avoir convaincue d'entrer dans le parc. Rose prend le bus en centre-ville, six heures et quart, six heures et demie du soir, le bus est bondé, personne ne prête attention à la fille discrète, debout, serrée contre les autres passagers, indifférente à ce qui se passe autour d'elle. Lorsque le bus arrive dans la rue Jardim Botânico, elle trouve une place pour s'asseoir, mais elle est presque arrivée, et elle appuie peu après sur le bouton d'appel pour descendre. A partir de là, les versions diffèrent. Rose descend du bus, se dirige vers l'angle de la rue, tourne à droite en direction de l'immeuble de Bia. Il commence à faire nuit, une pluie fine tombe, mais la distance est courte, elle marche la tête basse, en se protégeant les cheveux de son sac et ne s'aperçoit pas que Cláudio Lucena s'approche d'elle pour la forcer à monter dans une voiture. Ou alors : Rose descend du bus et tombe sur Bia Vasconcelos qui l'attend en face devant le portail du parc. Elle porte une cape imperméable à capuche et ouvre un parapluie pour la secrétaire, elle l'invite à faire un tour dans le parc pour pouvoir parler sans qu'elles soient dérangées, elle attend la visite de son père, qui peut arriver d'un moment à l'autre ; Rose est d'accord et elles prennent une des allées, déserte vu l'heure et la pluie. Déjà loin de l'allée principale, Bia sort un revolver de la poche de son imperméable et tire à bout portant. Le corps est dissimulé par la haute végétation ou bien poussé dans le lac, le bruit dense de la circulation étouffe le coup de feu. De retour chez elle, Bia n'a qu'à attendre l'une des absences du concierge pour revenir à son appartement sans se faire remarquer. Dans une version plus vague et avec des personnages moins définis, Rose n'arrive même pas à prendre le bus en centre-ville en direction du jardin Botanique.

— Inspecteur, vous n'êtes pas attentif à ce que je suis en train de vous dire.

— Excusez-moi, Welber, continuez votre récit.

— A la Planalto Minerações, on a confirmé qu'elle est sortie à six heures et quart. Si nous tenons compte du temps qu'elle a mis pour prendre le bus, le trafic à l'heure de pointe et la distance du centre jusqu'ici, elle a pu arriver entre sept heures et sept heures et demie. L'arrêt de bus se trouve presque en face de l'entrée du parc et c'est aussi l'endroit le plus proche de l'immeuble du directeur.

— Qu'avez-vous pu apprendre des fonctionnaires du parc ? demanda Espinosa.

— Rien. Je leur ai montré les photographies de la secrétaire et de la femme du directeur, mais personne ne se souvient d'avoir vu l'une d'entre elles. Les agents d'entretien sortent à cinq heures, donc avant l'éventuelle arrivée de Rose. L'autre difficulté c'est que les cours de l'Ecole des arts visuels ne sont pas quotidiens. Cela signifie que les personnes qui y étaient hier entre sept heures et neuf heures du soir ne seront pas nécessairement les mêmes que celles qui viendront aujourd'hui. J'ai pris les horaires des cours au secrétariat de l'école et j'ai constaté qu'il ne nous serait possible de rencontrer quelqu'un qui pourrait avoir vu la secrétaire que mardi prochain. Les chances d'obtenir des informations utiles sont quasi nulles. J'ai parlé au concierge de l'immeuble, il a confirmé les déclarations de Mme Bia. Elle est arrivée à la maison avant midi et n'est plus sortie ; vers huit heures du soir, un homme a laissé une enveloppe que le concierge lui a remise personnellement.

— Connaissait-il l'homme ? Etait-il déjà venu chez elle auparavant ?

— Non, il ne se souvient pas de l'avoir vu auparavant. Il n'a pas laissé son nom et n'a pas voulu monter. Il a seulement demandé qu'on lui remette l'enveloppe immédiatement.

— A-t-il pu faire une description ? demanda Espinosa.

— Pas très précise. Environ la quarantaine, grand, belle allure, voix grave, bonnes manières. Ce ne sont pas exactement ses mots à lui, mais c'est ce que j'ai pu déduire. Il a dit qu'il serait capable de le reconnaître. – Le détective fit une pause, comme pour marquer ce qu'il avait encore à dire. – J'ai découvert quelque chose d'intéressant. Les habitants de l'immeuble n'ont pas de place fixe dans le parking. Lorsqu'ils arrivent, ils laissent leur voiture au concierge qui la gare. Entre sept heures et huit heures du soir c'est l'heure de pointe, et le concierge est obligé de s'absenter de l'accueil plusieurs fois pour garer les voitures. Cela signifie que notre belle designer aurait pu profiter de l'une de ces absences pour sortir et revenir sans être vue.

— En effet, c'est intéressant, observa Espinosa, mais il me paraît peu probable qu'une personne qui veut enlever ou tuer quelqu'un le fasse à quelques mètres de chez elle, dans un lieu public, en courant le risque d'être vue, et juste après avoir reçu un coup de fil de la victime qui lui donnait rendez-vous à son appartement.

— Il y a toujours la possibilité, continua le jeune détective sans se démonter, qu'une connaissance ait entendu la conversation téléphonique et ait devancé Rose, pour l'attendre à l'arrêt de bus afin de l'empêcher de parler à Bia Vasconcelos.

— La troisième hypothèse, coupa Espinosa, ce serait que tout ça ne soit qu'une incroyable coïncidence, et que sa disparition n'ait rien à voir avec la mort du directeur. Mais je ne crois pas aux coïncidences de ce genre. Tâchez de savoir à la Planalto Minerações à qui elle aurait pu raconter qu'elle allait venir ici, ou qui aurait pu l'entendre téléphoner. Je dois parler de nouveau à Mme Bia pour savoir qui est l'homme qui lui a envoyé le message.

Espinosa ne donna pas d'autre détail à Welber. La déclaration du concierge, qui disait que le porteur du message exigeait qu'il soit remis "immédiatement", avait attiré son attention. Cela aurait pu être un moyen pour le concierge de témoigner que Bia Vasconcelos était chez elle à huit heures, heure présumée de la disparition de la secrétaire.

L'humidité du parc, après une journée de pluie, augmentait la sensation de froid. La chaleur des corps et leur haleine chaude à tous les deux avaient embué le pare-brise de la voiture, sur lequel, durant leur conversation, le détective avait écrit des mots avec une telle superposition que le dessin en résultant ressemblait à de la dentelle. Sortant à l'air libre, Espinosa ressentit la légèreté de la veste en lin avec laquelle il était parti au travail. Ils se dirent au revoir et Welber alla récupérer sa voiture au parking du parc.

Espinosa resta un moment à flâner dans l'allée. Des groupes de jeunes marchaient en direction de l'Ecole des arts visuels en portant leurs grands cartables, des rouleaux de papier, des toiles, des sacs en bandoulière. D'où il se trouvait, il pouvait voir l'arrière de l'immeuble de Bia Vasconcelos. De la lumière brillait dans l'appartement du dernier étage. Il était prudent et avait pour habitude de ne pas précipiter les événements, mais à ce moment-là il ressentit une envie irrépressible de sonner et de demander : "Qui est l'homme du message ?" Cependant il était perturbé par le fait que ce désir impulsif n'était pas dû à la nécessité de lever le voile sur le mystère mais à l'envie de revoir Bia Vasconcelos. Il lui suffisait de descendre l'allée, de sortir par le portail de la rue Jardim Botânico, de bifurquer, de faire cent mètres, et il serait à nouveau face à la femme qui l'avait le plus impressionné depuis la fin de son mariage. Tout en elle lui plaisait. Il luttait contre l'idée qu'elle aurait pu être mêlée à ces morts. Que faisait-elle en ce moment ? Tandis qu'il marchait lentement dans le parc, plusieurs scénarios lui vinrent à l'esprit : Bia en train de regarder la télévision (trop banal) ; Bia allongée sur le canapé, écoutant de la musique classique, feuilletant une revue d'art ; Bia en tee-shirt, pieds nus, jambes croisées dans la position du lotus, mangeant un sandwich ; Bia en train de ranger dans une boîte les affaires de son mari décédé ; Bia en train de téléphoner à l'homme du message…

Il se remit à pleuvoir. Espinosa monta en voiture pour se protéger. Il mit le moteur en marche et rentra chez lui.

10

Júlio observait depuis quarante minutes, dans sa voiture, de l'autre côté de la rue, le va-et-vient du club de gymnastique. Malgré la façade vitrée, il n'arrivait pas à avoir une vision globale du deuxième étage, mais il voyait passer à intervalles réguliers une file de femmes aux vêtements moulants et colorés qui tapaient des mains au-dessus de leur tête et levaient les jambes en rythme à la hauteur du visage. Tout, là-dedans, l'énervait : musique effroyablement forte, mouvements stéréotypés, exhibition de justaucorps plus chamarrés les uns que les autres, santé exagérée et interdiction de fumer.

Il était sur le point de renoncer lorsque Alba sortit, joyeuse et sautillante, vêtue d'un justaucorps violet et vert, de collants noirs, de jambières blanches, de tennis, un sac à dos pendu à l'épaule. Sa joie disparut lorsqu'elle vit Júlio traverser la rue dans sa direction.

— Salut, chérie, dit-il, un peu gêné.

Le visage d'Alba se transforma :

— Chérie mon cul ! dit-elle, en même temps qu'elle enfonçait son doigt dans la poitrine de Júlio. Merde alors, tu me laisses tomber toute une semaine pour draguer une espèce de bourge, et par-dessus le marché tu arrives comme si de rien n'était en m'appelant chérie !

— Ce n'est pas une bourge, s'aventura Júlio, c'est une designer de renommée internationale.

— Ah ! Une intello, s'écria-t-elle, colérique. Putain, et vous avez passé toute la semaine à parler des arts !

— Tu ne comprends pas… essaya Júlio.

— C'est toi qui ne comprends pas, intello de merde. Rentre-toi bien dans le crâne que tu es médiocre, comme penseur et comme baiseur. Décide-toi à choisir l'une de ces deux choses, parce que la troisième, qui est d'être riche, n'est pas à ta portée.

Elle partit en vitesse, heurtant le bras de Júlio avec son sac à dos.

Il pensait encore à ses paroles lorsqu'elle disparut au coin de la rue. Il ne savait pas ce qui l'avait le plus touché, si c'était le "penseur médiocre" ou le "baiseur médiocre". La troisième option ne l'avait pas beaucoup gêné, malgré la critique implicite qu'elle contenait. Lorsqu'elle avait décidé d'ouvrir le club de gymnastique avec trois autres associées, des ex-camarades de l'Ecole d'éducation physique, Alba ne disposait pas d'argent, sa part dans la société fut le projet architectural conçu par Júlio, ce qui fit d'elle une associée minoritaire. "Ton projet ne correspond même pas au quart du capital", disait-elle lorsqu'elle voulait l'atteindre.

La scène qu'elle venait de lui faire accentua encore plus le fossé entre les deux femmes, bien que Júlio admît que la colère d'Alba était justifiée. Malgré un corps modelé quotidiennement par l'aérobic, elle ne supportait la comparaison avec Bia ni en beauté ni en élégance. Et encore moins en éducation. Quel besoin avait-elle de dire autant de gros mots ? C'est toute la distance culturelle qui sépare l'Istituto europeo di design de Milan d'un club de gymnastique d'Ipanema. Il partit en prenant la direction opposée à celle qu'avait prise Alba.

Jeudi. Deux jours s'étaient écoulés depuis la conférence et la rencontre au *Bar Luiz*, et l'image de Bia se superposait de plus en plus à celle d'Alba. Face à l'élégance discrète de Bia, Alba ressemblait par ses couleurs et son langage à un ara. Mais elle était là, disponible, familière, garantie par l'habitude contre l'imprévisibilité des événements. Même la scène qui venait d'avoir lieu avait été prévue par Júlio, avec de légères différences. Probablement elle appellerait le soir, au plus tard le lendemain, s'excusant de s'être emportée, et tout recommencerait comme tant de fois auparavant. Il n'avait pas eu le courage, ni le temps, de parler de la mort du mari de Bia. Pour Alba, cela signifierait le feu vert pour qu'il essaie de conquérir cette femme. "Là-dessus elle aurait eu raison", pensa-t-il. Outre cela, elle était très romantique et un assassinat donnerait certainement lieu à toutes sortes d'histoires. Il n'attendrait pas son coup de fil, il l'appellerait en premier et l'inviterait à dîner dans un restaurant chinois.

Il ne souhaitait pas la blesser. Ils se connaissaient depuis un peu plus de deux ans, un an avant l'inauguration du club de gymnastique, et durant cette période leur relation avait été satisfaisante pour tous les deux. Lors d'un récent bilan, le mot "satisfaisante" lui était venu à l'esprit pour définir leur relation. "Elle a peut-être raison, pensait-il maintenant, une relation seulement satisfaisante est une relation médiocre. Médiocre comme penseur et comme baiseur. L'habitude engendre la médiocrité." Il prononça cette dernière phrase à haute voix et s'attira des regards. Il était six heures du soir, le va-et-vient sur les trottoirs d'Ipanema était intense. Des touristes chargés de paquets rentraient à leurs hôtels, des bus bondés passaient, le trafic était plus lent que son pas.

Il avait fait le tour complet du pâté de maisons. Il traversa la rue et monta en voiture. Il resta un moment à observer le club de gymnastique, comme dans l'attente d'une nouvelle sortie d'Alba, moins intempestive. Il ouvrit la boîte à gants, en retira le message qu'il avait écrit pour Bia et prit la direction du jardin Botanique.

11

Il était neuf heures passées lorsqu'il rentra chez lui. Après une longue douche, il téléphona à Alba, qui décrocha à la première sonnerie, voix normale, comme si de rien n'était. Une de ses qualités étant de ne pas être rancunière. Elle adora l'idée de la cuisine chinoise. "C'est très sain." Avant d'arriver au restaurant, la paix était rétablie. Bia ne fut pas mentionnée, bien que tout le temps présente, et Júlio n'attendait que le moment où elle passerait de la pensée à la parole, ce qui n'arriva pas. Les sujets de conversation étaient en nombre réduit et la séquence des événements, prévisible. A la sortie du restaurant, elle demanderait : "Chez toi ou chez moi ?" Il choisirait l'appartement d'Alba, non pas parce qu'il était plus proche ou plus agréable, mais pour des raisons stratégiques. En cas de conflit, il pourrait battre en retraite. Il ne savait pas si l'appauvrissement de leur relation venait d'elle ou de lui, qui l'avait sous-estimée.

L'appartement, haut de plafond, donnait sur l'arrière de l'immeuble, sur une favela d'Ipanema, distante d'une centaine de mètres à peine. De sa fenêtre, Alba assistait à des rondes de samba, à des fusillades (le mur du bâtiment était criblé de balles perdues), à des disputes familiales, à des effondrements de baraquements en bois à la saison des pluies, en plus du spectacle des feux d'artifice annonçant à la population l'arrivée d'une livraison de drogue. De temps en temps, elle assistait à la mise en scène de la police qui montait sur la colline accompagnée de réalisateurs de télévision, pour "une nouvelle saisie importante d'une grande quantité de drogue, d'armes et de munitions", en plus de l'arrestation d'une demi-douzaine de petits voyous désignés comme de dangereux délinquants. Le lendemain, la scène ferait la une des journaux télévisés.

Ce soir-là, cependant, les choses se passèrent d'une façon différente. Alba ne demanda pas où ils allaient passer la nuit, la proposition vint de Júlio. La colline était calme et le discours espéré sur Bia Vasconcelos n'arriva pas. Ils s'aimèrent comme d'habitude et dormirent. Le matin suivant, après avoir feuilleté le journal et pris le petit-déjeuner en silence, Alba demanda :

— Qui a tué le mari de Bia ?

— Comment l'as-tu su ? demanda Júlio.

— Par la télévision et après par un article que j'ai lu dans le journal.

— Je ne sais pas, c'était probablement une tentative de vol ou d'enlèvement.

— D'après le journal, la police n'écarte pas l'hypothèse d'une vengeance ou d'un crime passionnel.

— Foutaises. C'est ce qu'on dit quand on n'a pas de pistes, répondit Júlio le plus naturellement du monde, et, en disant un au revoir pressé : Je dois m'en aller, chérie, je veux passer chez moi avant d'aller à la faculté.

Sur le chemin, il ressentit un goût aigre de nourriture chinoise. Chez lui, il se rasa, changea de vêtements et appela Bia. Elle était déjà partie. Il appela l'atelier. Le répondeur prit l'appel. C'était le jour de clôture de la Semaine de l'art et de la perception visuelle. Il prit la route de l'université. Ce fut un vendredi ennuyeux.

12

Cela faisait deux samedis consécutifs qu'Espinosa remettait à plus tard le rangement de son appartement. Ce n'était pas une question de nettoyage, mais de rangement proprement dit, selon la femme de ménage, condition nécessaire pour qu'elle puisse faire son travail. Les ordres d'Espinosa étaient de tout nettoyer sans rien déplacer. D'après elle, cela était impossible, principalement pour ce qui était des livres. D'après Espinosa, elle avait raison. Il habitait un immeuble ancien de trois étages sans ascenseur, dans le quartier de Peixoto, à Copacabana. Son appartement se trouvait au dernier étage, face à la place et, excepté les livres éparpillés de façon anarchique dans toutes les pièces, il était bien entretenu. Les habitants de l'immeuble savaient qu'Espinosa était de la police, bien qu'il n'eût jamais rien dit à personne.

Sa famille avait été la première à habiter cet immeuble de construction récente, qui, avec ses murs blancs sentant la peinture fraîche, ressemblait à un cahier neuf. Le vieux cahier, plein d'histoires d'enfance, était resté dans le quartier de Fátima, en centre-ville. Aujourd'hui, il constatait à quel point les souvenirs de sa vie étaient rares et incomplets, à part ceux concernant l'époque où ils vivaient dans le quartier de Fátima et où ses parents étaient vivants. Jusque-là la mort la plus douloureuse avait été celle d'une petite chienne qu'il avait reçue d'un ami de son père. Grâce à l'intensité des souvenirs de ce temps-là, qui apportaient avec eux l'odeur de la pluie dans la cour, Espinosa avait l'impression de pouvoir récupérer chaque moment de cette période de sa jeunesse. Ce n'était pas la même chose avec les premières années vécues à Copacabana, presque complètement atteintes par l'oubli. Il se rappelait que son père avait survécu un peu plus d'un an à la mort de sa mère. Les images des enterrements se confondaient dans sa mémoire. Il était alors âgé de quatorze ans. Sa grand-mère maternelle avait déménagé vers l'appartement du quartier de Peixoto dans le but de prendre soin de son éducation et de sa vie. Avec elle, vinrent les livres. Elle était correctrice professionnelle. Les livres furent le lien entre leurs mondes. Le goût de la lecture et probablement le développement exagéré du monde de la fantaisie dataient de cette époque. Cela avait été une relation non exempte de conflits, mais pleine de vie. Peu avant d'atteindre ses vingt et un ans, il avait été convoqué pour une conversation avec sa grand-mère. Selon cette dernière, elle avait prolongé au-delà du nécessaire sa présence et avait déjà organisé son retour vers le petit logement qu'elle avait gardé dans le quartier du Flamengo où elle conservait le reste de ses livres et son histoire personnelle. "Je m'en vais avant que l'histoire s'inverse et que je sois contrainte de recourir à ton aide." Elle ne vécut pas beaucoup plus longtemps, elle mourut de ce qu'elle avait de meilleur : du cœur, et avec elle le dernier parent connu s'en était allé. Depuis lors il avait été l'unique responsable de sa propre survie. En héritage : l'appartement de ses parents, les livres de sa grand-mère et pas plus d'argent en banque que celui nécessaire pour régler l'enterrement de celle qui, au cours des huit dernières années, avait maintenu son affection vivante.

Il n'allait pas téléphoner à Bia Vasconcelos un samedi avant 11 heures du matin. Il commença à ramasser de petits tas de livres près du fauteuil et du canapé, sur la table du salon, au pied du lit, sur les tables de chevet, sur les chaises, dans l'intention de former de grandes piles près de l'un des murs du salon. Ce n'était pas un ordre définitif, mais c'était un début. La tâche devenait plus lente avec les nombreux arrêts pour la relecture de pages cueillies au hasard. A 11 heures, il avait composé une curieuse bibliothèque sans étagères, en alignant les livres debout près du mur et en formant des colonnes séparées les unes des autres par des livres couchés. La pile atteignait la hauteur de sa taille et occupait le seul mur libre du salon.

Il observa un moment l'œuvre d'ingénierie. Ensuite il se lava les mains, noires de poussière, et appela Bia. Il tomba sur le répondeur. Il laissa un message et son numéro de téléphone. La demi-heure suivante fut improductive. Supposant qu'elle était en train de dormir et sur le point de se réveiller, il mit fin au rangement. Peu avant midi, le téléphone sonna.

— Inspecteur Espinosa ? demanda la voix déjà familière.

— Oui. Comment allez-vous, madame Bia ? Excusez-moi de vous déranger un samedi matin.

— Vous ne me dérangez pas, inspecteur. Des nouvelles ?

— Rien de significatif, répondit Espinosa. Pourrais-je passer rapidement chez vous ? Je ne vous prendrai pas plus de cinq minutes.

— Si ce ne sont que cinq minutes… Je vais déjeuner avec mon père. Quelque chose d'important ?

— Je ne prendrai pas plus que les cinq minutes convenues.

— C'est d'accord. Je vous attends.

— Merci, j'arrive dans un instant.

La pluie de la veille avait nettoyé l'atmosphère et il faisait une belle journée de printemps lorsqu'il arriva devant l'immeuble de Bia. Elle le reçut habillée, prête à sortir ; son visage ne portait aucune trace des événements de la semaine.

— Bonjour, inspecteur, vous ne vous reposez donc jamais ?

La tonalité de sa voix était aimable et le sourire sympathique semblait authentique.

— Bien sûr que oui, mais parfois je le regrette. Et il ajouta : Si je ne m'étais pas reposé le jeudi soir et si j'étais allé chez Rose, au lieu d'attendre de l'interroger à la Planalto Minerações, peut-être n'aurait-elle pas disparu.

— Il n'y a pas de raison de vous culpabiliser, inspecteur, vous ne pouviez pas deviner qu'elle allait disparaître ni qu'elle détenait une information importante.

— Madame Bia, mon métier n'est pas de deviner, mais de soupçonner. Mon erreur a été de m'être reposé. Mais je ne veux pas épuiser mes cinq minutes à parler de ce que nous savons déjà.

— Je peux disposer d'un peu plus que ça, inspecteur. Mon père doit passer me prendre. En l'attendant, nous pouvons parler.

— J'ai besoin de savoir une chose seulement, dit Espinosa. Qui est l'homme qui vous a laissé un message à huit heures du soir jeudi ?

L'atmosphère changea instantanément et sa réceptivité initiale se transforma en une attitude défensive. Son corps se crispa et son sourire disparut.

— Est-ce vraiment important ? demanda-t-elle sèchement.

— Ça peut l'être, je ne sais pas encore. Et, ensuite : C'était l'homme avec qui vous êtes allée au *Bar Luiz*, mardi après-midi ?

— Oui.

— Je suis désolé, mais j'ai besoin de connaître son nom et, si possible, son adresse et son numéro de téléphone.

— Il s'appelle Júlio Campos de Azevedo. C'est un professeur du département d'architecture de la faculté. Nous avons participé à un séminaire sur l'art, à l'université, et il m'a déposée en centre-ville. Le verre était une invitation amicale de sa part. C'était la première fois que nous sortions ensemble. Je ne sais pas où il habite, je n'ai que son numéro de téléphone.

Elle prononça ces mots comme une récitation monotone.

— Puis-je voir le message ? demanda Espinosa.

— Je ne sais pas si je l'ai classé, il faut que je le cherche.

— J'attends, dit Espinosa, il est préférable que vous le cherchiez vous-même.

Elle retrouva le message et le remit à l'inspecteur. Après l'avoir lu plusieurs fois, il commenta :

— Pour quelqu'un qui est sorti avec vous une seule fois, il s'exprime d'une façon très intime, vous ne trouvez pas ?

— C'est une manière affectueuse de s'exprimer, inspecteur, tout le monde n'est pas policier.

Après avoir noté le nom et le numéro de téléphone, Espinosa s'en alla avec la certitude d'avoir définitivement terni son image. Jusque-là il avait montré le visage d'un policier attentionné et compréhensif. Il ne savait pas s'il avait réussi à cacher son attirance pour elle. A partir de ce moment-là, il passerait probablement pour un flic indiscret, envahissant sa vie privée. La façon dont elle lui avait dit au revoir ne laissait aucun doute là-dessus.

Il chercha un téléphone public et composa le numéro qu'elle lui avait donné. La voix de Júlio, sur le répondeur, annonçait qu'il n'était pas là, "si vous voulez passer un fax...", et le message était répété en anglais et en français. Affaires internationales ou stratégie pour impressionner des clients potentiels ? Il appela aussitôt le commissariat et demanda qu'on retrouve l'adresse. La réponse surprit Espinosa. Ils étaient presque voisins. Júlio habitait à quelques pâtés de maisons de chez lui, rue Santa Clara, dans une maison sur deux étages qui lui servait de résidence et de bureau. Il le vérifia lors d'une visite dans le quartier et à l'occasion d'un entretien rapide avec la voisine.

Il rentra chez lui et profita des dernières heures du samedi après-midi pour terminer le rangement de son appartement, ou du moins pour laisser une trace de son effort. Une heure plus tard, il remarqua qu'il ramassait les livres éparpillés et les empilait ou les déposait ailleurs. Il ne faisait que déplacer le chaos.

Les scènes commencèrent à apparaître de façon incontrôlable, toutes mêlaient Bia et un autre personnage qui devait être Júlio. Comme Espinosa ne le connaissait pas, son image était floue, mal dessinée ou acquérait des caractéristiques plus précises en maintenant une grande ressemblance avec lui-même lorsqu'il s'agissait de scènes d'amour, et perdait de sa clarté lorsqu'il s'agissait du couple manigançant la mort de Ricardo Carvalho ou attirant Rose dans un guet-apens. Peu à peu, les scènes firent place à des images isolées. Vers la fin de l'après-midi, il s'était presque convaincu lui-même qu'il était improbable que deux personnes jeunes, belles (c'était ce qu'il pensait déjà de Júlio), ayant réussi dans la vie, cultivées et avec un avenir prometteur, aient tramé et perpétré un assassinat, voire deux, en courant le risque d'être découvertes et de passer le restant de leurs jours en prison. Après tout, il n'y avait pas un seul indice prouvant que les choses s'étaient déroulées ainsi. Ce qu'il y avait, c'était son propre imaginaire devenu fou.

L'après-midi touchait à sa fin et le salon se trouvait dans l'obscurité. Ça faisait très longtemps qu'il n'avait pas eu de compagne. Il alluma une lampe, alla à la cuisine inspecter le réfrigérateur et se décida pour une pizza dans un restaurant très animé.

13

Júlio reconstitua chaque instant, depuis sa rencontre avec Bia au *Bar Luiz*, et en conclut que quelque chose avait changé. La mort de Ricardo Carvalho avait instauré entre eux une distance qui n'existait pas auparavant. Les coups de téléphone sans décrocher, les messages sans réponse, le silence qui avait suivi la remise de sa lettre au concierge, rien ne collait avec la sensibilité perçue lors de la conversation au bar. Par ailleurs, il comprenait que la mort du mari de Bia était un motif suffisant pour ébranler n'importe quelle femme et provoquer un recueillement temporaire.

Il était confus et effrayé. Bia n'était pas une femme ordinaire, sa simple présence provoquait des sentiments et des actions démesurés et il sentait une demande bien au-delà de ses possibilités sans qu'elle imposât ou exigeât quelque chose. Il ne savait pas quelle attitude adopter, il ne savait même pas s'il devait prendre l'initiative ou attendre qu'elle rétablît le contact. Il y avait aussi Alba, la tête remplie de feuilletons télévisés et le corps modelé par les clubs de gymnastique. Douce créature dont l'unique aspiration était d'être heureuse pour toujours, ce qui, d'après Júlio, incluait obligatoirement mariage et enfants. Agé de trente-huit ans, après deux mariages et deux enfants, Júlio n'avait pas la moindre intention de continuer la série. Il n'avait jamais été un homme audacieux. Jusqu'à ce jour, la prudence avait caractérisé sa vie, dépassant rarement les limites nullement ambitieuses qu'il s'était fixées pour lui-même. La combinaison de son activité universitaire et celle de travailleur indépendant lui assurait la stabilité nécessaire pour ce qu'il considérait comme une vie sans surprises désagréables.

Comme c'était dimanche, il s'autorisa à traîner au lit jusqu'à midi. Sans la présence d'Alba, il pouvait consacrer ses pensées à Bia sans se sentir gêné. Il prit un petit-déjeuner copieux, s'habilla (il n'aimait pas les tenues négligées à la maison, même seul) et commença à trier le matériel dont il aurait besoin pour le cours du lendemain lorsque la sonnette de la porte d'entrée retentit. Il pensa, contrarié, que ça pouvait être Alba. Il n'avait pas envie de la voir. Il prépara pourtant un sourire en ouvrant la porte.

— Professeur Júlio de Azevedo ?

— Lui-même.

— Bonjour professeur, je suis l'inspecteur Espinosa de la 1re DPJ.

La surprise fut telle que Júlio n'enregistra pas complètement la phrase et ne retint que les mots "inspecteur" et "DPJ", tandis qu'il regardait, déconcerté, la carte qu'Espinosa exhibait.

— Excusez-moi, demanda-t-il, inspecteur… ?

— Espinosa.

— De la police ?

— Oui, répondit Espinosa, sans répéter la division. Puis-je entrer ? J'aimerais parler un peu avec vous.

— Je vous en prie, entrez.

— Désolé d'être venu sans vous prévenir, mais nous sommes presque des voisins et j'ai décidé de passer voir si vous étiez chez vous.

— Bien sûr, dit Júlio, comme si recevoir la visite d'un inspecteur de police un dimanche après-midi était la chose la plus naturelle du monde.

— Voulez-vous un café, inspecteur ? Je viens d'en faire.

— Volontiers. Avec peu de sucre, s'il vous plaît.

"Gentillesse ou stratégie pour se remettre de la peur qu'il vient d'avoir", pensa Espinosa tout en regardant autour de lui. Il y avait deux pièces séparées par un grand arc sans porte. La première était plus petite, mais confortable et de très bon goût, l'autre devait certainement servir de bureau. D'où il était assis, on pouvait voir une planche à dessin et une table supportant un ordinateur et une imprimante. Júlio revint en apportant deux cafés et deux verres d'eau sur un petit plateau qu'il déposa sur la table basse.

— Quel est le motif de votre visite, inspecteur ? demanda-t-il, déjà remis de sa surprise.

— Une rencontre, un message, une mort et une disparition, répondit Espinosa, comme s'il était en train de communiquer le résultat d'une réunion de copropriétaires.

— Comment ? demanda Júlio en souriant. Pouvez-vous être plus clair ?

— Commençons par le début, dit Espinosa. Connaissez-vous Mme Bia Vasconcelos ?

— Oui, nous sommes amis, mais qu'a-t-elle à voir avec tout cela ?

— Depuis combien de temps la connaissez-vous ? poursuivit Espinosa en ignorant la question.

— Un an exactement. Nous nous sommes connus en septembre l'année dernière, à l'occasion d'un séminaire organisé par l'université. Nous nous sommes vus occasionnellement dans l'année lors de deux expositions, et je l'ai rencontrée à nouveau il y a une semaine, lorsque nous avons participé à la même table ronde au séminaire de cette année.

— Et c'est tout ? demanda Espinosa.

— Oui. Que voulez-vous suggérer ?

— Ne vous êtes-vous pas rencontrés au *Bar Luiz*, au centre-ville, mardi dernier ?

— Nous ne nous sommes pas rencontrés au *Bar Luiz*, répondit Júlio. Nous sommes sortis ensemble de la conférence, je lui ai proposé de la raccompagner parce qu'elle était sans voiture et je lui ai offert un verre pour rompre la tension due aux trois heures d'exposés et de débats.

— Et à quelle heure cette rencontre s'est-elle terminée ?

— A six heures du soir, environ.

— Une heure avant que le mari de Bia Vasconcelos soit assassiné.

— En quoi les deux choses sont-elles liées ?

— C'est ce que je prétends découvrir, professeur. Qu'avez-vous fait après cette rencontre ?

— Je suis allé à la papeterie União, rue de l'Ouvidor, acheter du matériel de dessin.

— Qu'avez-vous acheté ?

— Du papier calque, de l'encre de Chine…

— Avez-vous la facture de votre achat ?

— Bien sûr que non, je ne garde pas les factures de tout ce que j'achète.

— Et jeudi, en début de soirée, où étiez-vous ?

— A Ipanema, au club de gymnastique d'une amie, ensuite je suis allé au jardin Botanique déposer un message pour Bia Vasconcelos. C'est ce jour-là que j'ai appris la mort de son mari.

— Et avez-vous appris quelque chose sur la disparition de la secrétaire ?

— Quelle secrétaire ?

— Rose, la secrétaire de Ricardo Carvalho, a disparu jeudi, vers sept heures et demie du soir, alors qu'elle se rendait à l'appartement de Mme Bia Vasconcelos.

— Je l'apprends à l'instant, inspecteur.

— Ne trouvez-vous pas curieux, continua Espinosa, que vous ayez été présent sur les deux lieux de ces deux événements et aux mêmes heures ?

— D'après ce que je peux comprendre, le crime et la disparition se sont passés dans des endroits très fréquentés, des milliers de personnes se trouvaient à proximité. J'étais l'une d'entre elles.

— Sans doute, interrompit Espinosa, mais vous avez été le seul, que je sache, à être présent aux deux endroits. Vous auriez pu apprendre par Mme Bia que, le mardi, son mari sortait du bureau vers six heures et demie, et comme la papeterie União se trouve pratiquement à côté de l'immeuble de la Planalto Minerações, vous auriez pu avoir suivi Ricardo Carvalho jusqu'au parking.

— Très ingénieux, inspecteur. Et qu'ai-je fait de la secrétaire ? L'ai-je également tuée ?

— Je ne suis pas en train d'affirmer que vous avez assassiné l'un d'entre eux. Je ne fais que signaler des coïncidences et construire des scénarios imaginaires.

Ce ne sont pas des hypothèses, ce ne sont que des conjectures.

— Et quelle conjecture avez-vous élaborée à propos de la secrétaire ?

— En ce qui la concerne, vous avez dû compter sur l'aide de quelqu'un pour savoir qu'elle irait ce jour-là et à ce moment-là à l'appartement de Mme Bia.

— Vos conjectures, bien que très intéressantes inspecteur, ne prennent pas en compte une donnée importante : pourquoi tuerais-je une ou deux personnes que je ne connaissais pas et dont la mort ne m'apporterait rien ?

— Le contenu du message que vous avez envoyé à Mme Bia suggère une relation intime entre vous deux.

— Il ne fait que suggérer, répondit Júlio. En vérité, il n'y a pas la moindre intimité entre nous. Je vous répète que la seule fois où nous avons été seuls ensemble, c'était au *Bar Luiz*, mardi après-midi. Je suis d'accord sur le fait que j'ai imprimé un ton intime au message, mais c'est ma manière de m'exprimer. Outre cela, inspecteur, je ne crois pas qu'à ce jour vous pensiez encore qu'un homme qui s'intéresse à une femme mariée aille tuer mari et secrétaire.

— En effet. Plusieurs entreprises devraient alors fermer leurs portes, dit Espinosa en souriant. Mais, comme je l'ai souligné, ce ne sont que des conjectures. Et, se levant pour partir : Encore un détail, professeur. Après avoir laissé le message à la réception de l'immeuble de Mme Bia, qu'avez-vous fait ?

— Je suis rentré chez moi et, ensuite, je suis allé dîner avec l'amie dont je viens de vous parler.

— Celle du club de gymnastique ?

— Oui.

— Comment pourrais-je entrer en contact avec elle ? demanda Espinosa. Pour une conversation non officielle, rien qui puisse l'inquiéter.

— Je dois avoir une carte du club quelque part, répondit Júlio en se dirigeant vers l'autre pièce. En moins d'une demi-minute il était de retour, une carte entre les doigts. La voici, inspecteur. Son nom est Alba Antunes.

— Merci, vous avez été très aimable. Merci aussi pour le café, il était délicieux.

Júlio accompagna l'inspecteur jusqu'à la porte et le regarda s'éloigner en direction de la rue. Il était perplexe et effrayé. Les idées affleuraient et s'amplifiaient de façon anarchique. Il se sentait comme un personnage de conte fantastique. Qui était cet homme-là ? Sans doute un policier, mais qu'attendait-il en réalité de cette visite ? Soupçonnait-il vraiment quelque chose ou ne s'agissait-il que d'un jeu de rôles pour recueillir une information quelconque ? Serait-ce un policier corrompu préparant le terrain pour de futures extorsions ? Ou un fou en plein abus de pouvoir ? Ce qui semblait clair c'est que cette visite-là n'avait pas été une visite officielle, ni un interrogatoire. Mais, malgré le ton amène de l'inspecteur et la déclaration selon laquelle il s'agissait d'affabulations, il y avait une menace évidente. Ce que Júlio n'avait pas les moyens d'évaluer était de savoir s'il s'agissait d'une menace réelle ou d'un simple jeu d'intimidation. En tout cas, il avait peur.

14

Lorsqu'il arriva au club, vers 9 heures du matin, plusieurs groupes avaient déjà payé leur tribut à la beauté. La réceptionniste, qui n'avait besoin de pratiquer aucune gymnastique, regarda Espinosa comme quelqu'un qui examine des images d'ancêtres dans un album de photographies. Après une rapide inspection, elle décida qu'il ne s'agissait pas d'un candidat à une des activités offertes par l'*Ipanema Health Center*. Il ne ressemblait pas non plus à un contrôleur de la préfecture, il ne portait pas d'attaché-case.

Pour la même raison, il ne ressemblait pas à un vendeur. Peut-être était-ce le mari ou le petit copain d'une élève, malgré son âge.

Déconcerté par l'examen silencieux de la secrétaire, Espinosa prit les devants :

— Bonjour, je voudrais parler à Mme Alba Antunes.

— Qui la demande ? dit la secrétaire, en ayant l'air surprise d'entendre Espinosa parler.

— Mon nom est Espinosa.

— De quelle entreprise êtes-vous ?

— Pardon ?

— N'appartenez-vous à aucune entreprise ? insista la jeune fille.

— D'une certaine façon, oui, répondit Espinosa en souriant, mais c'est personnel.

— Un moment, s'il vous plaît, je vais voir si elle n'est pas en cours, et elle commença à enfoncer une série de touches de téléphone.

La réception était séparée d'une grande salle remplie d'appareils par une vitre. Tapis roulants, vélos ergomètres, bancs de musculation et une infinité d'autres appareils, tous utilisés par des jeunes des deux sexes, suant à grosses gouttes. Si ce n'était la profusion de miroirs, l'éclairage intense et la musique qui provenait du deuxième étage, cela aurait ressemblé à la salle de torture d'un château médiéval. Pendant qu'il attendait, Espinosa faisait osciller son regard de la salle de musculation au tee-shirt de la secrétaire qui, décolleté en haut, en bas, derrière et sur les côtés, ressemblait plutôt à un bavoir. La jeune fille eut du succès avec une des touches du téléphone.

— Albinha, il y a un monsieur qui veut te parler. Et après quelques secondes d'écoute : M. Espinhosa.

— Espinosa.

— M. Espinosa, répéta-t-elle. Il dit que c'est personnel.

— Dites-lui que c'est le professeur Júlio qui m'a donné son adresse, interrompit Espinosa.

La secrétaire répéta tout en mastiquant son chewing-gum, passa le doigt sous la bretelle de son tee-shirt et, après plusieurs "hum… hum", raccrocha.

— Vous pouvez monter par l'escalier au fond de la salle de musculation. Troisième étage.

Espinosa traversa la salle de musculation comme un curé qui traverse un camp de nudistes. Même s'il était habitué à monter les trois volées de marches de l'immeuble où il vivait, les deux volées du club le laissèrent légèrement haletant. Il n'aurait su dire si c'était à cause de l'exhibition de la jeunesse et des muscles autour de lui ou à cause du tee-shirt de la secrétaire.

Le bureau d'Alba était un aquarium en verre qui occupait la partie arrière du troisième étage. Une grande table avec une demi-douzaine de chaises autour, deux armoires métalliques à archives et une espèce d'armoire encastrée qui occupait l'un des murs latéraux composaient le mobilier. Le mur du fond était tapissé de posters des Jeux olympiques. L'unique touche féminine était un vase de fleurs au centre de la table. Alba était assise et remplissait des fiches. Elle sourit et tendit la main.

— Etes-vous un ami de Júlio ? demanda-t-elle, sans se départir de son sourire et en l'invitant à s'asseoir en face d'elle.

— Pas exactement. Nous nous sommes connus hier après-midi et nous avons parlé un moment chez lui. Et après une petite pause : Je suis l'inspecteur Espinosa de la 1re DPJ.

— Police ? demanda Alba, en fronçant le nez. Inspecteur de police ? Est-il arrivé quelque chose à Júlio ?

— Non, soyez tranquille.

— Ah, je vois ! dit-elle. C'est à cause du mari de cette bourge avec laquelle Júlio sort ces derniers temps.

— Sort-il avec elle en ce moment ? demanda Espinosa.

Mais Alba s'était déjà remise de sa surprise et s'était placée sur la défensive.

— Enquêtez-vous sur la mort du directeur ?
— Oui.
— Soupçonnez-vous Júlio, par hasard ?
— Croyez-vous qu'il y ait des raisons de le soupçonner ?
— Inspecteur, si c'est vraiment le motif de votre visite, et si je peux la considérer comme une visite, je crois que vous êtes sur la mauvaise piste. Je ne sais rien à propos de sa relation avec la femme du directeur. Et en plus, Júlio ne tuerait personne, il n'est même pas capable de se disputer avec moi, encore moins de tuer un homme. Selon moi, une personne peut en tuer une autre par accident, par pulsion incontrôlable ou avec préméditation. D'après ce que j'ai lu dans les journaux, ce n'était pas un accident. Une pulsion incontrôlable ne peut pas arriver à Júlio, il pèche par excès de contrôle dans tout ce qu'il fait. Et pour ce qui est de tuer quelqu'un, la préméditation est absolument impensable, et il manque de courage et d'audace. Donc, inspecteur, si vous soupçonniez Júlio, vous pouvez chercher un autre suspect.

Espinosa eut envie d'applaudir. En plus d'un beau corps, la jeune fille avait une tête bien remplie et était fermement déterminée à défendre son petit ami.

— Madame Alba, je n'ai pas dit que je soupçonnais le professeur Júlio. A vrai dire, je ne suis pas, pour l'instant, à la recherche de suspects, mais seulement en train d'essayer d'éclaircir certaines coïncidences.

La façon de parler calme, grave et posée d'Espinosa eut un effet tranquillisant sur Alba.

— Le professeur m'a raconté qu'il était avec vous jeudi jusqu'à six heures du soir et qu'à neuf heures vous êtes allés dîner dans un restaurant japonais.
— Chinois.
— Certes, chinois, ce n'est pas la nationalité du restaurant qui m'intéresse mais plutôt les horaires et les quelques détails que je considérerais comme subjectifs. Par exemple. Quel était l'état d'esprit du

professeur en vous laissant à six heures et en vous retrouvant à neuf heures ?

— Nous ne nous sommes pas quittés à six heures, mais à six heures et demie. Je ne crois pas l'avoir laissé dans un très bon état d'esprit. Je me suis beaucoup disputée avec lui.

— Puis-je savoir pourquoi ?

— Parce qu'il n'avait pas donné signe de vie depuis une semaine. Je crois qu'il était occupé avec cette Bia Vasconcelos.

— Vous le croyez ou vous en êtes sûre ?

— Je le crois. Il m'a dit n'avoir été avec elle que le mardi, lors d'un séminaire à l'université.

— Vous a-t-il parlé de leur rencontre dans un bar, au centre-ville, après le séminaire ?

— Non, mais c'est bien son style. Júlio est un séducteur, il séduit avec la même spontanéité qu'un chien qui remue la queue et, dans les deux cas, l'objectif est le même : de l'attention et un peu de tendresse. Ce n'est pas un conquérant, il est seulement gentil, attentionné et délicat, et ça plaît aux femmes.

— Et malgré le fait que vous vous soyez disputée avec lui, vous êtes allés dîner ensemble quelques heures plus tard ?

— Júlio sait que je suis explosive. Ma rage est passagère, je ne suis pas rancunière ; quand il m'a téléphoné en m'invitant à dîner, je n'éprouvais déjà plus aucune rage.

— Et comment était-il ?

— Bien, calme, comme il l'a toujours été.

— Merci beaucoup, dit Espinosa en se levant, vous m'avez beaucoup aidé. Au cas où vous vous souviendriez de quelque chose d'important, voici ma carte. Et il dit en sortant : Votre club est très bien.

— Le projet vient de Júlio, dit-elle en souriant.

En sortant, il prit congé de la secrétaire, une occasion de plus pour graver son image dans sa mémoire.

Une chose qu'Espinosa ne déniait pas à Júlio : son bon goût pour choisir les femmes. Bien que différentes, Bia et Alba avaient trois caractéristiques en commun : beauté, intelligence et autonomie. Pendant qu'il conduisait, il comparait les deux femmes, comme si c'était à lui de se décider pour l'une ou pour l'autre. La beauté de Bia était plus aristocratique et sa sensualité transparaissait dans des petits détails ; la beauté d'Alba était sauvage et sa sensualité, comme tout le reste, explosive. Culturellement, la supériorité de la première était indiscutable ; affectivement, la deuxième paraissait plus riche. Bia était, sans doute, plus intéressante ; Alba, malgré son tempérament bouillonnant, avait une présence apaisante et son affection transparaissait plus. Sans le savoir, Espinosa faisait le même bilan que celui que Júlio avait fait le jeudi précédent en sortant d'Ipanema en direction du jardin Botanique.

Il ne considérait pas Júlio et Bia comme des suspects. Même s'il croyait que la potentialité à tuer était présente, en égale intensité, aussi bien chez les criminels que chez les saints, et surtout chez ces derniers. Espinosa croyait aussi que des forces puissantes opéraient pour éviter que cette potentialité ne passe à l'acte. Dans le cas de Bia et de Júlio, les raisons pour ne pas passer à l'acte étaient nombreuses et fortes. Tous deux étaient jeunes, beaux, avaient réussi leur vie professionnelle, sans problèmes financiers, émotionnellement stables, avec un passé irréprochable et un futur prometteur. C'est un ensemble suffisamment solide pour empêcher quelqu'un, sans motif apparent, de commettre un assassinat qui, comme tout semblait l'indiquer, avait été prémédité. Même en sachant que des crimes sordides ont été commis par des pères de famille tranquilles, Espinosa se refusait à accepter l'hypothèse que l'un d'entre eux, ou les deux, ait commis ce crime.

Il essayait d'imaginer Bia sortant du *Bar Luiz*, faisant arrêter le taxi à deux pâtés de maisons de là, tombant “par hasard” sur son mari, l'embrassant tendrement et marchant bras dessus, bras dessous en direction du parking, pour, une fois dans la voiture, le tuer d'une balle. Cela ne collait pas. Il n'était pas capable de reconnaître en Bia cet assassin froid et calculateur. Et surtout : pourquoi l'aurait-elle fait ? En fin de compte, si Ricardo Carvalho n'était pas le mari idéal, du moins la laissait-il entièrement libre. Il avait les yeux tellement tournés vers lui-même qu'il ne se serait même pas rendu compte d'une éventuelle liaison amoureuse de sa femme. Argent et liberté ne lui étaient pas refusés. Ce qu'elle devait offrir en retour était minime : sa belle présence dans quelques réunions sociales.

Un raisonnement analogue s'appliquait à Júlio. Il n'avait aucun lien avec le mort, il ne le connaissait même pas. Sa relation avec Bia était bien trop récente pour donner lieu à un geste passionnel de cette envergure et dont l'objectif était douteux. A en croire leurs deux dépositions, il ne s'était rien passé au-delà d'un simple verre. Il était enclin à donner du crédit au portrait tracé par Alba, il manquait à Júlio impétuosité et audace, en plus d'un motif, pour commettre le crime.

Il était temps d'exploiter d'autres filons et rien de tel que de commencer par la Planalto Minerações.

15

Il laissa sa voiture au parking du commissariat et marcha jusqu'à la rue de l'Ouvidor. Il n'aimait pas la Planalto Minerações, il n'aimait pas les directeurs de la Planalto Minerações, il n'aimait pas le genre d'activité de la Planalto Minerações et, cependant, il était à nouveau là-bas. Il ne lui fut pas nécessaire de montrer sa carte, la réceptionniste le reconnut dès qu'il entra dans le hall de l'entreprise.

La demande d'un entretien avec le président-directeur ne provoqua aucune surprise. Il eut l'impression d'avoir un rendez-vous. La réceptionniste appuya sur la touche d'un poste, annonça son nom à voix basse, répondit à quelques questions et se tourna vers Espinosa :

— Le docteur Weil va vous recevoir. Attendez un instant, s'il vous plaît.

Comme les autres pièces, le hall était tout en noir, blanc et gris. Les seules et uniques touches de couleur correspondaient aux fleurs dans les vases et aux vêtements des gens. La secrétaire du président vint en personne le chercher. Elle n'était pas grande, elle n'était pas blonde, elle n'était pas jolie. Elle ressemblait plus à la mère supérieure d'un couvent qu'à une secrétaire, elle n'avait ni âge ni sexe définis.

— Bonjour, veuillez avoir la gentillesse de me suivre.

Ce n'était pas une sollicitation, c'était un ordre.

Après avoir traversé un couloir et deux pièces, ils entrèrent dans le bureau du président de la Planalto Minerações. Il ne différait pas beaucoup du bureau de Cláudio Lucena, si ce n'est par sa superficie. La même absence de couleurs, le même type de meubles, la même asepsie. Il n'y avait pas un seul objet en trop, même sur la grande table au plateau de verre, derrière laquelle était assis Daniel Weil, qui se leva pour saluer Espinosa.

— Bonjour, inspecteur, j'espère que vous apportez des éclaircissements.

Il parlait comme s'il ouvrait une réunion de directoire.

— Je suis désolé, docteur Weil, mais rien n'est clair pour l'instant. Je suis venu vous demander de l'aide.

Espinosa savait que c'était un jeu. Cet homme-là n'était pas arrivé à la présidence d'une multinationale grâce à sa seule élocution, mais il savait aussi que le bonhomme était sensible à ce genre d'adulation.

— En quoi puis-je vous aider ?

— En me parlant du docteur Ricardo, du genre de travail qu'il faisait, de sa relation avec les autres directeurs et de tout ce qui, à votre avis, peut avoir un lien avec le crime.

Daniel Weil parla durant une heure et dix minutes, avec une élocution digne d'un parterre de congressistes. Il parla de son parcours dans l'entreprise, des grandes affaires internationales, des actions de bienfaisance auprès des communautés démunies, des campagnes de vaccination en Afrique et dans les pays asiatiques touchés par la guerre, de l'utilisation de la technologie de prospection du sol dans le forage de puits artésiens dans des régions pauvres du Nordeste, du dévouement des employés, du plus humble jusqu'aux directeurs et, finalement, de Ricardo Carvalho, "que Dieu ait son âme", et de Cláudio Lucena. Aucune référence à la disparition de Rose.

Espinosa en sortit tout étourdi. Il aurait besoin d'un certain temps pour que le voile de fumée créé par le bonhomme se dissipe. Non seulement les images de Ricardo et de Lucena s'étaient diluées, mais aussi il n'arrivait plus à faire la différence entre la Planalto Minerações et le Rotary Club. Son habileté à ne rien dire était surprenante. L'entretien terminé, Espinosa demanda s'il pouvait parler encore une fois avec le docteur Cláudio Lucena. L'homme accepta, contrarié. Il devait penser que sa parole serait suffisante et qu'il aurait ainsi le dernier mot. Il prit des dispositions, cependant, pour que Cláudio Lucena reçoive l'inspecteur.

Lucena, malgré son habileté et son intelligence, avait pour point faible le narcissisme. Si on le caressait dans le sens du poil, il était capable de fournir quelque chose d'utile, même en ayant comme interlocuteur un inspecteur de police. La voix fine et monocorde continuait à incommoder Espinosa, mais de la conversation, longue elle aussi, qu'ils eurent, ressortirent quelques données intéressantes.

La Planalto Minerações dépendait d'une multinationale qui avait des succursales à Bruxelles, Londres, Amsterdam et Rio de Janeiro, et dont l'objectif principal était d'explorer les gisements d'or dans les pays du tiers-monde. Ces entreprises détenaient capitaux et technologies de pointe. Comme elles n'avaient pas d'intérêts dans la propriété foncière mais dans l'exploitation du sous-sol, elles passaient des accords avec des grands et des petits propriétaires pour l'exploitation de leurs terres, ce qui était fréquemment accompagné de conflits familiaux et politiques. C'était en cela que Ricardo Carvalho se montrait un habile et "implacable" négociateur. Il parut évident que cette tâche serait maintenant à la charge de Cláudio Lucena. La suite de la conversation fut pure rhétorique. Aucune question sur l'endroit où se trouvait Rose. Si dans cette entreprise-là les employés étaient dévoués à leurs patrons, la réciproque ne semblait pas être vraie. Au moment de le quitter, Espinosa demanda :

— Pourrais-je parler quelques minutes à Mme Carmem, votre secrétaire ?

— Bien sûr, inspecteur. Je ferai en sorte qu'elle reste à votre disposition le temps que vous jugerez nécessaire.

Carmem était grande, mince, les os saillants, la peau naturellement brune, ni jolie ni laide, mais non dépourvue de sensualité, yeux noirs attentifs et sourire professionnel. Tout comme Rose, elle avait été choisie après une sélection rigoureuse. Cela faisait quatre ans qu'elle travaillait à la Planalto Minerações et elle en savait plus sur Cláudio Lucena que lui-même. Elle avait un bon salaire et en échange on exigeait d'elle compétence, dévouement et discrétion. L'entretien se fit dans la salle de réunion de la direction, inoccupée à ce moment-là. Elle attendit qu'Espinosa prenne l'initiative.

— Madame Carmem, non seulement nous avons affaire à un assassinat mais également à la disparition de votre collègue de travail. J'ai besoin de votre aide dans les deux affaires.

— Je ne sais pas comment je peux vous aider, inspecteur.

— Premièrement, en me parlant de Rose.

— Je peux parler d'elle en tant que collègue de travail, mais j'en sais très peu sur sa vie privée. Nous travaillons ensemble depuis que je suis arrivée à la Planalto Minerações, il y a quatre ans, mais nous n'avons pas établi une relation d'amitié en dehors de la compagnie.

— Rose est-elle plus ancienne que vous dans l'entreprise ?

— Oui. Lorsqu'on m'a embauchée, elle y travaillait déjà depuis presque un an.

— Est-elle passée par les mêmes critères de sélection que vous ?

— Oui. Mais la décision finale a été prise par le docteur Ricardo, avec qui elle allait travailler.

— En a-t-il été de même pour vous ?

— Cela a été comme ça pour toutes les secrétaires de direction. La sélection est faite par l'entreprise, mais le choix final revient au directeur avec lequel on va travailler. Je trouve raisonnable que ce soit ainsi, après tout c'est une relation très étroite et très étendue dans le temps.

— Vous parliez-vous ? Parliez-vous ensemble de vos problèmes ?

— Naturellement. Nos bureaux sont contigus et, sauf occasions spéciales, nous laissons la porte de communication ouverte. Lorsque les directeurs sont engagés dans un projet ou sur le point de clore un contrat, nous avons à peine le temps de nous voir, mais lorsque les choses sont calmes nous avons le temps de parler.

— Etait-elle différente le jour ou les jours qui ont précédé la mort de Ricardo Carvalho ?

— Non, si ce n'est le jeudi après-midi, lorsqu'elle a passé un coup de téléphone à Mme Bia.

— Avez-vous entendu la conversation ?

— Non. J'ai seulement entendu lorsqu'elle a prononcé le nom de l'épouse du docteur Ricardo, ensuite elle a fermé la porte qui sépare nos bureaux.

— Vous souvenez-vous de l'heure à laquelle elle est partie le jour de la mort du docteur Ricardo ?

— Ils sont sortis presque en même temps. Elle a dû prendre l'ascenseur juste après lui.

— Avez-vous remarqué quelque chose de différent chez elle ?

— Non. Ce jour-là nous nous sommes peu vues. Je sais l'heure à laquelle elle est sortie parce qu'elle est passée dans mon bureau pour me rendre un collyre qu'elle m'avait emprunté. Elle avait déjà son sac quand elle m'a dit au revoir. Le docteur Ricardo et le docteur Lucena venaient de partir.

— Vous avez dit que la relation des secrétaires avec leurs directeurs était étroite et étendue dans le temps. En quoi la relation de Rose avec le docteur Ricardo était-elle étroite ? Et avant que la secrétaire réponde, il ajouta : Je sais que c'est une question délicate, mais votre réponse peut être décisive pour que nous sachions ce qui est arrivé à votre collègue.

— Inspecteur, la relation est étroite mais pas intime. Tout comme elle, je planifie les voyages du docteur Lucena, je tape ses contrats et rapports, je connais ses rendez-vous médicaux, j'envoie des fleurs à son épouse aux dates importantes, je connais son état d'esprit avant même qu'il me salue le matin… mais je ne couche pas avec lui. Je crois qu'on peut dire la même chose pour Rose, bien que nous n'ayons jamais abordé ce sujet.

— Merci, madame Carmem. Au cas où vous vous souviendriez de quelque chose qui pourrait avoir de l'importance, s'il vous plaît, téléphonez-moi.

Avant qu'Espinosa se lève pour partir, Carmem posa la main sur son bras et demanda :

— Inspecteur, que pensez-vous qu'il soit arrivé à Rose ?

Pour la première fois, quelqu'un à la Planalto Minerações manifestait un réel intérêt pour ce qui serait survenu à la secrétaire.

16

Après avoir offert un verre d'alcool à Espinosa, Mme Maura raconta sa version des faits tout en passant délicatement le doigt sur le bord du verre, les yeux rougis par les pleurs récents et anciens, la voix fatiguée de celle qui estimait avoir déjà tout dit. Espinosa avait respecté les canapés recouverts de plastique, destinés peut-être à des visiteurs plus illustres, qui probablement ne viendraient jamais. Le salon était scrupuleusement propre, les cadres sur le buffet formaient un angle entre eux, dans une disposition géométrique à prétention esthétique. Dans un cadre argenté, se détachant des autres par sa position centrale et par sa taille, la photographie du capitaine Euclides en uniforme de campagne, mort des suites de l'explosion d'une grenade au cours d'exercices militaires au camp de Gericinó.

Lorsqu'elle n'avait pas les mains occupées avec son verre, Mme Maura lissait sa robe imprimée dans les tons de gris ou tirait sur l'ourlet, pour s'assurer qu'elle couvrait convenablement ses genoux, bien que le plateau de la table les cachât. Les années de réclusion volontaire dans l'appartement de la Tijuca avaient contribué à sa pâleur générale et à son vieillissement précoce.

Elle pensait avoir éprouvé toutes les tristesses du monde. Du moins le supposait-elle jusqu'à la disparition de Rose, une semaine plus tôt. A la mort de son mari, sa fille n'avait que neuf ans et, depuis lors, elle ne vivait plus que pour elle. Les visites des anciens compagnons de son mari s'espacèrent avec le temps, jusqu'à cesser complètement ; cela faisait déjà quelques années qu'elle n'avait personne à qui faire appel, tous ses espoirs reposaient sur cet homme, grand, mince, à la voix éteinte, assis devant elle.

Non, elle n'avait rien remarqué de spécial chez sa fille, si ce n'est une certaine inquiétude après la mort du docteur Ricardo, mais elle pensait que c'était naturel. Rose n'avait fait aucun commentaire qui aurait pu servir d'indice à sa disparition et Mme Maura n'était pas au courant de la visite que sa fille avait eu l'intention de rendre à Mme Bia Vasconcelos jeudi dernier. Rose avait toujours été extrêmement discrète et parlait peu de ce qui se passait à la Planalto Minerações.

Elle avait eu des petits copains, comme toutes les filles, elle avait même songé à se marier avec l'un d'entre eux, lieutenant de l'armée, mais le souvenir des innombrables déménagements du vivant de son père n'avait en rien aidé cet amour pas assez fort. Au cours des deux dernières années, les aventures s'étaient raréfiées. Les coups de téléphone étaient peu nombreux, et elle ne recevait pratiquement aucune visite masculine. Elle se consacrait de plus en plus à la compagnie, même si sa mère pensait que, dans ces endroits, seuls les hommes progressent, les femmes demeurant des secrétaires pour le restant de leurs jours.

Au début, Rose parlait un peu de Ricardo Carvalho. Mme Maura avait même remarqué un certain enthousiasme, mais durant les deux dernières années elle n'en parla plus du tout. Elle avait même pensé à quelque mésentente entre sa fille et le directeur. Elle s'était demandé pendant des jours comment lui poser la question, elle ne voulait pas se mêler de son travail et, en même temps, elle craignait une réponse qui confirmât ses soupçons. Au cours d'un dîner, après bien des détours, la question fut posée et la réponse immédiate et accompagnée d'un large sourire :

— Quelle sottise, maman, le docteur Ricardo et moi nous entendons à merveille.

Et on n'aborda plus le sujet. Une nouvelle préoccupation, cependant, rongeait l'esprit préoccupé de Mme Maura. Quelle signification attribuer à ce "à merveille" ? Les tâches ménagères et les feuilletons télévisés se chargèrent de reporter la réponse à une date indéterminée.

A aucun moment, au cours de sa conversation avec Espinosa, elle ne posa une question ni ne fit un commentaire qui suggérât que sa fille était morte. La force de cette idée transparaissait uniquement dans la peur qu'elle ressentait chaque fois que le téléphone sonnait et dans son sentiment de frayeur quand elle décrochait à chaque appel qui, si innocent fût-il, épuisait ce qui lui restait de forces. A un moment donné de la conversation, elle offrit du café à Espinosa. Par gentillesse et par besoin de faire une pause. Parler, plus encore que penser, était pour elle profondément pénible.

Espinosa parcourut la pièce des yeux. Tous les bois brillaient. Dans une vitrine, dont le verre n'avait pas une seule trace de doigts, la vaisselle et les verres en cristal du mariage étaient rangés avec la même rigueur géométrique que les autres objets de la pièce. Il se rendit compte qu'il n'avait pas été invité à s'asseoir sur le canapé, non pas parce qu'il n'était pas assez important, mais parce que la table était le lieu le plus intime. Sur celle-ci, mère et fille prenaient leur petit-déjeuner et dînaient ; là, elles parlaient plus qu'en n'importe quel autre endroit de la maison. Comme, d'une certaine manière, Espinosa était lié à sa fille, il était dès lors une personne intime. Ils prirent leur café en silence, leurs regards errant dans le salon ou fixés sur les tasses.

— Votre fille tient-elle un journal intime ?

Espinosa prenait garde de ne pas employer de verbes au passé.

— Pas que je sache, répondit la dame, surprise par la question.

— Comprenez, madame Maura, que nous avons besoin de nous servir de tout ce qui peut fournir une piste sur l'endroit où se trouve Rose, ce qui inclut journal intime, lettres, annotations, messages, coups de fil, etc. Je sais que vous respectez la vie privée de votre fille, mais, dans l'état actuel des choses, je ne peux pas éviter d'examiner sa chambre. Si vous pouvez m'accompagner, vous me serez d'une grande aide.

— Pensez-vous qu'elle se soit enfuie de peur d'être également tuée ? demanda-t-elle, les yeux humides.

— Qu'est-ce qui vous fait supposer qu'elle se serait enfuie ? Etait-elle menacée ?

— Non, ce n'est pas ça, c'est qu'elle n'est jamais sortie sans me prévenir... pensez-vous qu'elle ait été kidnappée ? continua-t-elle en posant des questions, comme si elle n'attendait pas ou ne voulait pas entendre de réponse.

— La réponse peut se trouver dans sa chambre, parmi ses affaires personnelles, répondit Espinosa.

Avec une certaine résistance, Mme Maura conduisit Espinosa dans la chambre de Rose. C'était très ordonné, ce qui facilitait la recherche. Le problème était qu'il ne savait pas ce qu'il cherchait. Il examina armoires et tiroirs, regarda sous le lit (il faisait toujours ça), ouvrit toutes les valises et tous les sacs à main qui étaient rangés.

— Vous connaissez ses affaires, pouvez-vous me dire s'il manque des robes, des chaussures, des sous-vêtements, une valise ?

— J'y ai déjà pensé. Rien ne semble manquer.

Sur la bibliothèque, deux cents livres environ de qualité correcte. Sur l'étagère la plus proche du sol, les dos sombres et vierges de trois livres attirèrent l'attention d'Espinosa. C'étaient des agendas anciens. Il manquait ceux des deux dernières années.

MAX

Max avait testé plusieurs parkings dans les quartiers Sud. Il n'aimait pas beaucoup les supermarchés, généralement fréquentés par des couples ou par des familles entières, ce qui rendait toute action difficile ou impossible. Comment attaquer une voiture bourrée d'enfants qui peuvent se mettre à hurler à tout moment ? Il préférait les femmes seules, elles s'effraient et donnent tout, par peur du pire. C'est comme ça que ça s'était passé la première fois. Il avait perdu son emploi depuis plus d'un mois et n'avait pas réussi à en trouver un autre. Bien qu'il eût fait des études secondaires, il n'avait pas de métier. Il ne connaissait même pas la dactylographie. Il commit son premier vol par désespoir, mais ce fut si facile et cela lui rapporta tellement qu'il ne vit aucune raison de chercher du travail. Ça faisait un an que ce schéma fonctionnait.

Ses meilleurs coups eurent lieu au parking Menezes Cortes, en centre-ville, mais s'il allait fréquemment au même endroit il courait le risque d'être repéré. Il ne volait jamais les hommes, surtout s'ils étaient jeunes et forts – ils pourraient réagir – et le revolver factice qu'il utilisait dans ces occasions-là ne lui aurait pas été d'une grande aide. En plus, il n'avait jamais tiré sur personne. Il n'était pas faible ; mais il n'était pas non plus prêt à affronter des jeunes cadres habitués des clubs de gymnastique et des arts martiaux. Un vieillard ferait l'affaire, ils sont faciles à effrayer et ils n'ont pas l'habitude de réagir.

Il était caché depuis plus d'une demi-heure derrière la colonne proche de l'escalier de secours, quand il vit le cadre bien habillé, muni d'un attaché-case, se diriger vers la voiture garée à quelques mètres. Ce n'était pas ce qu'il cherchait. Relativement jeune, grand, fort, l'air décidé, il pourrait réagir. Il le regarda monter en voiture et baisser les vitres, mais, au lieu de faire démarrer le moteur, il se cala contre l'appuie-tête du siège et alluma une cigarette. Quelques minutes plus tard, il éteignit la cigarette et remonta les vitres, mais, au lieu du bruit d'un moteur qu'on démarre, ce que Max entendit fut une détonation sourde.

Il attendit un moment. Aucun mouvement dans la voiture. Il regarda autour de lui à la recherche de quelqu'un. Il attendit quelques secondes de plus. Rien ne se passa. Personne, à part lui, n'avait rien vu ni entendu. Il s'approcha de la voiture et observa. Le corps était immobile. Sur le siège avant, à côté du conducteur, se trouvait l'attaché-case et juste à côté une enveloppe, par terre le revolver utilisé par l'homme. Il regarda à nouveau autour de lui à la recherche de témoins. Personne. Il ouvrit la portière du côté du conducteur et le plafonnier s'alluma. Il recula, effrayé, en refermant la portière. Il parcourut encore une fois le parking des yeux. Aucun signe de vie. Il ouvrit à nouveau la voiture et passa la main entre la poitrine du mort et le volant à la recherche de la poche de sa veste. Le corps appuyé contre le volant rendait la tâche difficile. Il réussit quand même à prendre le portefeuille. Il essaya d'atteindre l'attaché-case, en passant le bras derrière le mort, sans résultat. Le contact avec le corps lui provoqua un léger tremblement. Il était prêt à quitter les lieux lorsqu'il vit le loquet de sécurité du côté opposé relevé. Il referma la portière, contourna la voiture et ouvrit l'autre portière. L'attaché-case était ouvert. A côté de lui, l'enveloppe sur laquelle était écrit en caractères d'imprimerie "POUR LA POLICE". A l'intérieur se trouvait une liasse de billets attachée avec un élastique. C'étaient des billets de cent dollars. Plusieurs. Il plaça l'enveloppe dans l'attaché-case à côté du revolver et claqua la portière. Au moment où il se retournait pour sortir, il avait cru voir la silhouette d'une femme à la porte d'accès de l'escalier. Tout fut trop rapide, il pouvait avoir été la victime de son imagination. Il descendit par l'escalier avec l'attaché-case sous le bras et gagna la rue rapidement.

1

La préoccupation de Max était l'attaché-case, trop beau pour être dans ses mains, des initiales gravées en lettres dorées, aucune ne coïncidant avec les siennes. Un petit détail, pensa-t-il, mais ce sont les petits détails qui nous gâchent la vie. Au coin de la rue Sete de Setembro, un camelot vendait des sacs. Il en essaya plusieurs jusqu'à en trouver un dans lequel l'attaché-case rentrait. Celui dont les dimensions convenaient était blanc avec de grandes roses rouges, il en préféra un autre, pas aussi beau, à carreaux noirs et gris. L'anse n'était pas résistante, il choisit de le porter sous le bras, en le tenant par le fond. Considérant qu'il n'attirait plus l'attention, il décida de s'éloigner le plus rapidement possible. Il traversa l'avenue Rio Branco et se dirigea vers la station de métro sur la place de la Carioca.

Dans le wagon bondé, il maintint le sac pressé contre son corps. Malgré ce qu'il venait de vivre, il se sentait, à ce moment-là, comme un fonctionnaire rentrant chez lui après une journée de travail. Il pensa à la femme qui ne l'attendait pas, aux enfants qu'il n'avait pas et à la maison qui n'était pas la sienne, où, par charité, on lui permettait d'occuper une pièce, sur la partie arrière. Subitement, il fut envahi par un tremblement qu'il n'avait jamais ressenti auparavant : "Et s'il se faisait attaquer ?" Evidemment ce ne serait pas dû au fait qu'il transportait plusieurs milliers de dollars, personne n'aurait pu soupçonner cela, mais dernièrement on attaquait pour un rien dans les trains de banlieue, dans les bus, dans le métro, pour prendre quelques sous aux travailleurs. A la station Central do Brasil il aurait dû prendre une correspondance, mais il préféra continuer en direction de la Tijuca. Il considérait le quartier de Central comme particulièrement dangereux, surtout aux heures de pointe. De plus, il avait trouvé une place assise. Il songea à changer le revolver de place. Pour cela, il devrait le sortir de l'attaché-case et le mettre dans le sac, plus à portée de main, pour pouvoir se défendre en cas d'agression. Mais l'opération attirerait certainement l'attention : il devrait ouvrir l'attaché-case qui était dans le sac, en retirer le revolver, refermer l'attaché-case, mettre le revolver entre l'attaché-case et le sac, tout ça dans un wagon plein de monde. Il valait mieux qu'il reste tranquille et qu'il ne se fasse pas remarquer.

Combien de billets pouvait-il bien y avoir dans l'enveloppe ? Cent ? Deux cents ? Etaient-ils tous de cent dollars ? Il fit le calcul de tête, dix, vingt mille dollars ! Il n'avait jamais vu autant d'argent et il y avait encore celui qui était dans le portefeuille qu'il avait jeté dans le sac avec le revolver. Il commença à transpirer des mains. Heureusement le sac était plastifié, dans le cas contraire il aurait pu se mouiller et se rompre avec le poids de l'attaché-case. Il s'essuya les mains sur le pantalon, l'une après l'autre pour ne pas lâcher l'anse. Que trouverait-il encore dans l'attaché-case ? Il avait vu une enveloppe. Le revolver semblait être importé, il pourrait en tirer un bon prix. Il esquissa un sourire en pensant que c'était la première fois qu'il volait un homme grand et fort. Seulement, il était mort. Ils devaient avoir à peu près le même âge. Quelle stupidité, un type jeune, joli garçon, riche, se mettre une balle dans la tête, comme ça, sans raison. Pourquoi avait-il fait cela ? Ce n'était pas par amour, les riches ne se tuent pas par amour, les riches ne se tuent que pour l'argent.

Il descendit à la place Saens Peña. Il était loin de chez lui, mais au moins il était loin du centre, et l'endroit était moins menaçant. De toute façon, il ne pouvait pas rester assis sur un banc public, comme un idiot, à attendre qu'une patrouille de la police militaire lui demande ses papiers. "Oui, monsieur le policier, ils sont dans l'attaché-case, avec les dix mille dollars, un revolver chargé et une douille vide. En fait, je n'ai pas de papiers, mais mes initiales sont gravées ici, devant." Heureusement qu'il était blanc, s'il avait été noir la probabilité d'être contrôlé par la police aurait été beaucoup plus grande. Mais, tout blanc qu'il était, il devait prendre un transport pour le Méier. Il devait aussi se débarrasser de l'attaché-case et du portefeuille.

Il traversa la place et prit la première rue peu fréquentée qu'il trouva. Seules quelques personnes marchaient sur les trottoirs, la plupart rentraient chez elles après le travail. En face d'une épicerie fermée, il vit des sacs-poubelle entassés. Il choisit celui qui semblait le moins plein, en vida le contenu au bord du trottoir et marcha jusqu'au pâté de maisons suivant, le sac-poubelle vide près de son sac. Après s'être assuré qu'il n'était pas observé, il retira le contenu de l'attaché-case, en vérifiant soigneusement chaque compartiment, et il fit de même avec le portefeuille. Il plaça le tout dans le sac acheté au camelot en le pliant en deux et en formant un paquet ; ensuite, il mit l'attaché-case et le portefeuille vides dans le sac-poubelle, le noua serré et l'abandonna près d'un autre tas de sacs-poubelle au pied d'un immeuble. Maintenant tout allait bien, les pauvres sont toujours en train de porter des paquets. Sa stratégie de survie fut de ne pas attirer l'attention. Il était un homme comme beaucoup d'autres, sans aucun signe particulier. Physiquement, il passait inaperçu dans n'importe quel endroit. Socialement, il était né invisible.

Il était presque neuf heures du soir lorsqu'il descendit du bus, rue Dias da Cruz, au Méier. La maison, serrée entre deux autres, était étroite et longue. Sa sœur et ses deux filles occupaient les pièces du fond ; dans celle d'en face, qui occupait plus de la moitié de la maison, se trouvait le petit commerce de brocante que sa sœur avait monté lorsque son ex-mari l'avait quittée. Il n'y avait pas un centimètre carré d'espace libre. Des petits meubles, des vêtements, des chaussures, des montres, des appareils électroménagers, de la vaisselle, des poupées, des jouets, des objets de décoration, des boîtes, des boîtes en fer-blanc et des sacs à main de toutes les tailles, une machine à coudre, des ustensiles de travail, des stylos, des lunettes, des cendriers, des bibelots, une hélice d'avion en bois accrochée au plafond. Des résidus archéologiques de la classe moyenne banlieusarde. Dans la toute petite cour, derrière la maison, la pièce également toute petite, avec une salle de bains dont la douche se trouvait au-dessus du W.-C., était occupée par Max. Il ne payait pas de loyer, il participait irrégulièrement avec un peu d'argent, lorsqu'il avait de la chance dans son travail. Il avait changé tellement de fois d'activité qu'on ne lui demandait plus ce qu'il faisait. C'était l'homme de la maison.

Le petit commerce était dans l'obscurité, seule la lueur bleuâtre de la télévision éclairait faiblement le couloir en face de la chambre de sa sœur, qui répondit à son "salut" sans lever les yeux du feuilleton télévisé. Les filles dormaient. Il traversa la cuisine, ouvrit la porte de derrière, enjamba de deux pas le petit morceau de terre qu'ils appelaient cour, entra dans sa chambre, alluma la lumière, verrouilla le loquet de la porte, jeta le sac sur le lit, se déshabilla rapidement, entra dans la salle de bains et eut la diarrhée. Il prit sa douche sans se lever du W.-C. Il s'habilla en short et tee-shirt, sans s'essuyer, et vida le contenu du sac sur le lit : la liasse de billets qu'il avait retirée de l'enveloppe, le revolver, l'argent qui était dans le portefeuille ainsi que quelques papiers, une photographie et des cartes de visite, et l'enveloppe dans laquelle se trouvait une lettre manuscrite. Il laissa la lettre de côté, retira l'élastique qui entourait la liasse et commença à compter. Il compta trop vite et s'embrouilla, il recommença plus lentement. Il compta deux fois, vérifia que tous les billets étaient de la même valeur, et compta encore une fois. Vingt mille dollars.

L'argent qui se trouvait dans le portefeuille était insignifiant ; un billet de cinquante, trois de dix et deux de un. Carte d'identité, permis de conduire et quelques cartes de visite avec des numéros de téléphone et de fax. Aucune carte de crédit. La photographie était celle d'une femme. Très jolie, pensa Max, ce ne peut être que sa femme, personne ne se balade avec la photographie de sa maîtresse dans son portefeuille.

Lorsqu'il prit le revolver, ses mains étaient moites. C'était un Colt 38 avec l'inscription *Detective Special* sur le canon. Il pourrait en obtenir à peu près trois cents dollars. Il en retira les balles, nettoya soigneusement l'arme et la cacha dans une valise, sous le lit. Ce fut seulement à ce moment qu'il reprit l'enveloppe avec la lettre.

Il dut la lire à plusieurs reprises pour en comprendre le sens. Sur la partie supérieure de la feuille, en caractères d'imprimerie, comme au verso de l'enveloppe, était écrit : *POUR LA POLICE.* Et un peu plus bas, écrit à la main : *Les vingt mille dollars sont un paiement afin que vous disparaissiez avec l'arme, avec ce message, et classiez l'affaire, faute d'avoir trouvé l'auteur du "crime". Personne ne sera lésé. Vous pouvez avoir la conscience tranquille, puisque vous ne vous approprierez pas indûment l'argent, je vous l'offre.*

Max n'en croyait pas ses yeux. Il tourna et retourna la lettre, chercha quelque chose d'autre dans l'enveloppe, relut le message plusieurs fois. La lettre à la main, il se laissa tomber sur le lit, allongé, le regard fixé au plafond. "Ce type était complètement fou. Comment se fait-il qu'il se mette une balle dans la tête et qu'il laisse encore vingt mille dollars à la police pour qu'elle disparaisse avec l'arme ? C'est faire trop confiance à la corruption. Et s'il n'était pas mort ?

Avec tout cet argent, la police finirait le travail. Mais pourquoi occulter le suicide ?"

Une chose était sûre pour Max : il n'avait pas volé, il avait seulement reçu des honoraires pour le service rendu au mort. Il emballa l'argent et le message dans plusieurs sacs en plastique, les uns dans les autres, et fourra le tout dans le réservoir d'eau du W.-C. Il avait vu ça dans un film. Il ne réussit à s'endormir qu'à l'aube.

Il se réveilla trois heures plus tard en sursaut avec les bruits de la journée. Il sauta du lit comme poussé par un ressort, entra dans la salle de bains, monta sur le W.-C., mit la main dans le réservoir d'eau et palpa le volume du sac plastique qui flottait. Il descendit de la cuvette et se regarda dans le miroir au-dessus du lavabo. Il ne vit pas un nouvel homme, il vit seulement un homme préoccupé. Il se rasa, s'habilla et décida de prendre un café au bar du coin. Il avait besoin de réfléchir à ce qu'il allait faire et il réfléchissait mieux dehors qu'à la maison. L'argent qu'il avait en poche, en plus de celui qu'il avait pris dans le portefeuille, lui suffirait pour quelques jours. Il ne voulait pas changer des dollars à tort et à travers, personne ne croirait que cela avait été la juste récompense d'un travail. Il avait besoin d'un argent plus disponible avant de choisir ce qu'il allait faire des dollars. Il se résolut à vendre le revolver. Une arme peut être fourguée à quelqu'un sans problème majeur, tandis que des dollars peuvent éveiller des soupçons sur l'existence d'autres dollars à la maison.

Il fit un premier sondage avec le propriétaire portugais du bistrot. Celui-ci n'était pas intéressé.

— Pas question d'armes, j'ai des poings, moi.

Il essaya, sans succès, auprès d'autres commerçants de sa connaissance. A l'étal du *jogo do bicho**, ils se mirent d'accord pour laisser l'arme en dépôt afin que d'éventuels intéressés puissent la voir. On

* Loterie clandestine dont les derniers chiffres correspondent à des animaux. *(N.d.T.)*

lui donnerait des nouvelles le lendemain. Il rentra chez lui, se procura une boîte dans le magasin de sa sœur, emballa le revolver dans du papier journal, le mit dans la boîte et ferma celle-ci avec de la ficelle. A aucun moment il ne pensa le garder. Il savait que c'était un point de non-retour. Il n'avait aucun scrupule à voler les riches des quartiers Sud, il savait qu'ils ne perdraient que l'argent qu'ils avaient dans la poche et un bijou quelconque ou une montre, la vie se chargerait de remplacer ce qui avait été volé. Tuer était une autre histoire. C'est pour ça qu'il volait toujours avec un revolver factice. Même dans une situation critique, il ne tirerait sur personne. Il n'avait jamais commis un délit dans son propre quartier, il n'agissait qu'en centre-ville et dans les quartiers Sud, et il n'avait jamais rien planifié. C'était toujours sa poche qui lui donnait le signal du prochain coup, il ne tentait un nouvel essai que lorsqu'il ne lui restait presque plus d'argent. Il avait pleinement conscience que plus les méfaits étaient fréquents, plus grands étaient les risques de se faire prendre. Il traîna dans le quartier jusqu'à l'heure du déjeuner.

Il mangea avec sa sœur et alla dans sa chambre mettre au point les étapes suivantes. Pas question de s'acheter une voiture ni des vêtements chers. Il donnerait un peu d'argent pour elle et pour les filles, il lui dirait qu'il l'avait gagné aux courses (bien qu'il ne fût jamais allé au Jockey Club). Il pourrait passer une semaine à Saquarema ou à Cabo Frio – avec une femme, bien sûr. Il aimait baiser, ce qu'il ne savait pas c'était quoi dire aux femmes. Une semaine dans un hôtel, le premier jour il aurait déjà dit tout ce qu'il avait à dire. Il pourrait passer les six autres à baiser, quoique pour cela il n'eût pas besoin de voyager. Il se rappela qu'une fois il était sorti avec une jeune fille et était allé avec elle dans une pizzeria. Il avait passé son temps à regarder son verre de bière et les tables voisines sans dire un mot pendant qu'elle chantonnait à voix basse la première phrase d'une ancienne musique de carnaval qui disait : "Allez, fais ça bien, sinon, à la fin, tu n'auras rien..." Il serait peut-être préférable de voyager seul, il n'aurait pas de difficulté à se procurer des femmes dans ces endroits-là, encore moins avec de l'argent en poche. Il hésitait entre aller à la plage ou à la montagne. Il avait grandi au Méier, il n'avait pas l'habitude de la mer, le mieux était d'aller à Caxambu ou à Cambuquira. Il s'endormit. Il se réveilla à quatre heures de l'après-midi, sourit et s'habilla pour sortir.

Il marcha dans la rue Dias da Cruz jusqu'à la gare du Méier. Il aimait l'agitation intense sur les trottoirs, il se sentait complètement happé et fondu dans cette masse de gens inconnus. Il s'arrêtait dans un bar pour prendre un café et le garçon ne le regardait même pas. Dans les vitrines des magasins, rien ne l'attirait ; c'était un survivant, pas un grand consommateur. Il rentra chez lui à la tombée de la nuit, à temps pour assister aux informations télévisées. La mort du directeur de la Planalto Minerações fut annoncée au journal local. La police avait déjà commencé l'enquête pour arrêter le coupable. "Ce n'est pas nécessaire, pensa Max, on l'a déjà arrêté et condamné à perpétuité."

2

Il vendit le revolver à moitié prix, mais cela lui fut égal, il avait assez d'argent chez lui. Il décida qu'il changerait les dollars au fur et à mesure, un billet à la fois et toujours dans des bureaux de change différents. Il brûla les papiers du mort, gardant seulement la photographie de la femme et une carte de visite qu'il joignit aux dollars et à la lettre dans le réservoir de la chasse d'eau. Il ne savait pas pourquoi il avait gardé la photographie et la carte, il n'avait aucune intention d'entrer en contact avec la veuve, il n'était pas fou.

Vingt mille dollars. S'il en dépensait cinq cents par mois, ce qui était beaucoup, il pourrait vivre quatre ans sans rien faire. Allongé sur son lit, mains croisées derrière la tête, il embrassa toute la chambre d'un petit regard. Il ressentit un malaise diffus, presque une douleur. Quatre ans à ne rien faire, à faire quoi ? Enfermé dans ce réduit de merde ? Il arriva à la conclusion qu'il n'était plus question de vols ni d'attaques, il ne pouvait pas prendre le risque d'être arrêté avec tout cet argent chez lui. Que ferait-il durant ces quatre années ? Il sortirait tous les jours, en feignant d'aller travailler, et errerait dans les rues sans but ? Passerait-il ses après-midi sur les bancs publics, comme un retraité ?

Cela faisait un jour et demi qu'il était enfermé dans sa chambre, à réfléchir. Il avait essayé d'aider sa sœur dans son petit commerce, mais il n'arrivait pas à se concentrer sur les tâches les plus simples. Lorsqu'un client lui posait une question, il lui fallait un certain temps avant de se mettre au diapason de cette voix ; il mettait encore plus de temps pour répondre à la question. Il estima préférable de rester dans sa chambre. C'était ainsi, il avait gagné une retraite et ne savait pas quoi faire du reste de sa vie. Du moins des quatre prochaines années. S'il restait à ne rien faire, il n'aurait pas de quoi dépenser l'argent, deux cent cinquante dollars par mois seraient suffisants. Dans ce cas, les quatre années se transformeraient en huit années.

Il avait toujours vécu dangereusement, ne planifiant rien, et maintenant il était là, allongé sur un lit, enfermé dans une chambre, à organiser un avenir économique et stupide de peur d'être volé. Ce n'était pas ce qu'il souhaitait pour le restant de ses jours. Le mot clé était "danger". Quelle différence ferait-il entre être enfermé dans une prison ou dans ce réduit misérable de banlieue ? Il finirait, comme le directeur, par se loger une balle dans la tête bien que la raison de ce dernier ne fût certainement pas celle-là. Ce qui l'intriguait le plus ce n'était pas le fait que l'homme s'était tué, beaucoup de gens font cela pour différentes raisons. Ce qu'il ne comprenait pas c'était l'argent et la lettre. Pourquoi une personne se tue-t-elle et laisse-t-elle vingt mille dollars pour que la police disparaisse avec l'arme ? La réponse, évidente pour Max, était : parce qu'elle ne voulait pas que ça ressemble à un suicide. Et si elle voulait que ça ressemble à un assassinat, elle voulait probablement que quelqu'un porte le chapeau. Mais personne ne se suicide uniquement pour rendre quelqu'un responsable, ça n'a pas de sens. Une chose est sûre, le type voulait vraiment se tuer. Il a fait tout ça calmement et délibérément. Il a même fumé une cigarette avant. On aurait dit qu'il écoutait de la musique en attendant sa petite amie. Il pensa que le directeur était peut-être catholique. Il savait que, pour l'Eglise, celui qui se tue meurt dans le péché. Mais, merde alors, le type n'allait pas tromper Dieu !

Soudain, Max sauta du lit et se tint debout, regardant le mur, perplexe. “Bien sûr, bordel ! L'assurance ! Le type avait une putain d'assurance-vie, et une assurance-vie ne fonctionne pas en cas de suicide.” Il commença à faire les cent pas dans la chambre, deux pas en direction de la salle de bains, deux pas en direction de la porte. Alors qu'il allait vers la salle de bains, il continua tout droit, monta sur le W.-C., retira le paquet en plastique du réservoir de la chasse d'eau. Son œil brillait plus pour la carte de visite que pour les dollars. Il prit la carte et la photographie et rangea à nouveau l'argent dans le réservoir. Il avait besoin de confirmer son hypothèse. Il était deux heures de l'après-midi. Durant une heure, il répéta ce qu'il devrait dire et faire. Il s'habilla, mit la carte et la photographie dans sa poche, acheta deux barrettes de jetons téléphoniques chez le marchand de journaux et chercha le téléphone public le plus à l'écart des bruits de la rue. Il composa le numéro, se racla la gorge et, lorsque quelqu'un décrocha de l'autre côté, son cœur battit plus vite.

— Allô !

— J'aimerais parler à Mme Ricardo Fonseca de Carvalho, s'il vous plaît.

— C'est moi-même.

— Bonjour, madame, c'est la compagnie d'assurances, j'aimerais vous parler à propos de l'assurance-vie de votre mari.

Silence à l'autre bout du fil. Trois ou quatre secondes qui, pour Max, parurent des heures. Finalement :

— Je suis désolée, je ne suis pas encore prête pour en parler… de plus, je ne sais rien à propos d'une assurance-vie de feu mon mari. Il vaut mieux que vous vous adressiez à sa secrétaire à la Planalto Minerações, c'est elle qui s'occupe de tous ses papiers.

— Je vois. Pouvez-vous me donner son nom, s'il vous plaît ?

— Rose.

— Merci.

Lorsqu'il raccrocha, Max eut l'impression que tout son plan était tombé à l'eau. C'est pour ça qu'il préférait ne rien prévoir, il y avait toujours quelque chose qui clochait, les choses ne se déroulent jamais selon les plans. Il décida d'aller prendre un café au bar, en pensant à ce qu'il allait faire. C'était peut-être mieux comme ça. La veuve pourrait ne pas être d'accord avec sa proposition et il ne saurait comment la forcer, elle pourrait ne pas être intéressée par l'assurance, elle pourrait appeler la police. Il décida d'appeler la secrétaire, il valait mieux traiter avec elle plutôt qu'avec la veuve. Il retourna à la cabine et appela la Planalto Minerações. Il était quatre heures de l'après-midi et on était jeudi. La standardiste passa son appel au poste demandé.

— Allô !

— Rose ?

— Oui, qui est à l'appareil ?

— Cela n'a pas d'importance, mon chou, fais bien attention à ce que je vais te dire. Ton ex-patron n'a pas été assassiné, il s'est suicidé. Il a fait en sorte que ça ressemble à un assassinat. Cela veut dire qu'il doit avoir une assurance-vie et qu'il n'a pas voulu qu'elle soit perdue. Il se trouve que je peux prouver que ce n'était pas un assassinat, il…

— Qui est à l'appareil ? interrompit Rose. Vous êtes complètement fou.

— Ne m'interromps pas et écoute-moi jusqu'au bout, continua Max. J'ai une lettre qu'il a écrite de sa main prouvant qu'il s'agit d'un suicide. Si tu es une bonne secrétaire, tu sais que son attaché-case personnel est en cuir marron avec les initiales R. F. C. en lettres dorées sur le devant ; si tu ne me crois toujours pas, je peux te donner le numéro de sa carte d'identité et celui de son permis de conduire. Ah, oui, sa femme est très jolie, si la photographie dans le portefeuille est bien la sienne.

Rose écoutait attentivement, pétrifiée. Sans doute la personne était-elle en possession des affaires de Ricardo. Elle ne savait pas quoi faire ; si elle raccrochait, elle pourrait perdre le contact. Elle était toute perplexe lorsque Max poursuivit.

— Ecoute-moi bien. Non seulement j'ai la lettre manuscrite, et tu pourras vérifier si oui ou non elle est de lui, mais j'étais là, dans le parking, lorsqu'il s'est tué. C'est moi qui ai pris le revolver et l'attaché-case.

Rose n'arrivait pas à prononcer un seul mot.

— Maintenant ouvre tes oreilles. S'il a une assurance, sa valeur doit être élevée, je peux l'annuler, il suffit d'envoyer une copie de la lettre à la compagnie d'assurances, ce qui serait dommage, parce que personne n'y gagnerait rien. Ma proposition est que nous divisions le montant en trois si tu te charges de convaincre la veuve. Il est quatre heures de l'après-midi. Je te donne une heure pour trouver les polices d'assurance. Tu sais certainement où elles se trouvent. Tu peux y lire la valeur avant moi et y réfléchir. Je te rappellerai à cinq heures pile.

Il raccrocha.

Il savait que l'heure suivante serait décisive. Non seulement quant à la vérification de son hypothèse mais aussi quant aux qualités de la secrétaire. Peut-être aurait-elle besoin d'un coup de pouce supplémentaire, d'un peu de pression, de menace, ou même de se convaincre qu'il disait la vérité. Il marcha pendant presque une heure, en pensant aux différentes possibilités de réponses de la secrétaire. A cinq heures, il rappela.

— Rose ?

— Ou… oui.

— Alors ? Tu les as trouvées ?

— Oui.

— Super, je savais bien que tu y arriverais. Et quelle en est la valeur ?

— Un million de dollars environ.

Max faillit s'effondrer. Il perdit entièrement contenance. Il se racla la gorge, toussa, sa voix devint dissonante.

— Un million de dollars ?

Il n'arrivait pas à évaluer ce que représentait un million de dollars. Pour lui, ça dépassait les limites de l'imaginable.

— Plus ou moins, répondit la jeune femme, presque professionnellement. Ça va dépendre du cours du dollar. Et elle continua : Comment savoir si vous dites la vérité ? Qu'est-ce qui me garantit que vous n'avez pas tué Ricardo Carvalho et que maintenant vous n'essayez pas de me jouer un tour ?

La voix de la secrétaire était nettement différente.

— Mais, mon chou, parce que si j'avais tué ton patron je ne courrais pas le risque que tu me livres à la police.

— Mais vous avez volé ses affaires.

— Un délit mineur, chérie.

— Ne m'appelez pas chérie.

— D'accord, mon chou. Maintenant écoute. Nous pouvons fixer un rendez-vous et je te montrerai la lettre, tu dois connaître son écriture mieux que quiconque. En plus, je te raconterai dans quelles circonstances je l'ai trouvée. Je suis absolument certain que tu vas me croire. D'ailleurs, il te sera impossible de ne pas me croire. Avant de nous rencontrer, cependant, voilà ce que tu vas faire…

— Je n'ai pas dit que j'allais faire quoi que ce soit.

— Je sais, mon chou, reste calme et écoute. Nous ne savons pas si la veuve sera d'accord avec notre proposition…

— Votre proposition, coupa Rose, moi, je n'en ai fait aucune et je pense que vous êtes fou.

— D'accord, mais attends que je finisse. Comme je le disais, peut-être qu'elle roule sur l'or et n'accorde aucune importance à un million de dollars. Elle peut avoir des principes très rigides et s'opposer à cette idée, c'est pareil pour toi. Dis-lui que je te menace, que si elle n'accepte pas la proposition, j'enverrai la lettre à la police, et je l'enverrai aux personnes concernées, des gens qui vont vouloir conclure l'affaire eux-mêmes, et qui n'ont pas du tout l'habitude d'être gentils. C'est un choix : soit nous gagnons tous les trois beaucoup d'argent, soit personne ne gagne rien. Téléphone-lui et fixe un rendez-vous entre vous deux pour ce soir vers sept heures. Je suis sûr que tu sauras être convaincante. Une fois sortie de chez elle, retrouve-moi à neuf heures à la station de métro sur la place de la Carioca. Aie des fleurs à la main, pour que je sache que c'est toi. J'apporterai la lettre.

Il raccrocha avant qu'elle ait eu le temps de dire un mot.

Il employait la même technique que celle utilisée pour les attaques : ne pas laisser à sa victime le temps de réfléchir. Les secrétaires sont des personnes disciplinées et obéissantes. Elle obéirait, elle aurait pu raccrocher le téléphone au cours des deux appels et ne l'avait pas fait, preuve qu'elle était intéressée. En outre, l'occasion de gagner trois cent mille dollars ne se présente pas deux fois dans la vie d'une secrétaire. Quant à la veuve, elle n'avait pas l'air bête, le mari était mort, pourquoi refuserait-elle ? En vérité, elle n'avait droit à aucun centime, et il lui offrait trois cent mille dollars.

3

Rose attendit quelques minutes pour décider de ce qu'elle allait faire. L'auteur de l'appel était certainement l'homme qu'elle avait aperçu brièvement dans le parking. La question n'était pas tant qui il était que ce qu'elle allait faire de lui.

Les documents personnels de Ricardo étaient dans des archives à part, qu'elle-même avait créées. Dans l'enveloppe de la compagnie d'assurances se trouvait une autre enveloppe avec la police. La prime était approximativement de un million de dollars et la bénéficiaire, Bia Vasconcelos. Un million de dollars représente beaucoup d'argent pour n'importe qui, mais Rose pensait que la veuve pourrait se passer du bénéfice. Elle avait un métier et était la fille unique d'un homme dont le patrimoine n'était pas du tout négligeable, tôt ou tard elle aurait son million de dollars.

Il en allait tout autrement pour elle. Etre secrétaire est un stigmate, sa mère avait raison lorsqu'elle disait que, dans les entreprises, seuls les hommes progressent, les femmes restant des secrétaires jusqu'à la fin de leur vie. Et, quant à un héritage de Ricardo, elle pensait que c'était beaucoup plus juste qu'elle en soit la bénéficiaire plutôt que Bia Vasconcelos, qui ne portait même pas le nom de son mari.

Le deuxième appel lui ôta le doute qui pouvait encore subsister quant à l'inconnu. Ce n'était pas l'appel d'un assassin mais celui d'un opportuniste. Certainement un opportuniste sans scrupules. Celui qui assiste à un suicide et en profite pour voler le mort n'est pas digne de respect. Elle imaginait à quoi il pouvait ressembler. D'âge mûr, peu d'instruction, voleur occasionnel, impulsif et dénué de sens critique. Il ne devait pas être entièrement dépourvu d'intelligence puisqu'il avait été capable d'arriver à l'hypothèse de l'assurance-vie. Il ne lui semblait pas dangereux mais il valait mieux rester sur ses gardes.

La proposition était primaire. Contraindre Bia Vasconcelos en la menaçant d'envoyer la lettre à la police était de la naïveté. La bonne idée était l'autre, mais il ne se rendait pas compte de sa portée. Il ne pensait qu'à envoyer la lettre à la compagnie d'assurances, par vengeance, au cas où Bia ne serait pas d'accord, et non pas à la possibilité de négocier avec la compagnie.

Elle connaissait assez Bia Vasconcelos pour savoir qu'elle ne céderait pas au chantage, elle était trop orgueilleuse et préférerait renoncer à l'assurance. Avec elle, il n'y aurait pas de négociation possible. La solution était de traiter avec la compagnie d'assurances. La police n'avait même pas émis l'hypothèse que Ricardo n'ait pas été assassiné. Evidemment, ils ne trouveraient pas l'assassin et, au bout d'un certain temps, l'affaire serait classée. Personne n'imaginerait que Ricardo s'était suicidé, et la compagnie d'assurances devrait payer à la veuve la prime de un million de dollars. S'il n'y avait aucun moyen de douter de la lettre, elle pourrait se révéler infaillible comme instrument de négociation avec la compagnie : la lettre pour cinq cent mille dollars. Pour la compagnie d'assurances, il était préférable de payer cinq cent mille plutôt que un million de dollars, et Rose avait assez l'expérience du monde des affaires pour savoir qu'ils accepteraient. Il y avait, cependant, deux problèmes. D'abord, elle n'était pas en possession de la lettre. Ensuite, une fois la proposition faite à la compagnie d'assurances, on commencerait à enquêter pour essayer de prouver le suicide et ne rien payer à personne.

Elle devait rencontrer l'homme de l'appel téléphonique et le convaincre de lui remettre la lettre.

Selon le genre d'homme, ce problème-là pourrait être résolu. Le deuxième problème était plus compliqué. Bien sûr, la police n'avait pas fait une enquête minutieuse. La scène du crime était si évidente que l'on ne se soucia pas d'un éventuel suicide. Il n'y avait aucune raison de chercher des résidus de poudre sur la main du mort si quelqu'un l'avait tué par balle. La difficulté pour Rose était de savoir si ces résidus pouvaient encore être retrouvés. Dans le cas où elle chercherait à négocier la lettre, la compagnie d'assurances pourrait demander une exhumation du corps pour une nouvelle autopsie.

C'étaient des questions auxquelles Rose ne pouvait pas répondre pour le moment. La meilleure chose à faire était de se procurer la lettre et de reporter le plus longtemps possible une demande d'exhumation. Pendant ce temps, elle devrait trouver le moyen d'évincer l'homme. Elle employa les quarante-cinq minutes suivantes à élaborer un plan de rechange, qui pourrait être peaufiné ultérieurement.

La première chose était de téléphoner à Bia Vasconcelos en prenant une voix angoissée et de fixer un rendez-vous… auquel elle n'irait pas. Ensuite, rentrer chez elle, parler à sa mère, préparer une petite valise, trouver un hôtel proche du centre et être à neuf heures à la station de métro de la place de la Carioca. Sans oublier le bouquet de fleurs. Ce détail définissait, pour elle, le type d'homme à qui elle aurait affaire.

Ce ne fut pas difficile de raconter l'histoire à sa mère. L'émotion était vraie, tout comme une bonne partie du récit.

— S'il te plaît, maman, sois attentive à ce que je vais te dire et essaie de ne pas m'interrompre. Je sais que, il y a quelque temps, tu as soupçonné une liaison entre le docteur Ricardo et moi ; maintenant je peux te dire que tes soupçons étaient fondés. Cela a commencé quand je l'ai accompagné en voyage dans le Nordeste ; depuis nous nous sommes rencontrés régulièrement les jours où il prétendait sortir plus tôt du bureau pour jouer au tennis. Il avait l'habitude de m'attendre dans sa voiture, au parking Menezes Cortes, et de là nous allions dans un hôtel. Ce mardi-là, je suis sortie du bureau juste derrière lui, et après avoir monté l'escalier qui conduit au deuxième étage du parking, sur le pas de la porte, j'ai vu un homme qui tirait sur Ricardo. Il m'a vue, mais je suis partie en courant et j'ai dévalé l'escalier. J'avais peur, je ne savais pas quoi faire, je ne pouvais expliquer à personne ce que je faisais là-bas. J'ai pris le métro et je suis rentrée. L'homme a dû me suivre, il a découvert notre adresse et a téléphoné en me menaçant de mort au cas où je raconterais quelque chose à la police. Et maintenant il veut me rencontrer à tout prix. Je ne sais pas ce qu'il veut. Il se peut qu'il veuille me tuer. Je vais disparaître un certain temps. Peut-être laissera-t-il tomber, peut-être se fera-t-il prendre. Tu ne dois dire à personne que je suis venue ici aujourd'hui, ni raconter cette histoire à personne. Ma vie dépend de ce secret que tu dois garder. Il vaut mieux que tu ne saches pas où je vais. Ne t'inquiète pas, je serai bien et en sécurité. Dès que les choses se calmeront, je te donnerai des nouvelles.

La vieille dame voulait poser des questions mais n'arrivait à en formuler aucune. Des images se bousculaient sans qu'il y eût un lien logique entre elles. Elle devint muette. De muette, elle devint paralysée, debout, au milieu de la pièce, le regard fixé sur la vitrine. Rose profita de la paralysie momentanée de sa mère et entra dans sa chambre pour prendre quelques effets. Elle prit le strict nécessaire pour ne pas éveiller les soupçons au cas où on inspecterait sa chambre. Elle était sur le point de sortir lorsqu'elle se souvint des agendas des deux dernières années. Elle les mit dans la petite valise, avec le peu de vêtements qu'elle avait pris. Elle fit une série de recommandations à sa mère, lui garantit qu'elle serait bien et en sécurité, et prit un taxi pour le Flamengo.

L'*Hotel Novo Mundo* a l'habitude de recevoir des femmes seules qui voyagent pour affaires. Elle remplit la fiche comme professeur de l'université fédérale de l'Espírito Santo. Elle déposa ses affaires dans sa chambre, vérifia que ses vêtements étaient appropriés et appela un autre taxi. A neuf heures, elle se trouvait en face du guichet de la station de métro de la place de la Carioca, un bouquet de fleurs ridicule à la main.

Quelques minutes plus tard, un petit garçon lui remit un morceau de papier sur lequel était écrit : "Achète un ticket, descends sur le quai et monte dans la première rame, restes-y quelques secondes et, au signal du départ, ressors." Elle fit ce que lui ordonnait le message et sortit au moment précis où les portes du wagon se refermaient, les fleurs toujours à la main. L'homme du téléphone était exactement comme elle l'avait imaginé, un peu plus beau peut-être.

4

Max s'approcha en souriant. La jeune femme était exactement comme dans son imagination : obéissante, timide et apeurée, mais il n'avait pas pensé qu'elle fût si belle.

— Excuse-moi de t'avoir fait monter et descendre de la rame, mais je devais m'assurer que tu étais bien seule.

— Et avec qui aurais-je pu être ?

— J'en sais rien, tu aurais pu avoir parlé à la police, dit Max, un peu déconcerté. Mais ça va, l'important c'est que tu sois venue. Allons dans un endroit où on pourra parler. Il lui prit les fleurs des mains et ils marchèrent vers la sortie. Il laissa le bouquet sur le tourniquet de la station. Allons jusqu'à Cinelândia, on pourra boire un verre en parlant.

Durant le trajet silencieux, Rose sentit que l'homme était tendu, mais cela semblait venir plutôt de sa difficulté à entamer une conversation que de la situation générale. C'est elle qui rompit le silence.

— Je ne sais pas encore votre nom.

— Max, dit-il. De Maximiliano, compléta-t-il.

Il était vêtu d'un pantalon et d'une veste en jeans, d'un tee-shirt avec l'inscription *I Love Rio*, un cœur rouge à la place de chaque *o*. Rose portait sa robe la plus discrète et avait un maquillage léger sur le visage. Elle ne portait pas d'accessoires et avait attaché ses cheveux en chignon. Max était enchanté de la discrétion et de la pudeur de la fille. Arrivés au bar, ils choisirent une table en terrasse. Il demanda un demi et elle un Coca tranche avec des glaçons.

— Alors, commença-t-il, tu as parlé à la veuve ?

— Oui, mais ça n'a pas été facile du tout. D'abord, elle est devenue furieuse, elle voulait appeler son père, ses amis, la police, mais, petit à petit, j'ai réussi à la calmer. Malgré ça, elle n'acceptait pas l'histoire du suicide. Elle a dit que vous êtes fou, que vous avez tué et volé son mari et que vous voulez encore profiter de lui.

— Et toi, qu'est-ce que tu en penses ?

— Je ne sais pas, mes idées sont confuses. Il est difficile de croire que le docteur Ricardo s'est suicidé.

— Peut-être bien, mais c'était le suicide le plus évident et déterminé que j'ai jamais vu.

— Mme Bia a dit que vous avez inventé cette histoire de suicide pour échapper à l'accusation d'assassinat.

— Mon chou, personne n'a vu quoi que ce soit. Jamais on ne rapprochera la mort de ton patron de ma personne. Je n'avais besoin de me protéger de rien. Pour quelle raison j'éveillerais les soupçons sur moi si je n'étais pas blanc comme neige ?

— Je vous crois, dit Rose timidement, c'est pour ça que je suis ici. Et elle continua : Ce qui est difficile à croire c'est que le docteur Ricardo se soit tué.

— Alors tu peux le croire, mon chou, la preuve est ici dans ma poche.

Et, d'un geste dont la lenteur avait été répétée, Max retira de la poche de sa veste une enveloppe recouverte par un plastique bleuâtre. Il déplia soigneusement le plastique, retira la lettre de l'enveloppe et la lui tendit sur la table, face écrite vers elle.

Rose la lut plusieurs fois, sans toucher le papier. Il n'y avait pas le moindre doute, la lettre était de Ricardo, elle connaissait cette écriture mieux que la sienne. Elle n'aurait même pas besoin de la lire, il lui suffirait de regarder l'écriture. Ce qui la poussa à la relire plusieurs fois, ce fut son contenu. Elle connaissait l'ingéniosité de Ricardo, mais elle n'aurait jamais soupçonné qu'il fût capable d'un coup pareil. Négocier avec la police, même après sa mort, et avec la certitude de sortir vainqueur de la négociation ; elle ne put s'empêcher de ressentir une certaine fierté.

— Et cette histoire des vingt mille dollars ? demanda Rose.

— Elle est absolument vraie, c'est moi qui les ai, répondit Max, et il continua : tu saisis la situation ? Nous ne faisons rien de condamnable, l'argent était destiné à celui qui ferait disparaître l'arme. Il s'est trouvé que j'étais là avant que la police arrive. J'ai fait exactement ce qu'il voulait qu'on fasse. L'argent m'appartient de droit.

— Oui, mais l'argent était destiné à dissimuler le suicide, et maintenant vous voulez le garder en plus de l'argent de l'assurance. Si nous faisons ça, nous trahissons le docteur Ricardo.

Max fut un peu déconcerté par le raisonnement de la jeune femme et chercha rapidement à reprendre la situation en main.

— Mon chou, on va pas rendre public son suicide, on va seulement négocier avec la veuve. En dehors de nous, personne ne sera au courant de rien, à moins que la femme n'accepte pas de conclure le pacte.

— Je ne crois pas qu'elle l'accepte sans voir la lettre, dit Rose.

— Très bien, on fait une copie et on la lui montre.

Rose sentit que les prochains pas seraient décisifs. Elle lui demanda de ranger la lettre dans l'enveloppe, resta quelques secondes à fixer le verre, pensive, et, finalement, en le regardant droit dans les yeux, elle dit :

— Max, je vous crois. Je vous ai cru lorsque vous m'avez appelée et je vous crois encore plus maintenant. Je n'ai jamais rien fait de pareil et je n'ai pas la sensation de faire quelque chose de mal. Je ne veux pas passer le reste de ma vie dans cette entreprise comme secrétaire. Avec cet argent, je peux acheter un appartement. Je vis avec ma mère dans une location. Je pourrais ouvrir une affaire, un magasin de confection... mais ça ne sera possible que si Mme Bia est d'accord. Elle est capable de renoncer à tout l'argent, uniquement pour ne pas le partager avec nous.

— Mais elle ne peut pas être aussi bête que ça, dit Max, indigné.

— Ce n'est pas de la bêtise, c'est de l'orgueil. Vous ne la connaissez pas. L'argent, ce n'est pas un problème pour elle, elle est la fille unique d'un homme riche. Si incroyable que ça puisse paraître, un million de dollars va la rendre plus riche, mais ça ne va pas changer son mode de vie. Je crois que la seule chose capable de la toucher c'est qu'elle se convainque que son mari s'est tué. Aucune femme n'y reste insensible. Ce que nous ne savons pas c'est quelle sera sa réaction : rage ou culpabilité, et les deux pourront tourner à notre avantage.

Max était enchanté, c'était comme si les mots venaient jusqu'à lui dans une bouffée de parfum. Enfin il avait trouvé une partenaire. Jolie, intelligente, obéissante, et elle avait besoin de son aide. Il n'y avait aucune raison de ne pas croire en elle. Et il était en train de penser quel homme chanceux il était lorsque Rose dit :

— Nous allons faire une copie de la lettre, nous n'allons pas prendre le risque de remettre l'original à Mme Beatriz pour qu'elle le lise.

— Je peux faire ça demain matin, répondit Max.

— D'accord, mais un détail me préoccupe. C'est l'employé qui fait la photocopie, et généralement dans ces endroits-là ils regardent rapidement le document pour vérifier qu'il peut rendre une bonne copie. Dans le cas de la lettre, l'avertissement à la police, en lettres d'imprimerie, en haut de la page, attirera certainement l'attention. C'est un risque que nous ne devons pas courir.

Le regard de Max était tout interrogation.

— Si vous voulez, continua Rose, j'ai un photocopieur dans mon bureau à la Planalto Minerações, c'est moi qui fais fonctionner la machine, personne ne verra rien. Mais vous devrez me laisser la lettre au moins jusqu'à l'heure du déjeuner demain. Vous ne courrez aucun risque. Vous savez où je travaille et je peux vous donner mon adresse, que vous pourrez vérifier tout de suite en appelant chez moi. Ma mère ne va pas se coucher tant que je ne suis pas rentrée.

— Je ne doute pas de toi, dit Max, ennuyé.

— Pourtant, vous devriez. Vous me connaissez à peine, vous ne savez pas qui je suis, ni de quoi je suis capable.

— Je n'ai pas besoin d'en savoir plus. Il y avait une pointe d'orgueil dans la voix de Max. Dans mon genre d'activité, je dois savoir immédiatement avec qui je fais affaire, si c'est un peureux ou un vaillant, si c'en est un qui se tient tranquille ou qui sort en hurlant dans la rue ; et je peux te le garantir, je ne me suis jamais trompé. Tu n'es pas du genre à jouer des tours. En plus de ça, comme tu l'as dit toi-même, je sais où tu travailles…

— … et où j'habite, compléta Rose, en poussant vers lui une serviette en papier sur laquelle elle avait noté son adresse et son numéro de téléphone.

Max plia le papier et le rangea dans sa poche, sans le lire. A ce moment-là, il était plus intéressé par la femme concrète en face de lui que par des adresses, des références ou des garanties. Les choses se déroulaient beaucoup mieux que ce qu'il avait prévu ou même imaginé. La nuit étoilée, la température agréable, l'éclairage de la Bibliothèque nationale et du théâtre municipal, tout contribuait à faire de Cinelândia l'endroit idéal pour l'histoire qui, selon Max, naissait à ce moment-là. Une nouvelle vie.

Rose craignait que tout n'allât trop vite. Cet homme devait être naturellement méfiant, l'excès d'optimisme et de confiance dont il faisait preuve pourrait, à tout instant, se transformer en son contraire. Elle essaya de changer de sujet de conversation. Il n'était pas opportun de montrer un intérêt excessif pour la lettre. Elle posa des questions sur Max lui-même, sur son parcours personnel.

Max trouvait que tout se passait bien jusqu'au moment où elle décida de le questionner sur sa vie. Quel intérêt cela pouvait-il avoir pour la réussite du plan ? Que voulait-elle savoir ? Qu'il vivait dans la chambre de bonne de la maison de sa sœur, au Méier ? Que sa principale occupation était d'attaquer des femmes dans des parkings de supermarché ? Qu'il était si trouillard que pour peu qu'une femme proteste en criant il prenait ses jambes à son cou ? Que voulait-elle ? Pourquoi les femmes veulent-elles savoir tout de suite l'histoire de notre vie ? Il se recroquevilla.

Rose le remarqua. Il était préférable de maintenir la conversation à un niveau purement pratique, sans références personnelles au-delà du strict nécessaire. Cependant elle ne pouvait pas négliger l'intérêt évident qu'il manifestait à son encontre et, cela, indépendamment de tout plan. La question était : comment mélanger les deux ingrédients harmonieusement ? Et elle n'avait pas toute la nuit devant elle, à moins que Max ne pensât qu'ils coucheraient ensemble, ce qui serait une erreur tactique et de la précipitation. Elle ne savait rien sur lui. Il devait avoir entre trente-cinq et trente-huit ans, pas plus. Beau, bonne condition physique, mais un regard plus attentif était capable de discerner que la vie n'avait pas été facile pour lui. Ses vêtements provenaient des magasins populaires, ses mains étaient délicates mais abîmées, son parler légèrement canaille empirait lorsqu'il s'énervait. La seule chose contenue était les gestes. Qu'était-il en train de faire dans le parking s'il n'avait pas de voiture ? Rose essayait de construire le tableau le plus complet possible avec les quelques éléments à sa disposition, et, curieusement, la présence physique de Max ne l'aidait pas beaucoup. Il était un singulier mélange de bonne condition physique et de mauvaise condition sociale.

Ce moment d'irritation s'était dissipé et Max examinait le visage de Rose comme s'il se fût agi d'un objet inanimé, jusqu'à ce qu'il se rende compte qu'il était dévisagé en retour. Il fut surpris. Pendant qu'il regardait, il s'était complètement perdu dans ce regard, il s'était désincarné. Le regard de Rose lui renvoya son corps et son propre moi. Il se sentit reconnaissant, sans savoir pourquoi. Il retira l'enveloppe de sa poche et la remit à Rose.

— Je t'attends demain à l'heure du déjeuner, à l'angle de la rue de l'Ouvidor et de l'avenue Rio Branco.

Il appela le garçon, paya l'addition, se leva, attendit que Rose eût rangé l'enveloppe au fond de son sac et, en la prenant par le bras, il dit :

— On peut prendre le métro ici même, je vais te raccompagner chez toi.

Le voyage de retour fut silencieux. Pour compenser l'embarras et détourner la pensée de la lettre, Rose permit un contact plus étroit de leurs corps, au rythme du wagon. A dix heures et demie, elle pénétrait dans son immeuble. Ils se dirent au revoir dans l'entrée. Ensuite, elle prit l'ascenseur, appuya sur n'importe quel bouton, attendit que la lumière de la minuterie s'éteigne, redescendit et patienta dans le noir plusieurs minutes, jusqu'à être sûre que Max fût bien parti. Peu après onze heures et demie, un taxi la déposait devant l'*Hotel Novo Mundo*.

5

Max arriva à l'angle de l'avenue Rio Branco et de la rue de l'Ouvidor avant midi. Il avait oublié de demander à Rose à quelle heure elle déjeunait. Il ne s'était pas non plus préoccupé de déterminer auquel des quatre angles ils allaient se retrouver, et celui-là était l'un des carrefours les plus fréquentés du centre-ville. Il choisit l'angle le plus proche de l'immeuble de la Planalto Minerações. Malgré l'heure, la température était agréable, le ciel était couvert mais il ne pleuvait pas.

Max avait les yeux tournés en direction de la Planalto Minerações. Chaque femme qui surgissait dans son champ visuel était une promesse de Rose. Elle convaincrait certainement la veuve du directeur. Il serait complètement stupide de la part de la femme de ne pas accepter ce qu'ils lui proposaient. Personne ne jette un tiers de million de dollars. Au cas où elle opposerait une grande résistance, ils pourraient conclure un accord à cinquante pour cent, moitié pour la veuve et moitié à diviser entre Rose et lui. C'était raisonnable. Après tout, c'était elle la bénéficiaire. Il valait mieux faire attention aux autres angles, elle pouvait venir par un autre chemin. C'est vrai qu'il était bien visible, elle n'aurait pas de difficulté à le retrouver. Il décida de se décontracter et de lire les journaux et les revues exposés dans le kiosque du coin. Il y avait un plan de la ville ouvert. Il chercha le Méier et la rue Dias da Cruz. Midi et demi. Il était arrivé trop tôt.

Le mouvement des voitures et des piétons à cette heure de la journée était des plus intense. Chaque fois que le feu passait au vert pour les voitures, une effrayante quantité de gens s'amassait en attendant de traverser la rue. Max disparaissait, englouti par la foule. Dans ces moments-là, Rose pourrait ne pas le voir. Il était préférable de s'éloigner un peu de l'angle et d'être plus visible. Il aurait dû lui donner rendez-vous en bas de l'immeuble où elle travaillait ; malgré le risque qu'on les voie ensemble, il n'y aurait pas eu le danger de se rater. Elle avait probablement décidé d'attendre que les gens sortent déjeuner afin de pouvoir faire la copie de la lettre sans risquer de se faire surprendre. Une heure dix. Il lui était peut-être arrivé quelque chose. Et si la police décidait de l'interroger juste maintenant ? Il valait mieux téléphoner pour vérifier que tout allait bien, mais pour ça il devait s'éloigner de l'endroit choisi. Il n'y avait pas de quoi s'affoler, une heure vingt, le déjeuner va jusqu'à deux heures.

La succession des événements, depuis la scène dans le parking, lui revint en mémoire. Tout avait été absolument inespéré : le suicide, les vingt mille dollars, la lettre, la certitude d'être écouté, la valeur de la prime d'assurance, Rose. Le plus impressionnant était la lettre. Tout portait à croire que le directeur n'avait eu aucun doute d'être entendu dans ses revendications. C'est vrai qu'il s'était trompé quant au destinataire, mais, en fin de compte, le résultat était le même. La lettre était la clé qui ouvrirait les coffres de la compagnie d'assurances.

Ce fut seulement pendant qu'il pensait à ces faits que Max prit conscience qu'il pouvait négocier avec la compagnie d'assurances. Si Rose et lui devaient renoncer à la part de la veuve, pourquoi ne pas se mettre directement d'accord avec la compagnie ? La part qui leur reviendrait à lui et à Rose serait la même, avec l'avantage de ne pas avoir à compter sur la complicité de la veuve. Les cinquante pour cent qui lui reviendraient seraient pour la compagnie d'assurances, les cinquante autres pour cent seraient pour eux deux, sans embrouilles avec la veuve. Super. Il avait besoin de parler à Rose de toute urgence.

Deux heures moins le quart. Il était certainement arrivé quelque chose. A l'autre angle, en diagonale par rapport au sien, il y avait un téléphone. Il pouvait appeler sans quitter son poste des yeux. Il avait noté les numéros de la Planalto Minerações sur un bout de papier, il n'était pas prudent de se balader avec la carte de visite de Ricardo Carvalho dans sa poche. Il décida d'attendre jusqu'à deux heures. Durant ces quinze dernières minutes, il prit plusieurs femmes pour Rose. Il se rendit compte qu'il ne l'avait vue qu'une seule fois et que les femmes sont capables de changer complètement d'apparence d'un jour sur l'autre, il suffit de changer la coiffure, le style des vêtements, le maquillage du visage, d'ajouter des lunettes de soleil et voilà, on est une autre femme. Mais il n'y avait aucune raison pour que Rose fît cela. Ou y en avait-il une ? Il traversa en diagonale l'avenue Rio Branco avant que les voitures s'arrêtent complètement. Au bord du trottoir, un garçon vendait des barrettes de jetons téléphoniques. Lorsqu'il prit le papier dans sa poche, sa main était moite.

— Planalto Minerações, bonjour.

— Je voudrais parler à Rose, la secrétaire du docteur Ricardo.

— Rose n'est pas venue travailler aujourd'hui, voulez-vous laisser un message ?

— …

— Allô ! Allô… voulez-vous laisser un message, monsieur ?

— …

Max sentit sa vue se troubler, comme si le sang s'était retiré de son cerveau. Il n'eut pas peur de tomber dans les pommes, ses jambes étaient fermes et la main qui serrait le téléphone avait la force d'une tenaille. En réalité, le vide qu'il ressentait ne provenait pas du sang qui s'était retiré mais plutôt des idées qui lui faisaient défaut. Il n'arrivait pas à réfléchir, il était momentanément incapable d'enchaîner deux idées même les plus simples. Le maximum qu'il put faire fut de raccrocher.

Elle était peut-être malade ! Bien sûr ! C'était ça ! Il décrocha à nouveau le téléphone, prit le papier sur lequel d'un côté était noté le numéro de la compagnie et de l'autre le numéro personnel de Rose.

La voix, au bout du fil, était faible et troublée, mais elle répondit à la première sonnerie.

— Je voudrais parler à Rose, s'il vous plaît.

— Qui la demande ?

— Un ami. S'il vous plaît, c'est urgent. Elle est malade ?

— Rose n'est pas rentrée à la maison hier… je ne sais pas ce qui lui est arrivé, répondit la femme avec une nervosité évidente. Qui êtes-vous ? répéta-t-elle.

— Je suis un ami, affirma-t-il sans grande conviction. Je l'ai raccompagnée chez elle hier soir, je l'ai vue entrer dans l'immeuble.

— Je n'ai jamais entendu votre voix. Ce que vous dites n'est pas vrai. Rose est partie de la maison hier matin pour son travail et n'est pas revenue depuis.

Max n'en croyait pas ses oreilles. Déjà, il ne savait plus si Rose était vraiment Rose ou, du moins, si c'était de la même Rose que la femme était en train de lui parler. Il confirma l'adresse. Celle-là même où, la veille, il avait laissé Rose. Et si la femme avec laquelle il s'était entretenu lui avait donné le nom de Rose, le numéro de téléphone et l'adresse de Rose mais n'était pas Rose ? Cette idée lui semblait absurde. N'avait-il pas téléphoné à la Planalto Minerações, la première fois, et n'avait-il pas demandé à parler à Rose ? N'était-ce pas elle au téléphone ? Et si une autre secrétaire, en entendant une voix d'homme, avait décidé de faire une blague et, en se rendant compte de la situation, n'avait plus pu faire machine arrière ? Car, vu la somme en jeu, certaines personnes pouvaient être capables de tuer Rose et de prendre temporairement sa place. Il était incontestable que la femme qui avait été avec lui la veille avait gardé la lettre du mort, unique sésame du coffre contenant un million de dollars. Il avait encore le combiné en main, un peu éloigné de son oreille mais assez proche pour entendre la voix de la femme à l'autre bout du fil. Il raccrocha.

Il était toujours face au téléphone, l'air hébété, à regarder fixement l'intérieur de la cabine. Une voix derrière lui demanda :

— Vous avez fini ?

Il s'aperçut qu'il avait commencé à pleuvoter alors que son visage était déjà tout mouillé. Il avait complètement perdu le sens de l'orientation. Il se sentit la tête vide et eut la sensation d'être sur le point de s'évanouir. Il s'appuya contre un poteau et attendit que le malaise passe. Même sans se voir, il savait qu'il était blanc comme un linge. Dès qu'il se sentit mieux, il marcha un demi-pâté de maisons, entra dans le centre commercial des Employés du Commerce. Au milieu du centre, il y avait un bon café. Il commanda un café, il en but deux grandes tasses.

Le café lui redonna son niveau normal d'excitation. Il revint sur l'avenue Rio Branco et prit en direction de la plage du Flamengo. Comme il était déboussolé, il marcha à l'aveuglette, sans voir les gens, sans prêter attention aux voitures, sans se soucier de la pluie fine qui continuait de tomber. En passant par Cinelândia, il regarda de travers le bar où, la veille, il faisait des plans avec Rose en rêvant à l'avenir. Ce qui lui donnait l'impression d'être un complet imbécile c'était le fait d'avoir inclus dans cet avenir la jeune femme qu'il avait jugée docile, tendre et obéissante. "Imbécile, crétin, demeuré..." il répétait ces mots à haute voix, pas tellement pour que les autres les entendent, mais pour lui-même. Au bout de l'avenue, il chercha l'endroit le plus facile pour traverser les nombreuses voies menant au monument aux morts du parc du Flamengo. Il ne voulait aller nulle part, seulement marcher. Il contourna le monument, traversa les allées du parc et arriva à la digue de la Marina da Glória. Il fut surpris de se retrouver au bord de la mer, même s'il ne s'agissait pas d'une mer ouverte, mais de la petite anse qui abritait les bateaux. Il longea la digue à quelques mètres des voiliers et des canots amarrés.

Plusieurs avaient des noms étrangers et certains d'entre eux des noms dont il ne savait pas si c'étaient des noms de gens ou de lieux. *Maria Candelária*, *Vagabond*, *Bruma Seca*, *Rosa do Prado* (ce dernier lui provoqua un léger malaise), *Casablanca* (on dirait un nom de film), *Tokay* (évoquait l'Orient). *Dona Dinorá*. Comment quelqu'un peut-il appeler un voilier *Dona Dinorá* ? Ou bien il s'agit de la femme aimée, et alors c'est Dinorá, ou alors il s'agit de quelqu'un de très proche, mère, grand-mère, amie… et c'est aussi Dinorá. Mais "Dona" Dinorá, on dirait le nom de la femme du patron. Il continua à longer le mur et contourna le siège de la marina et déboucha sur la plage du Flamengo, déserte à cette heure de l'après-midi par temps de pluie.

Il traversa la frange de sable et marcha presque un kilomètre au bord de l'eau. Finalement, il s'assit sur le sable, face au Pain de Sucre. Jusque-là, il avait laissé ses idées jaillir librement. Maintenant il éprouvait le besoin d'un minimum d'ordre. Il ne subsistait pas le moindre doute sur une chose : la secrétaire l'avait trompé. Avec son visage de fille bien élevée, elle avait préparé son coup et l'avait laissé en dehors. Si elle n'avait pas couché chez elle, elle avait déjà tout tramé au moment de leur rendez-vous. Et lui, cet imbécile, il faisait le malin. Il était évident, pour lui, que, à partir du deuxième coup de fil qu'il avait passé à Rose, à la Planalto Minerações, elle avait pris le contrôle de la situation. Max repassa chaque instant de la conversation qu'ils avaient eue la veille, se souvint de chaque geste de Rose, de son regard tendre, plus intéressé par lui que par l'argent. Il se mit à pleurer convulsivement, de rage plus que de tristesse. Il pleura jusqu'à l'épuisement. Il se trouvait à moins de deux cents mètres de l'*Hotel Novo Mundo*.

6

La semaine suivante passa, sans nouvelles. Aucun signe de Rose. Pas la moindre idée du fait qu'elle fût vivante ou morte. Les suspects dans la mort du directeur n'étaient pas véritablement des suspects, car ils n'avaient aucun mobile pour commettre ce crime. La tentative d'enlèvement était une vague hypothèse. Et le vol, s'il y en avait eu un, avait été pur opportunisme. C'était lundi matin, au commissariat de la place Mauá, et l'âme d'Espinosa n'était pas riante.

— Espinosa, téléphone, cria quelqu'un dont l'état d'esprit n'était pas meilleur que le sien.

— Inspecteur Espinosa ?

— Madame Bia, comment allez-vous ? répondit-il en reconnaissant immédiatement la voix.

— Vous avez une bonne oreille, inspecteur.

— Et vous, une belle voix.

— Merci… Inspecteur, il y a deux événements que j'ai trouvé préférable de vous communiquer. Je ne sais pas s'ils sont importants, mais ils m'ont intriguée tous les deux.

— Voulez-vous que je vienne jusqu'à vous ? demanda-t-il avec espoir.

— Ce n'est pas nécessaire, c'est peu de chose et je peux en parler par téléphone, à moins que vous ne soyez très occupé en ce moment.

— Je vous en prie, parlez le temps que vous voudrez.

— Le premier événement s'est produit jeudi dernier et il a attiré mon attention il y a seulement deux jours. J'étais à la maison, vers deux heures et demie ou trois heures de l'après-midi, lorsqu'un homme m'a appelée en prétendant être de la compagnie d'assurances et en voulant me parler au sujet d'une assurance-vie de Ricardo. Je n'avais connaissance d'aucune police d'assurance. Ricardo ne m'avait jamais rien dit à ce propos. Je lui ai dit d'entrer en contact avec Rose. Ce n'est que ce week-end que j'ai fait le lien entre le coup de fil et sa disparition. Je suis peut-être en train d'imaginer des choses, mais j'ai pensé que je devais vous en parler.

— Vous avez très bien agi. Et l'autre événement ? Vous avez dit qu'il y en avait deux.

— L'autre c'est que, en vidant les affaires de Ricardo de l'armoire, j'ai trouvé un étui de revolver...

— Oui ?

— Il était vide.

Il se fit un silence, assez long pour que tous deux pensent que l'autre avait raccroché ou que la liaison avait été coupée, mais aucun des deux n'avait de doute sur la présence de l'autre au bout du fil.

— N'aurait-il pas pu enlever le revolver de l'étui pour le ranger dans un autre endroit, plus à portée de main ? Dans le tiroir de la table de chevet, dans le tiroir de l'armoire, dans son attaché-case ?

— Non, inspecteur. C'étaient exactement ces tiroirs-là que j'étais en train de vider. Quant à l'attaché-case... Ricardo n'en avait qu'un, qu'il emportait toujours avec lui. Vous m'avez déjà questionnée à ce sujet.

— Merci, madame Bia. Au cas où vous retrouveriez le revolver, avertissez-moi, s'il vous plaît. Je vous recontacterai plus tard. Encore une fois, merci de votre appel.

Après avoir raccroché, il considéra que la vie n'était pas aussi mauvaise qu'il l'avait pensé quelques minutes plus tôt.

C'était le lundi matin qu'on libérait les travestis, les pickpockets et les ivrognes incarcérés durant le week-end. Le commissariat ressemblait à un marché.

— Welber ! cria Espinosa, sans grand espoir d'être entendu. Mais il le fut. Welber, allez à la Planalto Minerações et déployez tout votre charme auprès de la secrétaire de Cláudio Lucena pour qu'elle vous aide à faire une recherche dans le bureau de Ricardo Carvalho.

— Et que dois-je chercher ?

— Une police d'assurance-vie et un revolver. Tâchez de savoir si la compagnie a souscrit une assurance pour tous les employés ou pour les directeurs. Si elle ne l'a pas fait, demandez quelle est la compagnie d'assurances qu'elle a l'habitude de leur indiquer. Si Ricardo Carvalho a souscrit une assurance-vie, il est possible que Cláudio Lucena l'ait aussi souscrite, ils étaient très amis. Quant à l'arme, passez chaque centimètre carré de ce bureau au peigne fin. Vous vous mettez en route et, moi, j'appelle le docteur Weil et le docteur Lucena pour leur demander de vous faciliter le travail. Vous vous chargez de la secrétaire. Avant, cependant, passez à l'appartement de Bia Vasconcelos et prenez l'étui de l'arme qu'elle a trouvé dans l'armoire de son défunt mari.

— Inspecteur, vous avez mentionné une police d'assurance et je me suis souvenu que, la semaine dernière, un enquêteur, une connaissance à vous de la compagnie d'assurances, était venu ici deux fois.

— Quel enquêteur ?

Il avait baissé sa voix d'un ton. Espinosa était tout ouïe.

— L'ex-flic énorme aux cheveux grisonnants.

— Aurélio.

L'ex-policier était libre, ils se donnèrent rendez-vous au *Bar Monteiro*, rue de la Quitanda, presque à l'angle de la rue de l'Ouvidor, à un pâté de maisons de la Planalto Minerações. Le choix du lieu n'avait rien à voir avec cette proximité, mais tout avec la qualité de la bière et du sandwich au jambonneau. En entrant dans le bar, il ne fut pas nécessaire de chercher beaucoup ; Aurélio occupait une bonne partie de l'espace disponible. Il était encore plus grand qu'Espinosa et pesait quelque chose comme cent dix kilos. Pas de graisse, que du muscle. La petite table du bar ressemblait à un porte-blocs placé sur ses genoux. Malgré sa taille, il se leva avec agilité pour serrer son ami dans ses bras.

— Je suis désolé que nous ne nous soyons pas vus la semaine dernière, Aurélio, mais j'étais pris par l'affaire du directeur assassiné dans le parking.

— C'était exactement pour ça que j'étais à votre recherche.

Le garçon apparut pour prendre la commande.

— Deux demis et deux sandwiches au jambonneau.

— Etait-il assuré par votre compagnie ?

— Oui, il avait une police d'assurance en faveur de sa femme.

— Et… ?

— Rien de plus, si ce n'est qu'il s'agit d'une assurance de un million de dollars.

— Un million de dollars ? demanda Espinosa, en se levant presque de la chaise.

— Plus ou moins, tout dépend du cours du dollar.

— Depuis combien de temps l'assurance a-t-elle été souscrite ?

— Il y a un peu plus de deux ans. En temps normal, nous ferions une enquête mais, avec cette prime, et souscrite il y a si peu de temps, nous devons vraiment creuser.

— Quelqu'un d'autre à la Planalto Minerações a-t-il souscrit une assurance-vie avec vous ?

— Cláudio Lucena, mais pas à la même époque ni avec la même valeur.

— Qui l'a souscrite en premier ?

— Lucena.

— Dans ce cas, il est possible que Ricardo Carvalho, en décidant de souscrire une assurance-vie, ait consulté son ami, ce qui signifie que, en plus de Ricardo, Cláudio Lucena et leurs secrétaires respectives doivent avoir connaissance de l'assurance.

— Encore un détail, ajouta Aurélio. L'assurance a été souscrite à l'époque où Ricardo a effectué une série de déplacements à New York. Selon les informations que j'ai eues, les affaires de la Planalto Minerações passent plus par Londres et par Amsterdam que par New York. Cela vaudrait la peine, avec votre autorité de policier, de vérifier si un contrat quelconque justifiait les divers voyages de Ricardo à ces dates-là. Il peut y être allé pour des examens médicaux, consulter un spécialiste… Ensuite, une assurance de un million de dollars, c'est trop de coïncidence.

— D'accord, mais la coïncidence réside entre les voyages et l'assurance, et non entre la maladie et l'assurance. Il n'y a aucun indice prouvant que Ricardo était malade, au contraire, il était l'image même de la santé. En outre, faites attention à ne pas mettre la charrue avant les bœufs. Ce n'est pas parce qu'il avait une assurance-vie que Ricardo a été tué ; il a été tué, et c'est alors que la question de l'assurance a fait surface.

— Je suis d'accord sur le fait qu'on ne tue pas quelqu'un parce qu'il a une assurance-vie ; si c'était le cas, personne n'en souscrirait… si ce n'est pour les bénéficiaires.

— Aurélio, comme vous l'avez dit vous-même, la seule bénéficiaire est la veuve. Croyez-vous que Bia Vasconcelos ait tiré une balle dans la tête de son mari pour percevoir l'assurance ?

— J'en sais très peu sur elle, je ne l'ai jamais vue personnellement. Sur la photo elle semble très jolie. D'après ce que j'ai pu apprendre, le Ricardo en question couchait avec toutes les femmes qu'il connaissait, son épouse peut avoir accumulé assez de rage pour faire exploser la tête de son mari. Les données dont nous disposons indiquent qu'elle est financièrement indépendante. Elle ne tuerait sûrement pas son mari pour l'assurance. Par ailleurs, le fait d'être la seule bénéficiaire peut jouer en sa faveur. Personne ne s'en serait douté. Elle n'a pas tué pour l'argent, mais parce qu'elle était fatiguée d'être trompée.

— Très démodé. Et, à la suite du commentaire : Dites-moi une chose, Aurélio, est-ce vous qui avez téléphoné à la veuve jeudi après-midi ?

— Non, je ne savais même pas que quelqu'un avait appelé.

— Quelqu'un a téléphoné, et la veuve, qui ne voulait pas évoquer le sujet à ce moment-là, a suggéré que la personne téléphone à la secrétaire de son mari.

— Et la personne l'a-t-elle fait ? demanda l'enquêteur.

— Je ne sais pas. La secrétaire a disparu vendredi après avoir passé un coup de fil mystérieux à la veuve. Jusqu'à présent, nous n'avons plus de trace d'elle. Un autre détail qui peut être intéressant, c'est que le directeur avait un revolver qui a disparu. Pour l'instant, je n'en sais pas plus sur l'arme, mais dès que je saurai quelque chose je vous avertirai.

Espinosa compléta son récit avec l'histoire de la rencontre de Júlio et de Bia l'après-midi de l'assassinat de Ricardo. Les sandwiches et les demis arrivèrent. Pendant quelques minutes, il y eut un silence révérencieux. Avant d'avoir fini la première moitié de son sandwich, Aurélio en commanda un autre. Espinosa savait qu'Aurélio ne cachait rien, de même que l'enquêteur savait qu'Espinosa n'occulterait aucune information. Le fait est, cependant, qu'aucun d'entre eux ne savait grand-chose. Restait la possibilité d'autres demis et sandwiches quand un fait nouveau surgirait. Ils parlèrent du temps où ils s'étaient connus dans la police, du travail à la compagnie d'assurances, des salaires. Une norme non établie explicitement mais observée par tous était de ne pas parler des épouses ni des enfants. Ils se quittèrent en se promettant d'échanger leurs informations.

Espinosa ne retourna pas au commissariat par le chemin le plus court. Il passa d'abord chez un bouquiniste qui se trouvait rue du Carmo. Il y trouva une belle traduction de *Nicolas Nickleby* de Dickens, en deux volumes imprimés sur papier couché, moins chère que ce qu'il avait payé pour le sandwich et pour le demi. Il entra dans le commissariat comme s'il portait un trophée sous le bras. Welber arriva bien après.

— Alors, comment ça s'est passé ? demanda Espinosa.

— La secrétaire est une dure à cuire, mais elle a fini par collaborer. Les papiers et les documents étaient tous dans une archive personnelle, très bien rangée. Nous avons regardé chaque feuille de papier. Aucune trace de la police d'assurance-vie. En revanche, j'ai trouvé ça.

Et il déballa un paquet dont il retira un carré de flanelle qui enveloppait une boîte de balles de calibre 38.

— Elles étaient dans le tiroir du bureau de Ricardo Carvalho. Je suis passé à l'appartement de Bia Vasconcelos et j'ai pris l'étui de l'arme. C'est un Colt 38.

Les munitions étaient importées et il manquait environ vingt balles dans la boîte. Elles étaient du même type que celle qu'on avait extraite de la tête du directeur. Pourquoi Ricardo Carvalho était-il armé ? De qui se protégeait-il ou qui voulait-il menacer ? Il semblait qu'il avait apporté l'arme au bureau ce jour-là ou la veille. Qu'était-elle devenue ? Elle n'était pas dans le bureau, elle n'était pas chez lui et elle n'était pas sur lui quand on l'avait retrouvé. La probabilité pour que l'arme ait été volée dans la voiture était faible. Lorsque la police était arrivée sur les lieux, il s'y trouvait un nombre raisonnable de témoins. Quiconque aurait tenté de s'emparer de l'arme aurait été vu, même un policier.

L'autre hypothèse était qu'il n'était pas sorti avec l'arme et que la boîte de balles avait été placée dans son tiroir par quelqu'un d'autre. Rose ? Cláudio Lucena ? Tous deux étaient sortis presque en même temps que Ricardo. Même Lucena, qu'il avait rencontré dans le hall près de l'ascenseur, aurait pu attendre son départ pour entrer rapidement dans son bureau, placer la boîte de balles dans le tiroir et sortir à temps pour le rencontrer dans le hall de l'ascenseur. Surtout à une heure d'affluence, lorsque les ascenseurs tardent plus que la normale. Le même raisonnement pourrait être appliqué à Rose. N'importe lequel des deux aurait pu suivre le directeur jusqu'au parking et tirer sur lui. Une chose était sûre : celui qui avait tué Ricardo Carvalho lui avait volé son attaché-case.

Espinosa fit un résumé, pour Welber, de la conversation qu'il avait eue avec Aurélio. Après cela, il ne put éviter de communiquer au commissaire principal l'histoire de l'assurance-vie de un million.

Ce n'est que le mardi, une semaine après la mort de Ricardo Carvalho, qu'Espinosa activa son réseau d'informateurs. En vérité, il l'avait déjà activé auparavant mais pas avec l'énergie nécessaire. Quelques menaces aidèrent à faire tomber les premiers résultats. Il n'y avait pas de nouveau vagabond dans le périmètre, aucune information sur un éventuel tueur à gages, rien sur un attaché-case en cuir avec des initiales gravées, aucun lien entre le directeur et la drogue. Un peu plus de pression, quelques arrestations pour interrogatoire, la menace de faire appliquer la loi, et la première information importante arriva à ses oreilles le mercredi matin : un étal de *jogo do bicho* du quartier Nord avait reçu, pour la refourguer, une arme de marque étrangère qui correspondait à la description fournie par Espinosa.

7

La diminution de l'abattement de Max avait été proportionnelle à l'augmentation de sa rage. C'est qu'il ne pouvait pas se permettre de laisser l'histoire des vingt mille dollars devenir publique. Même cette possibilité-là, il l'avait donnée à cette fille de pute. Il lui restait deux options : la première, se contenter des vingt mille dollars et se tenir tranquille ; la deuxième, il savait où elle vivait. Un jour, elle finirait bien par rentrer chez elle, elle avait laissé sa mère seule...

Cela faisait déjà presque une semaine qu'il était dans sa chambre, même pour manger il sortait à peine une fois par jour. Quand sa sœur frappa à la porte en l'appelant, il avait préparé une vague excuse. Sa stupéfaction en tombant sur deux hommes ne fut pas plus grande que sa peur lorsque l'un d'entre eux lui montra un insigne de police en murmurant quelque chose que Max n'entendit pas bien ou ne voulut pas entendre. Sa sœur, les yeux écarquillés, n'était qu'une grande question muette.

— Habillez-vous, dit le plus jeune des policiers.

Dans la voiture, ce fut encore le plus jeune qui lui ordonna de croiser ses jambes, en menottant son poignet droit à sa cheville gauche. Durant le trajet du Méier à la place Mauá, ils ne lui adressèrent pas une seule fois la parole. Lorsque le plus vieux parla, ils étaient déjà dans la salle d'interrogatoire.

— Très bien, Max, laissons les formalités de côté. Nous connaissons vos nom, adresse et activité, nous pouvons aller droit au but.

Et Max se demanda quelle était l'activité qu'ils lui attribuaient, mais il préféra ne pas poser de question. Le plus vieux ouvrit une grande enveloppe brunâtre et de l'intérieur surgit le Colt 38 *Detective Special*. Les yeux de Max manquèrent sortir de ses orbites et il lui sembla que son sang avait disparu de ses veines.

— Alors ? Depuis quand avez-vous décidé de traîner dans les rues en visant la tête des gens ?

La voix d'Espinosa était calme, posée, comme s'il avait tout le temps devant lui.

— Je… je n'ai tiré sur personne, monsieur l'inspecteur.

— Je vois. Votre arme, alors, a-t-elle tiré toute seule ?

— Elle… l'arme… n'est pas à moi, inspecteur.

— Bien, si ce n'est pas la vôtre, alors à qui elle est ?

— Je ne sais pas exactement.

— Vous ne savez pas exactement ? Espinosa gratta sa barbe naissante et fixa Max d'un regard patient. Et, *exactement* mis à part, à qui peut-elle appartenir ? Parce que si elle n'est pas à vous et si vous ne connaissez pas son propriétaire, vous avez donc vendu une arme volée. Selon nos informations, vous n'avez pas l'habitude d'utiliser une arme dans votre activité, alors comment se fait-il que vous traîniez dans les rues en proposant cette arme à tout le monde ?

Une fois encore, Max fut curieux de savoir à quoi ils faisaient allusion avec "votre activité". Il poursuivit sans poser la question car il était plus intéressé d'apprendre comment le revolver était tombé entre leurs mains, et il n'y avait pas le moindre doute qu'il s'agissait de la même arme.

— Inspecteur, si je vous le dis, vous n'allez pas me croire.

— Essayez, qui sait ?

— J'ai ramassé cette arme dans un sac-poubelle.

— Et comment saviez-vous qu'elle était dans le sac-poubelle ?

— J'ai vu quand on l'y a mise.

— Et qui l'y a mise ? demanda Espinosa comme s'il parlait à un enfant.

— C'était une femme.

— Une femme ?

Et ce fut au tour d'Espinosa d'être surpris.

— Et si vous nous racontiez toute l'histoire depuis le début ?

— Mardi dernier, je me trouvais à l'angle de la rue de la Quitanda et de la rue São José, peu après six heures du soir lorsqu'une femme qui marchait vite, presque en courant, m'a heurté et a continué à marcher vite en regardant derrière elle, comme si elle était poursuivie. Près de l'endroit où nous étions, il y avait un tas de sacs-poubelle. Elle s'est arrêtée, a regardé autour d'elle, a retiré quelque chose d'un attaché-case et l'a enfilé dans un des sacs. Dès qu'elle s'est éloignée, j'ai pris le sac, le revolver était juste sur le dessus. J'ai déchiré un morceau du plastique, j'ai enveloppé l'arme et je l'ai rapportée chez moi. Quand j'ai vu que c'était une arme étrangère, j'ai pensé que je pourrais en tirer un bon prix. Je l'ai proposée à quelques commerçants, jusqu'à ce que cet homme qui prend les paris du *jogo do bicho* accepte de la garder pour voir s'il pouvait trouver preneur. Voilà toute l'histoire.

Max préparait sa vengeance.

— Pas du tout, Max, ceci n'est qu'une partie de l'histoire. Je veux en savoir beaucoup plus. A moins que vous ne vouliez être accusé d'assassinat.

— Ça alors, inspecteur, je n'ai jamais tué personne.

— Mais cette arme, elle, elle a tué, et je veux savoir qui la tenait au moment du coup de feu.

— Dans ce cas, inspecteur, ça devait être la fille.

— Comment était-elle ?

Max la décrivit de la meilleure façon possible.

— Welber, prenez la photo que nous avons rapportée de l'appartement de la secrétaire, mélangez-la avec d'autres et apportez-les ici.

Quelques minutes plus tard, Welber apportait cinq photos qu'il étala sur la table.

— Laquelle de ces femmes avez-vous vue ? demanda Espinosa.

— C'est celle-ci, inspecteur, c'est bien elle, répéta Max enthousiaste.

— Comment était l'attaché-case qu'elle portait ?

— C'était un attaché-case en cuir marron.

Espinosa regarda Welber et tous deux sortirent de la pièce. L'histoire tenait debout, il n'avait pas pu l'inventer. Du moins ne pouvait-il pas inventer Rose, comme il ne pouvait pas deviner le jour et l'heure exacts du crime. Et il y avait encore le détail de l'attaché-case. Tout s'emboîtait parfaitement. La seule chose qui ne collait pas c'était Max lui-même.

Après avoir laissé Max patienter pendant une heure, ils revinrent dans la pièce.

— Nous allons vous libérer, dit le plus vieux, mais il vous est interdit de quitter la ville ou d'aller à un endroit non connu de nous. Nous vous avons trouvé une première fois, nous pouvons donc vous retrouver. Si vous décidez de jouer à cache-cache, celui qui s'occupera de vous quand nous vous remettrons la main dessus, ce sera mon collègue ici présent, le détective Welber, et je vous garantis que plus jamais de votre vie vous ne songerez à vous échapper. Restez chez votre sœur, où nous savons vous trouver. Vous pouvez partir.

Espinosa savait que Max serait plus utile libre que détenu. De plus, il était intimement convaincu qu'il n'avait pas tué le directeur. Il n'avait pas une tête d'assassin.

Max sortit du commissariat déboussolé. Il aurait préféré avoir pris quelques coups et avoir subi les menaces habituelles. Qu'on l'ait bien traité et qu'on l'ait cru ne collait pas avec les méthodes de la police. Cet inspecteur-là avait un style différent, mais tout ça n'avait aucun sens. Ils avaient dû remuer ciel et terre pour retrouver l'arme, et il ne savait toujours pas comment cela avait été possible. Ils étaient rapidement remontés jusqu'à lui et ils n'avaient même pas fouillé sa chambre, ils l'avaient emmené au commissariat où il leur avait inventé une histoire qu'ils avaient crue ou fait semblant de croire, puis ils l'avaient relâché. Il n'y comprenait rien.

— J'ai été traité comme le gratin. Il s'en est fallu de peu qu'on me demande le nom de mon avocat.

Deux heures plus tard, Max était vraiment persuadé que c'était tout à fait ça.

— Arrête tes conneries, frérot, celui qui vient te dénicher dans cette pièce de banlieue n'ira jamais penser que tu fais partie du beau linge. Ces flics sont en train de te mijoter un sale coup. D'ailleurs qu'est-ce que tu as bien pu fabriquer pour qu'ils fassent tout ce cirque ?

— Je n'ai rien fait, sœurette, c'était une erreur.

— Max, c'est *nous* l'erreur. Personne ne commet des erreurs envers nous, tout ce qu'ils disent est vrai du simple fait qu'ils l'ont dit.

Max réfléchit quelques secondes à la phrase de sa sœur et pensa de nouveau à l'épisode du commissariat. Comment avaient-ils su pour lui ? Les allusions à son "activité", son "occupation", que savaient-ils au juste ? Et s'ils savaient, pourquoi l'avaient-ils remis en liberté ? L'unique raison plausible de son retour chez lui au lieu d'être derrière les barreaux c'est qu'ils devaient croire qu'il pouvait les conduire à la secrétaire. Mais c'était exactement ce que lui-même attendait d'eux. Il était évident qu'ils ne savaient rien pour les vingt mille dollars et encore moins pour la lettre. Bien qu'ils aient trouvé l'arme, ils continuaient à penser assassinat et non suicide. Il rit, pas de ça mais du fait que, quelques jours plus tôt, il avait pleuré d'avoir été trompé et de ne pas pouvoir se plaindre à la police. Maintenant c'était la police qui allait jusqu'à lui pour se plaindre. Ainsi, il finissait par compter sur l'aide de la police pour retrouver Rose. Le résidu de tristesse s'était effacé, il restait les traces de rage, nécessaires pour mener son enquête personnelle. Par chance, il n'avait pas vendu un seul dollar, ils pourraient remonter jusqu'à l'argent caché de la même façon qu'ils étaient remontés jusqu'à lui à cause du revolver. La meilleure chose à faire était de cacher l'argent ailleurs. Aussi parce que, s'ils retrouvaient Rose, elle pourrait révéler l'existence de l'argent et la police tout entière lui tomberait dessus. C'était une précaution qu'il fallait prendre par rapport à la secrétaire. Dans ce cas, elle serait confrontée à l'histoire qu'il avait inventée et tout ce qu'elle pourrait faire en retour serait de raconter l'histoire du suicide, de la lettre et des dollars. D'un autre côté, sans compter avec l'action de la police, la probabilité qu'il récupère la lettre était minime. Il y avait encore un autre aspect de la question qu'il ne devait pas négliger. Maintenant que l'arme du crime avait conduit la police jusqu'à lui, la lettre était le seul alibi dont il disposait contre l'accusation d'assassinat.

C'était le printemps depuis une semaine. A Rio de Janeiro, cela signifiait que tout vestige de froid avait disparu et, au Méier, cela signifiait que l'été avait commencé. La petite pièce à la charpente apparente et dont la fenêtre laissait à peine passer un souffle n'était pas l'endroit idéal pour réfléchir à la situation. Malgré la douleur du moment, il s'était senti bien, la semaine précédente, à errer dans le parc du

Flamengo. L'inconvénient c'était la distance. Mais il s'était senti bien. Le sable, sous la pluie fine, formait une couche mince légèrement durcie et humide, tandis que la partie inférieure était encore sèche. Il pensa qu'il lui ressemblait : l'intérieur sec, vidé.

8

Lorsqu'il décida d'appeler, il était déjà presque onze heures du soir, mais Aurélio décrocha à la deuxième sonnerie.

— Que pensez-vous d'une autre tournée de bière et de sandwich au jambonneau ? J'ai quelques pièces à ajouter à notre casse-tête.

— Espinosa, j'étais justement en train de penser à vous.

La voix était gaie quoique un peu fatiguée.

— Cela vous irait-il demain, au même endroit, à une heure de l'après-midi ? demanda Espinosa.

— Oui, mais, à moins que vous ne vouliez voir un ex-policier insomniaque, donnez-moi au moins quelque chose à me mettre sous la dent jusqu'à notre rendez-vous de demain.

Espinosa raconta que l'arme du crime avait été retrouvée mais ne fit aucune référence à Max ni à l'histoire qu'il avait racontée sur Rose. Ils furent d'accord pour dire qu'il serait préférable d'en parler plus en détail le lendemain.

Il n'avait pas sommeil et avait faim. Le réfrigérateur n'offrait rien de plus que quelques légumes verts cuits par le froid, des morceaux de fromage accumulés au cours de la dernière décennie, trois tranches de pain de mie à la date inconnue et quelques canettes de bière. Il décida de profiter de la bière et de commander une pizza.

Ce qui le préoccupait pour le moment était le fait que l'histoire racontée par Max tenait debout et qu'il ne lui donnait pas l'importance qui lui était due. La secrétaire est vue s'éloignant à pas pressés du lieu du crime et cachant l'arme dans un tas de poubelles, l'examen balistique confirme que la balle qui a tué Ricardo Carvalho est sortie de cette arme-là, la mère de la secrétaire suggère qu'il y aurait quelque chose entre sa fille et le directeur. Il suffit de mélanger ces ingrédients pour qu'on ait un crime passionnel. Le fait que Max se soit trouvé au moment exact sur le lieu exact du crime ne serait que pure coïncidence. Et c'était difficile de croire à ce genre de coïncidence.

Il se coucha tard et se leva tard. Lorsqu'il arriva place Mauá, il était dix heures et demie du matin. Le temps dont il disposait jusqu'au rendez-vous avec Aurélio fut occupé par des rapports, de la paperasse et le téléphone. La journée était belle, même vue d'une fenêtre de la place Mauá. A une heure moins le quart, il sortit en direction de la rue de la Quitanda.

Il arriva au restaurant en même temps qu'Aurélio. Une grande partie de ce qu'Espinosa savait c'était par lui qu'il l'avait appris, et il ne se sentait pas à l'aise à l'idée de dissimuler des informations à son ex-collègue, à tel point que, dès qu'ils trouvèrent une place assise, il alla droit au but.

— Aurélio, hier soir je ne vous ai pas tout dit.

— Je le sais, c'est pour ça que nous sommes là.

Espinosa exposa les faits dont il disposait sur la mort de Ricardo Carvalho. L'arme trouvée grâce au réseau d'informateurs du *jogo do bicho*, le fait qu'elle ait été vendue par Max, qui était Max, la complète disparition de Rose, l'entretien qu'il avait eu avec sa mère, la possible liaison entre le directeur et la secrétaire et, finalement, l'histoire racontée par Max sur la façon dont il avait retrouvé l'arme. Aurélio écouta tout sans mot dire. Lors de certains passages, il restait, sandwich en l'air, bouche ouverte, à attendre, comme dans un arrêt sur image.

— Que pensez-vous de ce Max ? demanda-t-il lorsque Espinosa eut terminé son récit.

— Je ne crois pas qu'il ait commis le crime, répondit Espinosa. Il n'est pas connu comme contrevenant. Il commet probablement de petits délits, mais on n'a aucune information disant qu'il aurait menacé la vie de quelqu'un. Selon les gens du *bicho*, il y a des renseignements non confirmés selon lesquels il se livre à des attaques dans des parkings en se servant d'une arme factice. D'après moi, il est inoffensif.

— Espinosa, aucune personne qui commet des agressions n'est inoffensive. Même avec une arme factice.

— C'est un petit voleur minable, Aurélio, il n'a jamais blessé personne et n'a jamais volé plus que l'argent des courses d'une imprudente.

— Et vous trouvez que c'est peu de chose ?

— Oui, comparé à un assassinat.

— J'aimerais le voir, pour pouvoir être d'accord avec vous.

— C'est facile, dit Espinosa, je peux arranger cette rencontre.

— Et au sujet de l'histoire qu'il a racontée ? demanda Aurélio.

— C'est là que ça cloche. Je ne crois pas un mot de ce qu'il a raconté. Et ça le rend suspect, seulement je ne sais pas de quoi.

— Croyez-vous qu'il peut être le complice de la secrétaire dans la mort du directeur ?

— Je ne crois pas. Il n'en a pas la capacité. Il n'est pas et n'a jamais été un tueur à gages. Rien ne prouve qu'il a connu la secrétaire, mais je n'écarte pas la possibilité qu'ils se soient connus après la mort du directeur.

Aurélio se curait les dents et déposait les cure-dents cassés dans son assiette.

— Dites-moi une chose, Espinosa, quelqu'un a-t-il vérifié s'il y avait des résidus de poudre ou de tolite sur la main du directeur ?

La question fut posée sans aucune emphase. Espinosa aurait dit que l'emphase consistait précisément à n'en avoir aucune. Elle le toucha, peut-être parce que intérieurement il était en train de se poser lui-même cette question depuis quelque temps, sans la formuler clairement.

— Suicide ? Ne seriez-vous pas en train de dire cela parce que c'est une réponse convenable pour la compagnie d'assurances ? Après tout, c'est votre gagne-pain.

— Ça se pourrait, répondit Aurélio, mais je n'écarterais pas cette hypothèse.

— Aurélio, personne ne se tue ni ne disparaît après avec l'arme… Il regarda son ami et compléta : … à moins que quelqu'un d'autre ne le fasse. Quant à l'examen de la main du directeur, continua-t-il, c'est sûr qu'on n'en a pas fait, puisque l'idée n'est venue à personne qu'il aurait pu s'agir d'un suicide. La scène de l'assassinat était une évidence, tout au plus un vol avec meurtre.

— Ça continue de l'être, dit Aurélio. Je ne fais qu'y ajouter quelques ingrédients.

Espinosa était convaincu que la solution de l'énigme dépendait de Rose. Tant qu'on ne la retrouverait pas, ils devraient croire à la version de Max, qui était aussi solide qu'un château de cartes. L'hypothèse du suicide s'appuyait sur un indice très mince, outre le fait qu'elle se heurtait à des difficultés quasi insurmontables. De toute façon, si une semaine auparavant il était à la case départ, maintenant il disposait de quelques pistes. Avec un peu de chance, il pourrait clore l'affaire la semaine suivante. Sa conversation avec Aurélio, comme d'habitude, avait été assez profitable. Pour tous les deux, pensait-il. Ils se saluèrent à trois heures de l'après-midi.

Depuis qu'il avait été transféré au commissariat de la place Mauá, il avait pris l'habitude, chaque vendredi, de se rendre dans une librairie du centre-ville. Comme il se trouvait à peine à un pâté de maisons de celle-ci, il décida de passer chez le bouquiniste, rue du Carmo. Il convoitait une ancienne édition, illustrée, de *Moby Dick*. Ce n'était pas une édition rare, ni chère, et elle réclamait juste une place sur la liste de son imaginaire.

Un samedi de plus approchait et la possibilité de ranger les livres dans son appartement se répétait. Il espérait un samedi pluvieux. Rien de mieux qu'un samedi pluvieux pour ranger des livres dans une bibliothèque. Le plus gros problème était qu'il avait les livres mais pas de bibliothèque. Le vendredi s'acheva sans événement nouveau.

Il aimait bien les samedis matin. Pendant qu'il prenait son petit-déjeuner en lisant le supplément littéraire du journal, il décida de continuer à ranger les livres de sorte qu'ils forment eux-mêmes une "bibliothèque vivante". La partie rangée le samedi précédent tenait debout, ce qui l'encourageait à poursuivre jusqu'à la hauteur de ses bras. A l'heure du déjeuner, il constata qu'il avait peu progressé, le premier chapitre de *Nicolas Nickleby* étant le responsable de ce retard. A quatre heures de l'après-midi, lorsque le téléphone sonna, sa progression avait été quasi nulle. C'était Welber à l'appareil.

— Inspecteur, on a retrouvé la mère de Rose morte. Assassinée. Les experts sont déjà en route. Je passe vous prendre chez vous.

Le trajet jusqu'à la Tijuca fut rapide, mais suffisant pour que Welber dise le peu qu'il savait. La dame était décédée par strangulation, mais les premières informations faisaient référence à quelque chose de plus. Cela s'était passé à l'heure du déjeuner. Le concierge l'avait vue arriver du marché vers 11 heures du matin et, peu avant trois heures, il avait sonné, car il lui avait promis de changer une pièce à sa chasse d'eau. Il avait patienté quelques minutes et était revenu appuyer sur la sonnette. Comme personne ne répondait, il avait utilisé la clé de la porte de service que Mme Maura lui avait laissée. Le corps était assis et ligoté à une des chaises de la table ; un des bras, libre, pendait le long du corps. Elle était bâillonnée avec une écharpe. Elle était morte étranglée par des fils de nylon qui avaient été arrachés de l'étendoir à linge.

Avant même d'entrer, Espinosa sentit l'odeur de sang mélangé à l'ammoniaque. Il y avait du sang sur la table, sur le corps de la femme et par terre. Les détectives frémirent en voyant le bras libre qui pendait le long du corps. Trois doigts avaient été coupés et l'ustensile utilisé, un coupe-volaille, était posé sur la table à côté d'un flacon d'ammoniaque… et des doigts. Le détail du flacon d'ammoniaque était le raffinement dans la perversité ajouté à la brutalité de la scène.

— C'est exactement ce que vous pensez, dit l'expert en regardant Espinosa qui contemplait la scène. Il a été utilisé pour ranimer la vieille chaque fois qu'elle perdait connaissance à cause de la douleur.

Sans doute l'avait-on torturée afin qu'elle dise quelque chose qu'elle ne savait pas. Le plus révoltant c'était qu'il n'était pas nécessaire de lui couper trois doigts pour s'en rendre compte.

Espinosa et Welber examinèrent minutieusement chaque centimètre de l'appartement. Lorsqu'ils sortirent et scellèrent la porte, il faisait déjà nuit. Malgré la fatigue, aucun des deux n'avait envie de manger quoi que ce soit. Avant de retourner au commissariat, ils cherchèrent un endroit, à proximité, où boire une bière. L'image des doigts sur la table ne les quittait pas.

9

Quelques demis furent nécessaires pour apaiser leur âme. Au premier demi, ils ne parlèrent pas ; au deuxième, ils firent quelques commentaires sur les tables du bar qui envahissaient le trottoir étroit ; lorsque le garçon leur apporta le troisième, Espinosa demanda à son collègue :

— Comment vous sentez-vous ?

— Par rapport au nombre de demis ingérés ou par rapport aux doigts de la dame ?

— Par rapport aux demis, par rapport à la dame inutile de le dire.

— Je me sens bien… dans la mesure du possible.

Durant ses vingt ans de service, Espinosa avait vu beaucoup de choses, presque tout, pensait-il. Mais il était impossible de ne pas être choqué par la scène de cette femme aux doigts tranchés par un coupe-volaille avant d'être étranglée. En entrant dans la pièce, alors qu'il cherchait à se remettre du choc, il avait aperçu Welber qui s'éloignait rapidement en direction des toilettes. Autant que la scène en elle-même, le fait qu'elle avait été l'œuvre d'un semblable était répugnant.

— Je vais bien, répéta-t-il.

— Alors raccompagnez-moi. Je ne crois pas que vous vouliez passer la nuit de samedi à boire dans un bar en compagnie d'un policier.

Le regard de Welber était celui de quelqu'un qui considérerait la proposition, au cas où Espinosa serait disposé à une conversation personnelle – chose exceptionnelle – mais l'inspecteur ne donna pas suite. Ce n'était pas qu'il avait des secrets que tout le monde attendait de voir révélés, mais il ne voyait rien dans sa vie privée qui puisse intéresser ses collègues et, si cela ne dépendait que de lui, elle demeurerait privée. Une discussion intime et un peu d'attention auraient fait du bien à Welber à ce moment-là, mais Espinosa n'était pas à l'aise dans le rôle de pasteur des âmes.

Avant que le demi se transforme en prétexte à confidences, il demanda l'addition et se leva. De retour à Copacabana, leur échange se maintint éloigné des sujets d'ordre confidentiel.

Espinosa avait passé au service de la police presque le même temps que l'âge de Welber. Il avait perdu plusieurs de ses anciennes certitudes, il n'était parvenu à aucune vérité évidente et avait développé considérablement la région de son être où sont emmagasinés les doutes.

Il rentra chez lui en se demandant s'il avait une histoire personnelle ou plusieurs et, selon la réponse, s'il était une ou plusieurs personnes. Avant d'allumer la lampe du salon, il avait écarté la question comme étant stupide, même s'il avait traîné l'ombre d'un doute jusqu'à la salle de bains.

Il considérait sa vie d'homme marié tellement distante dans le temps et étrange lorsqu'il la comparait à sa vie actuelle qu'elle semblait appartenir à une autre personne, de même que l'homme d'aujourd'hui gardait peu de traces de l'enfant du quartier de Fátima. Son propre fils, depuis le temps qu'il était à l'étranger, était comme le fils d'un autre homme.

L'histoire avec sa première femme avait mal tourné avant même qu'ils soient mariés. Ils s'étaient connus lorsqu'ils étaient encore étudiants en droit, elle était nouvelle, il était ancien, ils tombèrent vertigineusement amoureux. L'avis sur le panneau d'affichage de la faculté pour le concours de la police civile était comme la bande-annonce d'un film à l'eau de rose. Son travail de garde lui avait permis de terminer son droit et de conserver son job d'aide dans un cabinet d'avocats. Feu vert pour le mariage. Elle avait avancé au moins une douzaine de raisons pour qu'il n'entre pas dans la police. Il passa quand même le concours et le réussit. Ils se marièrent. Un an plus tard, leur fils naissait. Le mariage prit fin en même temps qu'elle finissait ses études de droit. Il avait duré quatre ans.

Tandis qu'il pensait à tout ça, il allumait les lumières de l'appartement, sans aucune raison apparente si ce n'est le besoin de s'éclairer lui-même. Il fit le chemin inverse, éteignant chacune d'entre elles, ne laissant allumée que la lampe du salon. Il prit une longue douche, déballa le sandwich dit biologique qui était au réfrigérateur, ouvrit une bière, s'allongea sur le canapé du salon et commença à penser à la mort, non pas à l'idée abstraite de la mort, mais au temps qui lui restait à vivre. Cela à quarante-deux ans, un samedi soir, dans un appartement de célibataire à Copacabana. Il conclut qu'il était déjà mort. Il alla se coucher.

DEUXIÈME PARTIE

OCTOBRE

1

J'ouvris les yeux sans hâte de me réveiller. Le souvenir qui servit de point de départ pour le dimanche fut celui des doigts de Mme Maura éparpillés sur la table. Je fermai les yeux et essayai de dormir. Ça ne marcha pas. Il était 11 heures passées, j'avais assez dormi. La lumière qui pénétrait par les minuscules interstices des persiennes était faible, presque absente, accompagnée du bruit de la pluie, dont j'ignorais si je l'avais entendue ou seulement soupçonnée. Après quelques minutes de lutte contre la réalité, je décidai de me lever et de préparer le café. Pendant que j'attendais le gargouillement de la machine, je pris le journal sous la porte et allai me brosser les dents. Ce que je vis dans la glace fut un sujet qui, par ses cheveux et par son expression physionomique, me rappela l'un des Marx Brothers. Le souvenir eut plus un effet mélancolique que comique. La machine annonçait que le café était prêt lorsque je décidai de descendre jusqu'au kiosque pour acheter *O Dia*, probablement le seul à parler du meurtre. Dans le *Jornal do Brasil* il n'y avait rien sur l'assassinat. Le détail des doigts coupés avait été caché à la presse, car cela aurait sans doute fait la une ; sans cet épisode, la mort de la vieille dame dans un appartement du quartier Nord ne méritait pas de paraître dans un journal bourgeois. A mon retour, en montant l'escalier, je trouvai la nouvelle dans une page interne du *Dia*. Le café était prêt. L'odeur était bonne mais le goût amer.

Quelques minutes auparavant, alors que j'étais sur le point de me réveiller, avant même d'ouvrir les yeux, une image avait essayé de se frayer un chemin entre les réminiscences du rêve, mais elle fut réprimée par l'attention portée à la lumière grisâtre du jour et au bruit de la pluie. Pendant que je me brossais les dents, elle s'insinua à nouveau, mais fut coupée par la vision mélancolique de Harpo Marx. Maintenant elle faisait irruption avec toute sa force, occupant l'espace de mon état de veille. Bia Vasconcelos assise à mes côtés pour le petit-déjeuner, marchant dans la pièce, prenant un livre au hasard, choisissant une musique. La vision dura à peine quelques secondes. Bia disparut et à sa place surgirent Júlio, mon ex-femme, Alba, Rose, même si je ne connaissais cette dernière qu'à travers une photographie. J'essayais de rappeler l'image de Bia, en vain. Peut-être le problème était-il cette pièce-là. La différence avec son appartement était impressionnante : sophistication *clean** de la designer et amoncellement baroque du policier acheteur de livres. Je me levai de table et allai à nouveau me regarder dans la glace. Je revins au salon. La table coloniale, le canapé et les fauteuils aux coussins amovibles, hérités de mes parents avec leur tapisserie d'origine, les tableaux et ce qu'on appelle les objets de décoration, cela ajouté à l'image dans la glace, me laissèrent la sensation que Bia et moi vivions dans des univers parallèles.

Le salon de mon appartement possède un petit balcon de quelques centimètres de largeur seulement et de deux mètres de longueur. L'avantage de ce détail architectonique est que, au lieu d'une fenêtre, le salon a deux portes-fenêtres vitrées et des persiennes ouvrant sur l'extérieur. J'ouvris les deux côtés, au risque de laisser la pluie mouiller le tapis, pour voir si, en faisant circuler l'air, mon état d'esprit s'améliorerait. Le résultat fut la rencontre entre l'atmosphère extérieure de cette journée et mon état intérieur,

* En anglais dans le texte. *(N.d.T.)*

tous les deux grisâtres. Je pris encore une tasse de café dans la cuisine. Cela faisait un certain temps que j'avais arrêté de fumer, et c'était le moment où le manque était le plus aigu. D'après la déposition de Bia, son mari aussi avait arrêté de fumer quelques mois auparavant, cependant il y avait des cendres récentes dans le cendrier et un paquet de cigarettes ouvert dans la boîte à gants. Il y a des gens qui, tout en ayant abandonné ce vice, gardent toujours un paquet à portée de la main. Evidemment, l'assassin n'allait pas fumer pendant qu'il tirait sur le directeur et en plus de ça se soucier de mettre le mégot dans le cendrier. Celui qui avait fumé la cigarette était quelqu'un de connu de Ricardo ou Ricardo Carvalho lui-même. Dans ce cas, soit il avait décidé de recommencer à fumer, soit il n'avait plus besoin de se préoccuper des méfaits du tabac.

Les livres empilés contre le mur du salon témoignaient de mon effort de coopération avec la femme de ménage. Le week-end précédent je trouvais jolie, ou du moins inventive, une bibliothèque sans bibliothèque, avec les seuls livres. Sans doute le désordre de l'appartement avait-il du charme. Son chantier n'était pas une simple dégradation de l'ordre, mais un ordre différent des modèles des magazines de décoration. Cependant, ces idées avaient beau atténuer mon découragement, j'avais la plus absolue certitude que Bia Vasconcelos n'habiterait jamais un endroit comme celui-là. Ce qui signifiait que nous n'étions pas compatibles. Le désir de fumer augmenta et je me servis une troisième tasse de café.

Qui aurait pu couper les doigts de cette pauvre femme ? La violence de la mutilation arriva à reléguer sa mort au second plan. Il était évident que les deux crimes étaient liés, comme il était tout aussi évident que la disparition de Rose avait provoqué involontairement la mort de sa mère. Si la même personne avait tué Mme Maura et Ricardo Carvalho, cela réduisait le nombre de suspects. Rose était la première à être écartée. Je ne la voyais pas torturer et tuer sa propre mère. Bia et Júlio avaient déjà été éliminés de la première liste des suspects, et de celle-ci, maintenant, à plus forte raison. Cláudio Lucena pourrait être l'instigateur, mais pas l'exécuteur de deux crimes, du deuxième surtout. Des gens connus, il restait Max. Il n'y avait aucune raison de partir à la recherche du "sauvage fils de pute qui avait mutilé et tué la malheureuse vieille dame" car l'assassin pouvait ne pas correspondre à l'image que les gens se font habituellement d'un "sauvage fils de pute qui mutile et qui tue des malheureuses vieilles dames". Ce n'était pas le crime d'une brute sauvage, mais celui d'un pervers agissant froidement. Et il n'y a pas de portrait type qui corresponde au pervers. Il peut ressembler à n'importe lequel d'entre nous.

Après avoir ouvert la porte-fenêtre du balcon, j'étais retourné à table pour poursuivre la lecture du journal, entrecoupée par mes divagations et la consultation de la glace. Le gris du ciel se mélangeait à celui du bâtiment de l'autre côté de la place. La pluie s'accentua et le vent du sud-ouest commença à la pousser à l'intérieur du salon. Je me levai une fois de plus et fermai les portes vitrées en laissant les persiennes ouvertes. J'errai dans l'appartement. Une quatrième tasse de café était hors de question. Les journaux n'offraient plus d'intérêt, et le seul coup de téléphone qui avait vraiment de l'importance ce dimanche matin, je ne l'avais pas reçu. Bia n'aurait pas trouvé jolie ma bibliothèque-sans-bibliothèque. Qu'est-ce qui rendait Bia insaisissable ? Le fait d'être riche et d'avoir été élevée en Europe ? Ou le fait d'être une artiste et moi un policier ? Depuis que je l'avais rencontrée, cette question s'imposait au moins une fois par jour. Je n'avais aucune illusion quant à la pureté des gens. Je savais très bien que l'imaginaire d'une religieuse pouvait être encore plus violent que celui d'un policier, et qu'un tranquille père de famille était capable de perversités inimaginables. Je ne me voyais pas différent des autres. J'étais un policier comme j'aurais pu être un enseignant dans un collège. Mais ce que je pensais de moi et de ma profession était une chose et la représentation que la société se faisait du flic en était une autre. Et Bia Vasconcelos ne semblait pas déroger à cette règle. Un policier ne fréquente la société que pour faire des enquêtes. Le téléphone sonna. C'était Welber.

— Inspecteur, excusez-moi de vous déranger un dimanche matin mais Max a disparu.

— Comment ça il a disparu ? N'est-il pas chez sa sœur ? N'est-il pas sorti faire un tour ? Aujourd'hui c'est dimanche, ajoutai-je tout en sachant que, pour un vagabond comme Max, cela ne faisait pas la moindre différence.

— Il a disparu, inspecteur. Depuis hier soir, après que vous avez donné l'ordre de l'arrêter. On ne le trouve nulle part.

— Continuez les recherches. Si ce gars disparaît, nous serons ridiculisés, il était entre nos mains.

Disparaître après l'assassinat de la mère de Rose était une trop grande coïncidence, d'autant qu'il n'avait en sa faveur qu'"une tête qui n'est pas celle d'un assassin". Max ne pouvait pas être au courant de la mort de la vieille sauf s'il était l'assassin ou si, à nouveau, "il ne faisait que passer par là", puisque l'information n'avait été donnée que par *O Dia* et il avait disparu depuis la veille.

Le délai que le commissaire principal m'avait donné pour me charger de l'affaire et présenter un rapport pour le moins éclairant était sur le point d'expirer et, malgré le fait que la situation originelle avait été augmentée d'une mort supplémentaire et d'une disparition et que l'arme du crime avait été retrouvée, je ne considérais pas que j'avais fait un progrès significatif dans l'élucidation de la mort de Ricardo Carvalho. Nous avions un coupable idéal : Max. Un marginal, auteur de petites attaques armé d'un revolver factice, sans antécédents criminels, qui avait vendu l'arme du crime à un *bicheiro** du

* Vendeur de billets du *jogo do bicho. (N.d.T.)*

quartier Nord. La version selon laquelle il passait sur les lieux au moment exact où l'assassin présumé se défaisait de l'arme ne serait même pas acceptée par sa propre mère. Cependant, pour des raisons que je ne saurais énoncer, je ne croyais pas qu'il avait tué le directeur. L'autre possibilité consistait à accorder du crédit à l'histoire racontée par Max, à y ajouter certaines données issues du récit de Mme Maura et à incriminer Rose. Cela, si quelqu'un pouvait dire où elle se trouvait… et si elle était vivante. A part ces deux possibilités, que je ne considérais même pas comme des hypothèses mais comme de simples éventualités afin d'octroyer une certaine intelligibilité aux faits, je ne disposais de rien de plus. La thèse du crime passionnel commis par Júlio, avec ou sans la complicité de Bia, était ridicule. Attribuer le crime à un assassin occasionnel, sans aucun lien avec la victime, dont l'intention originelle était seulement de voler, n'avait pas de sens. Ricardo avait été tué avec sa propre arme, ce qui suggérait deux directions. Dans la première, quelqu'un aurait pris possession de l'arme, avant ou pendant le crime, pour tirer sur le directeur ; dans la deuxième, Ricardo Carvalho se serait suicidé. Cette deuxième voie, à son tour, présentait deux complications. La première était que l'arme n'avait pas été retrouvée dans la voiture, et la deuxième était que cette version ne tenait pas compte de la disparition de la secrétaire ni de l'assassinat de sa mère.

La pluie avait un peu diminué, ce qui m'avait permis d'ouvrir la porte-fenêtre du balcon. Une visite au réfrigérateur révéla qu'il y restait deux plats surgelés : tagliatelles à la bolonaise et tagliatelles à la bolonaise. Je choisis le premier et réservai le deuxième pour le dîner. Le dimanche promettait d'être excitant, comme tous les dimanches.

Après avoir mangé les tagliatelles à la bolonaise sans même me donner la peine de les sortir de leur emballage, je consacrai les trois heures suivantes à la lecture de *Nicolas Nickleby*, que j'avais acheté d'occasion. Peu après cinq heures, le téléphone sonna pour la deuxième fois.

— Inspecteur Espinosa ?

— Oui.

— Excusez-moi d'appeler un dimanche, mais vous m'aviez dit que si je me souvenais de quelque chose… C'est Alba Antunes à l'appareil.

— Il n'y a aucun problème, madame Alba. Mon dimanche ne peut pas être pire que ce qu'il est. Vous avez sauvé ma journée.

— Je vous en prie, ne m'appelez pas madame.

— D'accord, Alba. De quoi vous êtes-vous souvenue ?

— Je ne me suis souvenue de rien, mais quelque chose m'est arrivé dernièrement et j'ai cru bon de vous le communiquer.

— Oui ?

— Il se peut que cela ne soit pas important ou que ce soit seulement une impression, mais… les dernières fois que Júlio et moi sommes sortis ensemble, quelqu'un nous a suivis tout le temps, en voiture.

— Racontez-moi donc ça plus en détail.

— Je n'ai pas beaucoup de détails à vous donner. Une fois, nous sommes allés au cinéma et après au restaurant. Comme c'était moi qui conduisais, j'ai remarqué qu'une voiture, toujours la même, était derrière la nôtre durant le trajet jusqu'au cinéma et après jusqu'au restaurant. Le lendemain, Júlio est venu me chercher au club ; cette fois, c'était lui qui conduisait, mais j'ai été attentive et j'ai vu qu'il y avait une voiture derrière la nôtre. C'était la même que la veille et je suis sûre qu'elle nous suivait. Je n'ai pas pu distinguer le visage du conducteur, je ne sais même pas si c'était un homme ou une femme, les deux fois il faisait sombre.

— Le suiveur a-t-il essayé de faire quelque chose ? A-t-il foncé sur vous ? Vous a-t-il menacés d'une manière quelconque ?

— Non. Il ne nous a à aucun moment molestés, sauf que ce n'est pas agréable d'être suivis. Il y a cependant un détail, inspecteur : je n'ai rien dit à Júlio.

— Pourquoi ?

— Júlio est très peureux. Il ressent une petite douleur et il imagine déjà qu'il a une maladie gravissime. Une fois, il s'est tourmenté parce qu'il pensait qu'il avait du mercure dans le sang. Si je lui dis que nous sommes suivis, il va se considérer comme mort. Ce qui me préoccupe c'est que, lorsque je suis seule, je ne suis pas suivie. Ce qui m'amène à conclure que le poursuivant en a après Júlio. Et Júlio ne sait pas se défendre, inspecteur.

— En admettant que la première fois cela était vrai, la deuxième n'aurait-elle pas été une impression provoquée par la première ? Après tout, il est fréquent qu'une voiture reste derrière une autre sur un long trajet.

— Et qu'elle nous attende pendant que nous dînons, allons au cinéma ou baisons ?

— …

— La seule chose que je puisse dire, continua-t-elle, c'est que s'il voulait nous faire du mal il l'aurait déjà fait. Ce ne sont pas les occasions qui ont manqué. A moins qu'il n'attende pour avoir Júlio tout seul. Je ne peux pas lui demander s'il est suivi sans l'alarmer.

— Et pensez-vous qu'il est réellement si vulnérable et incapable de se défendre ?

— Je ne le pense pas, inspecteur, j'en suis sûre. Quand nous nous disputons, je dois me contrôler pour ne pas lui faire trop peur. Ma rage est un peu exubérante. Quand je m'en rends compte, il est déjà recroquevillé, à la recherche de la sortie la plus proche.

— Alba, je peux faire très peu de chose pour vous. Si ça continue et que la persécution se révèle caractérisée, je pourrai solliciter une protection. Pour l'instant, soyez prudents, évitez les lieux déserts et ouvrez l'œil. Si vous êtes sûre d'être suivie, il vaut mieux avertir Júlio afin qu'il se protège.

— Très bien. Je suis plus intriguée qu'effrayée.

— Si vous continuez d'être suivis ou si vous essayez de faire quelque chose, téléphonez-moi immédiatement.

J'étais étonné par la force du sentiment maternel chez les femmes. Il suffit qu'un homme se montre vulnérable et exhibe un regard de chien battu pour que les femmes pleuvent autour de lui. Ce Júlio était évidemment un imbécile et, cependant, deux femmes merveilleuses étaient prêtes à l'aider à choisir entre la glace à la fraise ou la glace au chocolat. Cette Alba n'est pas bête, si elle dit qu'ils se font suivre c'est parce qu'ils se font suivre. Restait à savoir pourquoi et par qui et, à ce moment précis de l'affaire, nous ne devions pas relâcher notre attention. Nous comptions déjà deux morts et deux disparus. Ce que j'avais de plus important et d'immédiat à faire c'était de retrouver Max.

Je n'aimais pas octobre et je n'aimais pas les dimanches. Octobre commençait un dimanche. Rien ne pouvait être pire que ça. La pluie avait recommencé et la meilleure chose à faire c'était d'attendre l'heure des deuxièmes tagliatelles à la bolonaise.

2

"J'aurais préféré ne pas le faire", répétait tranquillement et pacifiquement Bartleby, l'écrivain, à son patron et protecteur. Moi aussi, *j'aurais préféré ne pas le faire*. J'aurais préféré, un lundi matin, ne pas devoir aller au commissariat, ne pas devoir assister pour la énième fois à la libération des ivrognes chahuteurs, des travestis, des pickpockets, téméraires et bagarreurs, des prostituées et des drogués. J'aurais préféré ne pas devoir remplir des formulaires inutiles ni faire des rapports, expression de l'incompétence policière. J'aurais préféré ne pas avoir à assister à la scène de la vieille dame avec les doigts coupés au coupe-volaille. J'aurais préféré, en me présentant à une belle femme, ne pas avoir à proférer la phrase fatidique : "Je suis l'inspecteur Espinosa de la 1re DPJ." Le fait est que "mon patron" ne comprendrait jamais la phrase de Bartleby, surtout dite par moi. C'est dans cet état d'esprit que je me dirigeai vers le commissariat ce lundi matin. La pluie de la veille continuait, plus fine et insistante, mouillant l'âme plus que le corps.

Welber m'informa avec plus de détails sur la tentative d'arrestation manquée de Max. Il avait disparu avec toutes ses affaires. Rien n'était resté dans la petite chambre du Méier. Sa sœur ne savait même pas qu'il n'était plus dans la maison. Max avait disparu sans laisser d'indices sur l'endroit où il pouvait se trouver. Il n'avait rien dit à sa sœur qui aurait pu suggérer un motif pour une fugue aussi soudaine. Je commençais à me convaincre que c'était une bêtise de l'avoir laissé libre. Soit je m'étais carrément trompé dans le jugement que j'avais porté sur lui, soit quelque chose était arrivé entre le jour de sa libération et ce dimanche-là, pour qu'il rompe l'accord que nous avions passé. Les petites frappes ne rompent pas un accord passé avec la police car elles savent qu'elles n'auront pas de deuxième chance.

Je ne croyais pas à l'hypothèse que les deux crimes aient été commis par la même personne, même si j'étais sûr qu'ils étaient liés. En vérité, un seul détail était commun aux deux : on n'avait pas trouvé d'empreintes digitales hormis celles des victimes elles-mêmes. Si ma thèse était exacte, nous aurions non pas un, mais deux assassins, ce qui ne contribuait en rien à améliorer mon lundi matin.

Max se serait difficilement enfui vers une autre ville. Il était comme un poisson dans l'eau dans les labyrinthes de Rio de Janeiro. Il ne se serait pas senti en sécurité dans une ambiance qui lui était étrangère. Il était caché quelque part dans la ville et il allait devoir à un moment ou à un autre mettre le nez dehors. Le fait est que Max ne semblait pas vouloir nous fuir, alors, dans ce cas, quelqu'un était en train de tuer et de faire disparaître des gens et je n'avais pas la moindre idée de qui c'était.

La matinée se déroula sans nouvelles. Avant qu'on commence à faire des blagues sur le fait que nous avions relâché le principal suspect, je chargeai Welber d'activer notre réseau d'informateurs pour localiser Max. Il était probablement confiné dans un petit hôtel de seconde zone. Je commandai un Big Mac et un milk-shake au *McDonald's* qui se trouvait de l'autre côté de la place, et j'attendis une lueur d'inspiration ou un miracle qui aurait changé le cours de l'enquête. D'ailleurs, "changer le cours" était un euphémisme. Nous n'avions aucun cours. Dans les films américains, les policiers n'étaient pas aussi désemparés. Le médecin légiste dévoile pratiquement le crime à l'inspecteur, celui-ci n'a qu'à faire une poursuite spectaculaire dans les rues de New York, San Francisco ou Los Angeles. Au cas où le légiste échouerait, il y a toujours la possibilité d'envoyer au FBI un cheveu trouvé sur le lieu du crime et le lendemain nous savons même de quelle équipe de football son propriétaire est supporter. Ici, dans cet agréable tiers-monde, le rapport du légiste indiquait rarement si la victime était morte par balle ou par empoisonnement.

Welber tenait une enveloppe.

— Inspecteur, le résultat de l'examen de l'arme est arrivé.

Freire avait eu l'amabilité de le faire livrer. Le résultat était détaillé et minutieux. L'arme que Max avait confiée aux *bicheiros* était la même que celle qui avait tué le directeur et était aussi la même que celle qui s'était trouvée dans l'étui vide découvert par Bia Vasconcelos dans l'armoire de son mari. Ce que nous savions jusqu'alors par une enquête sommaire était désormais confirmé scientifiquement. Ricardo Carvalho avait été tué par sa propre arme. Ladite arme qui aurait été jetée dans un tas de poubelles par Rose, sa secrétaire, récupérée par

Max et confiée aux *bicheiros*. Evidemment, Max avait accusé la secrétaire pour se protéger. Il y avait cependant un détail qui maintenant se répétait et qui, du fait de cette répétition, éveilla mon attention. Pour qu'il ait rejeté la faute sur la secrétaire, il fallait qu'il sache qu'elle avait disparu, dans le cas contraire il pouvait être démasqué. Comment pouvait-il avoir eu cette information ? La même chose arrivait encore une fois. Si sa fuite était liée à la mort de la mère de Rose, comment pouvait-il être en possession de cette information ? Max en savait un peu trop.

Le lendemain, le délai que le commissaire principal m'avait accordé pour enquêter sur l'affaire prendrait fin. Si je n'arrivais pas à obtenir un minimum d'éléments pour justifier la poursuite de l'enquête à temps complet, je retournerais à la routine, ce qui nuirait sérieusement à son déroulement. Il est vrai que la progression avait été faible, mais c'est précisément pour cela que nous avions besoin de plus de temps. Restait à savoir si le commissaire serait d'accord.

J'avais besoin de vérifier une hypothèse. J'appelai Aurélio. Il n'était pas là. Je laissai un message afin qu'il me rappelle. Nous parvînmes à nous parler en fin d'après-midi.

— Bonjour Espinosa, encore un demi ?

— Ce serait très bien, mais avant j'ai besoin d'un renseignement. Etes-vous, par hasard, en train de suivre le professeur et son amie ?

— Quel professeur, Espinosa ?… Peu importe, je ne poursuis personne, donc, je ne suis pas en train de suivre le professeur et son amie. Qui sont-ils ?

— Des gens liés à l'affaire du directeur. Ils ne sont pas importants. Merci quand même. J'ai pensé que ce ne pouvait pas être vous puisqu'ils s'en sont rendu compte, mais j'avais besoin d'écarter cette hypothèse. Nous pouvons boire un verre demain, si vous êtes disponible.

Je raccrochai avec le pressentiment que quelque chose allait arriver et que ce n'était pas quelque chose de bon.

Celui qui suivait Júlio et Alba ne se souciait pas de se faire repérer. Cela pouvait signifier deux choses. Soit c'était un amateur incompétent, soit il se moquait totalement d'être repéré et, au contraire, y comptait bien. Le tout était de savoir si c'était seulement dans le but de faire peur ou s'il avait l'intention d'être plus méchant. J'appelai le club de gymnastique. La jeune femme qui servait de vitrine à la réception du club décrocha. Je dis mon nom, qu'elle ne confondit pas avec Espinhosa, et je demandai Alba.

— Monsieur l'inspecteur, quel plaisir, comment allez-vous ?

— Si je continue à vous appeler par votre prénom, il n'est pas juste que vous m'appeliez monsieur.

— D'accord, dit-elle un peu déconcertée. C'est parce que votre nom est tout aussi cérémonieux. Espinosa n'était-il pas le nom d'un philosophe ?

— Si.

— Voilà ! Porter le nom d'un philosophe c'est la même chose que se faire traiter de monsieur.

Je décidai de ne pas entrer dans la discussion, parce que c'était de sa sécurité qu'il était question et pas de mon nom ou du traitement que je devais recevoir. C'est vrai qu'il était aussi question de la sécurité de Júlio mais, pour le moment, j'étais plus intéressé par ce qui pouvait lui arriver à elle.

— Des nouvelles ? lui demandai-je.

— Pourquoi cette question ? A cause de ce que je vous ai raconté ? Vous vous faites du souci pour moi ?

Ce fut oui à la dernière question, répondant ainsi aux deux autres.

— Quelqu'un va-t-il vous raccompagner chez vous lorsque vous rentrerez ?

— Est-ce une proposition ?

— C'est une préoccupation, mais cela peut être une proposition.

— Personne ne va me raccompagner chez moi. J'accepte votre offre. Je dois sortir vers huit heures.

— Ne partez pas avant mon arrivée.

Il était six heures moins dix. Je crus préférable de me mettre en route avant que la circulation en direction des quartiers Sud se congestionne. Sur le trajet, j'eus des pensées inavouables. J'arrivai à Ipanema une heure à l'avance et j'en profitai pour passer dans une librairie que je connaissais. Je sortis quarante minutes plus tard, un Joseph Conrad sous le bras. A huit heures moins dix j'entrai dans le club, déçu de constater que la réceptionniste était déjà partie. Comme je connaissais le chemin, j'entrai et montai l'escalier au fond de la salle de musculation. Je fus reçu par une des associées, qui m'invita à patienter dans la salle-aquarium. Alba prenait une douche. Elle arriva quelques minutes plus tard, sentant la savonnette, les cheveux raides, mouillés, sur les épaules. Elle me prit le bras, dit au revoir à son amie et nous descendîmes l'escalier. Elle ressemblait à une collégienne ; quant à moi, depuis que la réceptionniste m'avait regardé comme si j'étais un animal préhistorique, je ne savais pas comment me classer dans ce club. Lorsque nous arrivâmes sur le trottoir, elle me demanda :

— Vous faites-vous vraiment du souci pour moi ou s'agit-il d'un flirt ?

En effet, j'étais un animal préhistorique. Je ne savais pas quoi répondre. Parce que même si la réponse à la première partie était "oui", la réponse à la deuxième partie pouvait être "sans doute".

— Je m'inquiète pour vous, répondis-je, un peu embarrassé.

— C'est tout ? Dommage.

— Où est votre voiture ? demandai-je.

— Je ne suis pas venue en voiture. Je viens rarement en voiture, seulement quand il pleut. Je vis relativement à proximité et j'aime marcher. Dès que je peux, je viens à pied.

— Allons donc prendre ma voiture, elle est de l'autre côté de la rue.

— Pourquoi n'allons-nous pas à pied ? La nuit est agréable, nous pouvons marcher tout en parlant. En vingt minutes, au maximum, nous y serons.

— Il serait plus sûr d'y aller en voiture.

— Vous êtes vraiment inquiet pour moi, s'étonna-t-elle.

— Alba, dans cette histoire, qui est encore courte, deux personnes ont été assassinées et deux autres ont disparu. Je ne suis pas disposé à baisser la garde, mais, si vous y tenez, nous pouvons y aller à pied.

Nous étions en face du club de gymnastique. Les lumières étaient allumées et on éprouvait une sensation de sécurité. On ne pouvait pas en dire autant de la rue. L'éclairage n'était pas aussi efficace à cause des cimes des arbres et la circulation n'était pas importante. C'était une rue quasi exclusivement résidentielle. Je laissai le livre dans la voiture et revins à la porte du club où Alba me prit à nouveau le bras et nous partîmes en direction de son domicile. Dès que nous commençâmes à marcher, j'entendis un moteur qu'on fait démarrer. Comme nous marchions en sens inverse à celui de la circulation, je ne m'inquiétai pas. Je regardai derrière moi et vis une voiture gris métallisé qui tournait au coin de la rue. Je ne pus pas distinguer la marque.

— Comment était la voiture qui vous suivait ?

— Je ne suis pas sûre de la marque ni de l'année, mais je suis sûre qu'elle était gris métallisé. C'est ce qui a attiré mon attention.

Nous continuâmes en silence un bon bout de chemin. Elle, en contrariant son tempérament, et moi, en pensant au pistolet qui se trouvait sous mon bras gauche, pratiquement hors d'atteinte parce que Alba immobilisait mon bras droit. Je m'étais assuré que personne ne nous suivait. Il n'y avait pas de quoi s'inquiéter si ce n'est à cause de la voiture gris métallisé qui avait démarré en même temps que nous. Je changeai Alba de côté pour libérer mon bras droit et je lui offris mon bras gauche. Très maligne, elle comprit la raison de ce changement et demanda si je voulais retourner prendre ma voiture. Je la tranquillisai et lui dis que nous pouvions continuer à pied. Nous avions dépassé un pâté de maisons et la tension avait considérablement diminué lorsque je remarquai la voiture gris métallisé qui, un pâté de maisons devant nous, tournait au coin de la rue et venait dans notre direction. Je dis à Alba de rester derrière un arbre sans bouger, tandis que je descendais du trottoir, prêt à intercepter la voiture et à éclaircir la situation. Elle était déjà à mi-chemin lorsque le conducteur se rendit compte de mes intentions. Il accéléra, sortit un bras et j'eus juste le temps de sauter en arrière en même temps que j'essayais de sortir mon arme. Il tira une fois. Il ne pouvait pas bien viser puisqu'il tirait de la main gauche, que la voiture roulait et que la rue était sombre. Lorsqu'il passa près de nous, j'avais déjà dégainé ; je tirai trois coups. Un des coups brisa la vitre arrière de la voiture. Apparemment aucun n'atteignit le conducteur.

Alba semblait collée à l'arbre, effrayée. Des gens surgirent des immeubles et des voitures en demandant si nous avions besoin d'aide.

— Non, merci, tout va bien. Attendez un peu pendant que je retire cette balle incrustée. Non, personne n'est blessé, le seul blessé c'est l'arbre, mais rien de grave.

Pendant que certains essayaient de nous aider, d'autres discouraient contre la violence dans les rues de Rio.

— Allons-nous-en d'ici, dis-je. Il vaut mieux que nous retournions prendre ma voiture.

Alba se laissa entraîner sans dire un mot.

Nous repassâmes devant les deux pâtés de maisons que nous avions longés, nous prîmes la voiture, que j'avais laissée en face du club, et nous allâmes chez Alba. Le trajet se déroula presque en silence. Je fus le seul à parler, pour savoir si elle se sentait bien. Je la raccompagnai jusqu'à son appartement et, dès que nous entrâmes, elle me demanda de regarder dans chaque pièce. J'appelai le commissariat en faisant un très bref rapport des faits et en donnant une description de la voiture et du numéro d'immatriculation. Je ne sus rien dire au sujet de l'agresseur. Ce que j'avais nettement vu c'était le canon du revolver braqué sur moi.

— Je peux vous offrir du whisky, de la vodka ou de la bière, dit Alba, en brisant le silence. Quant à moi, je vais prendre un double whisky.

— Merci, je vous accompagne, mais pas nécessairement avec un double.

— Espinosa, ce fils de pute a voulu nous tuer.

— Je ne crois pas, répondis-je. Si c'était le cas, il l'aurait déjà fait.

— Pourquoi pensez-vous ça ?

— Personne ne fait tout ce raffut pour, à la fin, ne toucher qu'un arbre. Je crois qu'il s'agissait plus d'une mise en scène que d'une véritable tentative. Bien sûr qu'il aurait pu nous tuer tout comme il aurait pu se faire tuer, mais je crois qu'il a pris un risque calculé.

— Si ce qu'il voulait c'était seulement faire peur, nous pouvons lui téléphoner et lui dire que je me chie dessus de peur. Il n'a pas besoin d'en faire plus.

Elle dit cela en haussant la voix, pendant qu'elle cherchait des glaçons dans la cuisine. Elle servit deux doses égales et s'assit sur le canapé à côté de moi. Ensuite elle se leva et alluma la chaîne. A ma surprise, le disque qui se trouvait dans l'appareil était *Peer Gynt* de Grieg. Elle se rassit près de moi, adossée à l'accoudoir du canapé, ses deux pieds, en chaussettes, sur les coussins.

— Espinosa, qui pensez-vous que soit ce type ? Qui voulait-il tuer ? Vous ? Moi ? Nous deux ? Et pourquoi ? Qu'est-ce que j'ai fait pour que quelqu'un veuille me tuer ?

— Je ne sais répondre à aucune de ces questions. La seule chose que je sache c'est que cela a un lien avec la mort du mari de Bia Vasconcelos et avec celle de la mère de la secrétaire.

— Quelle mère de la secrétaire ? Merde, on a aussi tué la mère de la secrétaire ? Qu'est-ce qui se passe ?

— La mère de Rose, la secrétaire de Ricardo Carvalho qui a disparu le lendemain de l'assassinat, a été retrouvée morte chez elle samedi, assassinée elle aussi.

La mention des doigts coupés n'était pas nécessaire.

— Croyez-vous que l'attentat d'aujourd'hui soit lié à ces deux morts ?

— Je suis obligé de le croire ; dans le cas contraire, je devrais admettre qu'il s'agit d'événements fortuits, ce qui est contredit par le fait que depuis deux jours vous êtes suivis. Peut-être m'a-t-il confondu avec Júlio, puisque les autres fois vous étiez ensemble. Lorsqu'il m'a vu avec plus de clarté, je me dirigeais vers le milieu de la rue, je glissais la main sous ma veste, dans un geste typique de celui qui va sortir une arme. Il a eu peur et a dégainé en premier. Ce n'était peut-être pas son intention initiale. Je suis désolé, les choses ne sont pas encore claires pour moi.

— Vous auriez pu mourir, dit-elle, comme si elle prenait conscience du danger seulement à cet instant-là.

— Je ne crois pas qu'il essaiera à nouveau. Tuer quelqu'un est une chose beaucoup plus simple qu'on ne le croit, surtout si on ne se préoccupe pas des conséquences. Il a déjà obtenu ce qu'il voulait, du moins avec vous. Mon incertitude réside dans le fait de savoir s'il a cru que j'étais Júlio. Il est peu probable que vous ayez été la cible de l'attentat. J'ai l'intuition qu'il voulait atteindre Júlio et c'est seulement à la dernière seconde, lorsqu'il m'a vu descendre du trottoir en dégainant, qu'il a réalisé son erreur. Il ne lui restait rien d'autre à faire que tirer ; s'il ne le faisait pas, je lui tirais dessus.

— Oui, mais ma question reste toujours la même. Pourquoi aurait-on voulu tirer sur Júlio ?

— C'est une bonne question. Peut-être qu'il peut y répondre.

Il était neuf heures moins dix. Presque une demi-heure auparavant, on avait voulu nous tuer. Le whisky nous avait aidés à nous détendre, mais il n'effaçait pas le souvenir des événements récents.

Nous n'avions pas dîné, et je ne prétendais pas continuer à boire l'estomac vide ; je ne connaissais pas la résistance de ma partenaire, mais la mienne était faible, et je ne savais pas quelle tournure prendraient les événements par la suite.

— Ne dînez-vous pas ? suggérai-je plus que je ne demandai.

— Je n'ai pas faim, mais si vous voulez, j'ai quelques plats surgelés ou bien nous pouvons commander une pizza. Ce que je ne veux pas c'est sortir de chez moi.

Nous choisîmes de commander une pizza, que je finis par manger presque tout seul, et nous remplaçâmes le whisky par de la bière. A dix heures et demie, comme la conversation prenait un tour trop personnel, je pensai qu'il était temps de m'en aller.

— Allez-vous me laisser toute seule ?

— Il n'y a pas de danger. Il ne va plus rien tenter, du moins pour aujourd'hui, et quelque chose me dit que vous serez plus en sécurité seule qu'avec moi ou avec Júlio. De toute façon, laissez le téléphone à côté de vous et, au moindre soupçon de menace, téléphonez-moi immédiatement.

— D'accord, mais avec vous ici je me sentirais plus tranquille.

Mais pas moi, pensai-je en même temps qu'elle finissait sa phrase. Je sortis vite, avant de changer d'avis. On était encore lundi et quelque chose me disait que la semaine serait longue et mouvementée.

Je ne rentrai pas directement chez moi, je passai d'abord à la maison qu'habitait Júlio. Il était plus qu'évident que je n'allais pas y retrouver une voiture gris métallisé à la vitre arrière fracassée et peut-être un impact de balle dans la carrosserie. Je ne savais pas exactement ce qui me poussait à aller à cet endroit-là et à épier furtivement par la fenêtre à onze heures du soir. La voiture de Júlio, qui n'était pas gris métallisé, était garée devant la maison et son capot était froid. Il y avait de la lumière dans le salon qui servait de bureau. Malgré le bruit de la télévision du voisin, on pouvait entendre de la musique dans la maison. Je partis en me sentant un parfait idiot.

Les deux volées de marches me laissèrent légèrement haletant. Sur le répondeur, deux messages : Aurélio, qui demandait confirmation pour le déjeuner du lendemain, et Bia, qui demandait que je l'appelle au cas où je n'arriverais pas trop tard. Je ne savais pas ce que trop tard signifiait. Je présumai que onze heures et quart du soir n'était pas l'aube. J'enlevai ma veste, me débarrassai du holster, ouvris une bière et l'appelai. Elle décrocha à la première sonnerie.

— Excusez-moi pour l'heure, mais je ne savais pas ce que vous considériez comme "trop tard".

— Merci d'avoir appelé, inspecteur. C'est bon, je ne me couche jamais avant une heure.

— Il est arrivé quelque chose ?

— Je ne sais pas, je n'en suis pas sûre, c'est plutôt une impression.

— Je vous en prie, continuez.

— Je crois qu'on me suit. C'est-à-dire, je suis sûre qu'on me suit, mais il n'est rien arrivé de plus.

— Comment vous suit-on ?

— En voiture. Pas plus d'une personne.

— Une voiture gris métallisé ?

— Comment le savez-vous ? Et après quelques secondes : C'est la police qui me suit ?

— Non.

— Comment donc saviez-vous qu'elle était gris métallisé ?

— Parce que je lui ai tiré dessus à trois reprises.

— Quoi ?

— Ce soir, je lui ai tiré dessus trois fois.

— Que se passe-t-il ? Comment avez-vous tiré sur une voiture dont vous ne savez que maintenant qu'elle me suivait ? Et pourquoi l'avez-vous fait ? C'est sûr que ce n'était pas parce qu'elle me suivait.

Je compris que la jeune femme était stupéfaite et qu'elle méritait des éclaircissements. Je lui décrivis en gros ce qui s'était produit, sans dire le nom de ma compagne. Je ne savais pas ce qu'elle savait sur Júlio et Alba.

— Vous allez bien ? Vous n'êtes pas blessé ?

— Je vais bien. Ni moi ni mon suiveur, semble-t-il, ne sommes blessés.

— Heureusement.

— Seriez-vous capable de décrire la personne qui vous suit ?

— Malheureusement, non. C'est la voiture qui a attiré mon attention, toujours la même, mais je n'ai pas pu distinguer le conducteur.

— Je ne crois pas qu'il cherche à vous faire du mal, mais, de toute façon, si vous remarquez que vous êtes suivie, tâchez de trouver un moyen de m'appeler. Avez-vous un portable ?

— Oui.

— Ne sortez pas sans lui. Si vous êtes suivie, téléphonez-moi de la voiture, de préférence sans que votre suiveur s'en rende compte. Et souvenez-vous, il ne sera plus dans une voiture gris métallisé.

J'étais sûr que le lendemain la voiture serait retrouvée, abandonnée.

Je commençais déjà à admirer l'efficacité du poursuivant. Il mettait bien en évidence sa filature, mais à aucun moment on n'était parvenu à voir son visage. Et aussi j'avais presque la conviction que, lorsqu'il avait tiré sur moi, ce n'était pas pour m'atteindre, mais pour se frayer un chemin sans être vu.

J'attendais de parler à Aurélio le lendemain. Je voulais me doucher et me coucher. La première chose fut faite, la deuxième ne fut pas si facile.

3

Au commissariat, tout le monde était déjà au courant de la fusillade de la veille. Le véhicule fut retrouvé abandonné dans une rue à Botafogo. C'était une voiture volée. Deux des trois coups de feu que j'avais tirés avaient fait mouche. Il n'y avait pas de trace de sang. J'avais seulement touché de la tôle et du verre. Tant mieux. Welber s'approcha pour savoir si tout allait bien, si j'avais vu le tireur, puisqu'il savait que j'étais à cet endroit à ce moment-là.

— Je n'ai pas vu qui a tiré, je n'ai vu que le bras qui tenait l'arme, tendu à l'extérieur.

— Et comment savait-il que vous seriez là ?

— Il ne le savait pas, il faisait nuit et il m'a confondu avec Júlio Azevedo. Ça fait des jours qu'il suit le couple. Hier soir, Bia a téléphoné en disant qu'elle était suivie elle aussi et la description qu'elle a faite de la voiture coïncide.

— Que veut-il ?

— Je dirais qu'il veut faire peur. Vu ma réaction, il est probable qu'il change de stratégie. Des nouvelles de Max ? demandai-je.

— Aucune. Sa sœur semble sincèrement préoccupée. Il n'était jamais sorti avec toutes ses affaires. Il y avait une valise sous le lit, qui n'est plus là.

— Welber, personne ne disparaît sans laisser de traces. Ce que nous devons trouver ce sont les traces laissées par Max et par Rose. Retournez au Méier et fouillez la chambre de Max comme une fouine. Pendant ce temps, je vais à l'appartement de Rose.

Je téléphonai à Aurélio. Il n'était pas là. Je laissai un message reportant notre déjeuner au lendemain. J'achetai un Big Mac et un milk-shake à emporter et je mis le cap en direction de la Tijuca.

L'appartement gardait encore des vestiges de ce qui s'y était passé. Il n'avait plus jamais montré la même propreté que celle qu'il avait du vivant de Mme Maura. Je commençai par les photographies. La dame gardait certainement une boîte de photos ou même quelques albums. Ce ne fut pas difficile de trouver la boîte, elle était en haut de l'armoire. C'était une boîte à chaussures attachée avec de la ficelle. Il y avait des centaines de photos en couleurs et en noir et blanc. Parmi celles en couleurs, quelques-unes des plus anciennes étaient presque effacées, celles en noir et blanc étaient toutes en bon état. Je mis deux heures à essayer d'identifier des gens et des lieux. La quasi-totalité des photos datait de l'époque où son mari était vivant. Celles où Rose apparaissait étaient celles de l'époque où elle était encore enfant. Tout comme la vie de Mme Maura, les photos s'arrêtèrent avec la mort de son mari. Elles ne révélèrent rien sur l'endroit où Rose pouvait se trouver.

Après avoir mangé le repas que j'avais apporté, je consacrai le reste de l'après-midi à la chambre de Rose. Armoire, commode, bibliothèque, valises, sacs à main, boîtes, cahiers, livres, rien ne fut épargné. J'examinai tous les livres de la bibliothèque un à un, ils auraient pu contenir un papier quelconque, une photographie, une lettre d'amour, une fleur séchée, n'importe quoi qui aurait pu fournir une piste. Le seul indice que je trouvai fut le manque même d'indices. Il n'y avait rien indiquant que cette fille travaillait à la Planalto Minerações et qu'elle était la secrétaire de Ricardo Carvalho. Cela ne pouvait pas être un hasard. Personne ne parvient à effacer aussi complètement les traces de sa vie professionnelle et peut-être amoureuse à moins que cet effacement ne soit intentionnel. Et, dans ce cas, elle était experte. La seule faille résidait dans l'absence des deux agendas. Il était peu probable qu'ils fussent à la Planalto Minerações.

L'appartement possédait deux salles de bains, une pour la mère, l'autre pour la fille. Ses affaires personnelles étaient toutes là, y compris sa brosse à dents. Parfums, crèmes, peignes, brosses, serviettes hygiéniques, rien ne manquait. Ce qui confirmait les informations comme quoi Rose avait disparu à sa sortie de la Planalto Minerações, vers six heures du soir le mardi où Ricardo Carvalho avait été assassiné.

Le seul problème c'est que c'était trop beau pour être vrai. Si les choses s'étaient déroulées de cette façon-là, pourquoi quelqu'un aurait-il eu besoin de torturer et de tuer la mère de Rose ? Elle n'aurait rien eu à révéler. Si on l'avait torturée, c'était parce que le tortionnaire savait qu'elle savait quelque chose.

Il faisait nuit lorsque je sortis de l'appartement. Le concierge évita de me parler ; défense naturelle que les pauvres manifestent envers la police. Je rentrai directement chez moi. Le répondeur indiquait plusieurs messages. Les deux premiers étaient d'Aurélio ; l'un qui accusait la réception, l'autre qui confirmait le déjeuner pour le mercredi, même heure même lieu. Le troisième message était de Welber, qui me demandait de l'appeler d'urgence : quelque chose n'allait pas avec Bia Vasconcelos. Les messages suivants étaient de Bia : "Inspecteur, c'est Bia Vasconcelos. Je suis suivie à nouveau et il semblerait que ce soit le même type. Ce n'est pas la même voiture, maintenant c'est une camionnette noire dont je ne connais pas la marque. Je suis sur l'avenue Atlântica, en direction d'Ipanema." Nouvel appel : "Inspecteur, c'est encore moi, j'ai appelé au commissariat mais personne n'a rien compris. Je continue de parler de mon portable, le trafic est ralenti et il touche légèrement le pare-chocs de ma voiture. Ce n'est pas facile de parler au téléphone sans qu'il s'en rende compte. Il est très proche. Je parle sans mettre l'écouteur près de l'oreille sinon il le verrait. J'ai déjà essayé de me garer le long d'un trottoir, mais il reste collé derrière moi. Je vais m'arrêter à la première station-service venue..." "J'entre maintenant dans une station-service à l'angle de la plage d'Ipanema et du jardin d'Alá. Il est entré lui aussi. Il peut me voir parler. Je vais..." Nouveau message : "Inspecteur, je suis chez une amie à Ipanema. S'il vous plaît, téléphonez-moi dès que vous pourrez", et elle laissait le numéro et l'adresse. J'appelai au numéro. On décrocha immédiatement.

— Qui est à l'appareil ? demandai-je à la voix féminine qui répondit.

— A qui désirez-vous parler ? demanda-t-elle, nerveuse.

— Je suis l'inspecteur Espinosa, je voudrais parler à Mme Bia Vasconcelos.

Elle prit tout de suite le téléphone.

— Inspecteur, Dieu soit loué, venez me chercher, s'il vous plaît. J'ai abandonné la voiture à la station-service et je me suis enfuie.

— Et votre poursuivant ?

— Je ne sais pas, je ne l'ai plus vu. J'ai pris un taxi, nous sommes rentrés par la rue Visconde de Pirajá et je n'ai plus vu sa voiture. Je crois qu'il a été perturbé lorsque j'ai laissé ma voiture à la station-service.

— Très bien. Restez où vous êtes, je viens vous chercher. J'arrive dans quinze minutes. Pendant ce temps, ne répondez pas à l'interphone, n'ouvrez la porte à personne. Lorsque j'arriverai, j'appuierai trois fois sur la sonnette. Qui d'autre est avec vous ?

— Seulement la bonne.

— Dites-lui de ne pas sortir. Personne ne sort tant que je ne suis pas là.

— D'accord. S'il vous plaît, faites vite.

Je mis quinze minutes pour aller de Copacabana à Ipanema à un moment où la circulation était encore difficile. Je retrouvai Bia et son amie tendues. Je ne vis pas la bonne. Les présentations effectuées, je demandai qu'elle me racontât tout en détail, y compris si elle était capable de reconnaître son poursuivant.

Bia raconta ce qu'il y avait à raconter. Il n'y avait pas grand-chose à ajouter à ce qu'elle avait déjà dit au téléphone. Elle pensait qu'elle n'arriverait pas à identifier son poursuivant : il portait des lunettes et un chapeau ou une casquette. Il ne lui était pas venu à l'esprit de noter le numéro d'immatriculation de la voiture, elle était trop nerveuse et effrayée. Lorsqu'elle était entrée dans la station-service, il y était entré aussi. A cet instant, elle avait aperçu un taxi qui venait de faire le plein, et sa voiture bloquait celle de son poursuivant. Elle avait rapidement ouvert la portière et était montée dans le taxi. Après quelques tours pour s'assurer qu'elle n'était plus suivie, elle se souvint de son amie qui habitait tout près. Pendant qu'elle faisait son récit, Bia regardait son amie en quête d'une confirmation, comme si cette dernière avait été avec elle au moment des événements, et l'amie hochait la tête comme si elle y avait vraiment participé.

— Bon, la première chose à faire c'est d'aller récupérer votre voiture. Attendez ici pendant que je m'en occupe. Pourriez-vous me donner les clés ?

— Je les ai laissées sur la voiture. Clés, papiers, téléphone portable, tout.

— Ne vous inquiétez pas. Je reviens tout de suite.

Le gérant de la station-service avait garé la voiture. Après m'être identifié et m'être assuré que tout était en ordre, je demandai à l'employé qui s'occupait de Bia lorsqu'elle s'était enfuie s'il avait aperçu une grosse voiture, noire, type camionnette, qui serait arrivée en même temps qu'elle. Le jeune homme ne se rappelait pas, c'était une heure d'affluence et il n'était pas possible de prêter attention à toutes les voitures. En plus il était accaparé par la voiture dont la propriétaire avait disparu. Je les remerciai pour leur soin et revins à l'appartement de l'amie de Bia, qui se trouvait à quelques pâtés de maisons de la station-service. Il n'y avait aucune camionnette suspecte.

Je montai à l'appartement où les trois femmes m'attendaient. (La bonne était également présente.)

— Il n'y a plus de danger, du moins pour aujourd'hui.

Cette phrase, prononcée dans le but de les calmer, finit par sonner comme une menace.

— Comment ça "pour aujourd'hui" ? demanda l'amie de Bia. Pensez-vous qu'il recommencera demain ?

— Je ne sais pas si ce sera demain, mais il est probable qu'il récidive.

— Mais qu'est-ce qu'il veut, à la fin ?

— Je ne sais pas encore. Il ne veut pas vous blesser physiquement, ça c'est sûr, je crois qu'il veut montrer qu'il est capable d'apparaître n'importe où n'importe quand.

— Dans quel but ?

— Intimidation.

— Dans quel but ?

— Il ne l'a pas encore dit.

— Inspecteur, que voulez-vous dire par là ? Je n'arrive pas à comprendre.

— Ce sont seulement des suppositions. Je pense qu'il veut quelque chose de vous, pas seulement de vous mais des autres personnes à qui il est en train de faire la même chose. Mais il n'a pas encore décidé de dévoiler son jeu. Peut-être considère-t-il que le moment n'est pas opportun ou peut-être ne connaît-il pas encore la nature de ce qu'il veut ; lorsqu'il le saura et lorsque le moment sera venu, il aura déjà créé un climat propice à une intervention plus directe. Mais, comme je l'ai dit, ce ne sont que des suppositions, très vagues d'ailleurs.

— Que dois-je faire ? Et que pensez-vous pouvoir faire ?

— Changez un peu vos habitudes et évitez les lieux déserts lorsque vous n'êtes pas accompagnée. Au moindre signe suspect, prévenez-moi immédiatement. Ayez toujours votre portable dans votre sac.

— Pensez-vous que tout cela ait quelque chose à voir avec la mort de mon mari ?

— Oui. Maintenant il vaut mieux que je vous raccompagne chez vous. Vous prenez votre voiture et je vous suis avec la mienne.

Je la suivis jusqu'à son immeuble, en prêtant attention à toutes les camionnettes, et elles étaient nombreuses. Nous arrivâmes sans encombre. Pendant que le concierge garait la voiture, nous restâmes debout, dans le hall d'entrée, à parler. Nous aurions pu monter, nous n'avions pas besoin de l'attendre. Néanmoins il n'y eut pas d'invitation ni d'insinuation de sa part pour que je monte. Nous nous dîmes au revoir sur le trottoir et je pris la direction de mon appartement.

La présence de Bia continuait à me perturber. Alba aussi me perturbait. Des perturbations différentes. Si toutes deux étaient intenses, celle provoquée par Bia était, en plus d'intense, étendue et touchait une région plus profonde de mon être. Elle possédait encore une autre caractéristique qui était celle de durer plus longtemps. Je pris une douche bien chaude – c'est pour moi plus bénéfique que le Valium. Derrière les bacs à glaçons, je trouvai un dernier plat surgelé qui, à première vue, ressemblait à des tagliatelles à la bolonaise ou à des lasagnes à la bolonaise. J'ouvris une bière et attendis la sonnerie du micro-ondes.

4

Dès que j'entrai dans le commissariat, Welber vint à ma rencontre. Il voulait savoir si j'avais trouvé quelque chose dans l'appartement de la vieille dame. Je lui dis que je n'avais trouvé que des vides, mais que nous ne devions pas nous décourager car, d'après moi, de ces vides surgiraient des faits. La recherche dans la chambre de Max n'eut pas un résultat très différent. Deux choses, cependant, avaient attiré l'attention de Welber. La première c'était que le couvercle du réservoir d'eau des W.-C. était légèrement déplacé. En plus du fait qu'il n'avait pas été nettoyé depuis quelque temps, des traces d'eau apparaissaient sur la partie extérieure, comme si quelqu'un avait mis la main dans l'eau et en avait fait dégouliner en la retirant. La deuxième c'était un morceau de plastique bleu jeté dans la corbeille à papier qui portait encore des traces de plis, comme s'il avait servi à envelopper quelque chose. Nous conclûmes que Max avait utilisé le réservoir de la chasse d'eau comme cachette. Astuce primaire, mais, en fonction de celui qui cherche, elle peut fonctionner. Que pourrait cacher Max dans le réservoir de la chasse d'eau, enveloppé dans du plastique ? La réponse admettait peu de variantes : bijoux, argent, drogue. Etant donné qu'il n'y avait aucun indice que Max avait un jour été mêlé à la drogue, il restait les bijoux et l'argent. Probablement le fruit de ses incursions dans les parkings des supermarchés. Il y avait encore une autre possibilité : celle du plastique ayant servi à envelopper l'arme. Mon raisonnement fut silencieux et je ne le communiquai pas à Welber. J'avais besoin de mettre de l'ordre dans mes idées. La scène s'élaborait d'elle-même, sans effort de ma part. Rose arrive au parking avec l'arme, qu'elle avait prise dans le tiroir de Ricardo, cachée dans son sac. Ils se rencontrent, comme d'habitude. Elle monte en voiture et, avant que le moteur soit allumé, tire sur son amant et part en courant, déboussolée, l'arme à la main. Max, qui a tout vu, l'intercepte. Elle lâche l'arme qui tombe par terre et repart en courant. Max prend l'arme et la poursuit. Il essaie de la faire chanter. Rose s'enfuit, effrayée à l'idée d'être dénoncée. La scène avait un sens, mais je savais que, par rapport aux faits, elle péchait en deux points au moins : l'assurance-vie de Ricardo Carvalho et l'assassinat de la mère de Rose, tous deux demeuraient inexpliqués.

Je téléphonai à Aurélio pour confirmer le déjeuner. Je ne savais pas encore si je lui raconterais ou non cette dernière scène imaginaire. Je n'en avais même pas parlé à Welber. Je songeai encore à la possibilité que Rose, en réaction au chantage de Max, ait attiré et tué ce dernier, cachant ensuite son corps. Cela, cependant, aurait exigé du sang-froid et ne collait pas avec la scène de la jeune femme nerveuse qui abandonne l'arme sur le sol du parking. A moins qu'elle ne l'ait pas abandonnée… que Max l'ait désarmée par la force. Quand même, l'assurance et la mort de la vieille dame demeuraient une énigme. Je laissai mon esprit vagabonder librement. Pour ça, pas besoin de faire un effort.

J'arrivai au restaurant avant Aurélio. Ce n'était pas le moment idéal pour trouver une table libre, mais je n'attendis pas plus de dix minutes. Lorsque Aurélio arriva, j'étais déjà assis, en train de boire mon premier demi. Il glissa ses cent dix kilos entre les tables avec la légèreté d'un chat, ce qui me fascinait toujours.

— L'avantage d'arriver en retard c'est que l'ami s'occupe de trouver une table, dit-il en arborant un immense sourire.

Il installa sa forte corpulence comme il put dans l'espace qui nous était attribué, il me regarda avec une expression que je connaissais et dit :

— Si j'ai bien compris, les commérages vont bon train sur l'oiseau que vous avez laissé filer ?

Il n'y avait pas de méchanceté, d'ironie ni de censure dans ses mots. D'après ce que je savais d'Aurélio, l'observation signifiait : “Faites attention, mon ami, on veut votre peau.”

— L'oiseau que j'ai laissé s'envoler, Aurélio, n'arrive même pas à dépasser le mur du jardin. Peut-être est-il moins inoffensif que ce que j'ai pu imaginer, mais je ne crois pas qu'il soit un assassin. Il s'agit d'un timide. Il lui manque l'intrépidité du meurtrier.

— Espinosa, ce n'est pas pour rien que vous portez le nom d'un philosophe. Comment est-il possible de qualifier un malfrat de timide ? Il attaque des femmes et des couples de vieux dans les parkings des supermarchés et, vous, vous me dites qu'il s'agit d'un timide qui manque d'intrépidité. Putain, Espinosa, c'est vous le timoré. Ce type a été pris avec l'arme du crime, il a raconté une histoire à laquelle même lui ne croit pas, mais il a trouvé un policier débonnaire qui y croit. Vous êtes le ticket gagnant de ce type, Espinosa.

La voix d'Aurélio était proportionnelle à sa taille et il en avait conscience, aussi parlait-il en se contenant, à tel point qu'on sentait que ça pouvait exploser à tout moment.

— Je ne suis pas un saint, Aurélio. Il m'arrive, parfois, l'espace d'un instant, d'autoriser mon intuition à prendre le dessus sur ma raison. Cela ne veut pas dire que je sois le sauf-conduit de Max. S'il est coupable, je l'enfonce.

— Tout ce que j'espère, mon ami, c'est qu'on n'ait pas votre peau ou alors qu'on ne finisse pas par vous tirer dans les pattes à cause de votre bonté d'âme. En fin de compte, ce Spinoza était-il un philosophe ou un saint ? Voilà ce que je pense : ce Max est allé, comme d'habitude, pratiquer son petit larcin dans le parking. Lorsqu'il a vu le directeur monter en voiture, il a cru qu'il pouvait profiter de l'effet de surprise et il l'a menacé. Mais il ne comptait pas sur le fait que Ricardo était armé et que la situation pouvait se retourner contre lui. Par chance, il est parvenu à s'emparer du revolver du directeur et à le tuer. Rien ne serait arrivé s'il n'avait été assez stupide pour tenter de vendre l'arme du crime. Après ça, il n'a pas eu d'autre solution que d'inventer l'histoire de la secrétaire.

— Aurélio, vous savez aussi bien que moi que cette histoire ne sert qu'à envoyer ce malheureux des bas quartiers en prison, mais qu'elle est loin d'être vraie en ce qui concerne l'assassinat. Et que faites-vous de la disparition de la secrétaire, de la mort de sa mère, de l'assurance de Ricardo, que, disons-le en passant, vous avez vous-même découverte ? Vous écartez tous ces éléments pour trouver un coupable vite fait bien fait ? Je connais vos compétences de détective, je n'accepte pas ce que vous me dites.

— D'accord, l'histoire n'est pas bien ficelée, mais il se trouve qu'il y a des gens qui veulent votre peau.

— D'ailleurs, hier, ils y sont presque arrivés.

— Comment ça ?

— Un individu dans une voiture a troué l'arbre à quelques centimètres de ma tête.

— Putain, et vous protégez encore un marginal ?

— Aurélio, vous n'avez jamais vu ce Max. Je rends ma plaque si ce type est passé en voiture à Ipanema en tirant d'une main tandis que de l'autre il évitait les voitures en stationnement et les balles que je lui destinais. Jamais. C'est l'affaire d'un professionnel et non d'un pickpocket pétochard hébergé par sa sœur.

— Dans ce cas, dit Aurélio, un nouveau personnage est entré en scène, puisque aucun des suspects ne correspond à ce rôle. A moins que vous ne considériez la possibilité que l'associé, ce Lucena, sorte par-ci par-là pour s'entraîner à viser en tirant sur des policiers.

— Celui-là ne tue personne, il paie quelqu'un pour le faire.

— Donc, mon cher, vous êtes revenu à la case départ.

— Malheureusement, non. A la case départ, j'avais un mort, maintenant j'en ai deux plus deux disparus. Ma situation est pire que lorsque j'étais à la case départ. Et vos recherches ? demandai-je.

— Sans plus. L'idée de demander l'exhumation du cadavre a été classée, rien ne la justifie. Je suis aussi désemparé que vous.

Tel que je le connaissais, Aurélio cachait quelque chose. Je savais aussi que ce qu'il cachait n'était pas une monnaie d'échange. Il n'y avait pas le moindre signe, si léger fût-il, qu'il me passerait l'information au cas où je lui fournirais en retour quelque chose d'aussi précieux. Ou alors, qui sait, je n'étais plus capable de déchiffrer les signes chez mon ami.

Aurélio buvait de la bière comme du petit-lait. Il n'en allait pas de même pour moi, trois verres et je pouvais m'en ressentir pour le reste de l'après-midi. Nous nous quittâmes vers mon troisième ou quatrième demi, qui correspondait à la première douzaine d'Aurélio.

En route vers la place Mauá, je luttai contre la tentation d'entrer chez le bouquiniste Carlos Ribeiro. Le vieux bouquiniste serait pour une autre fois. Je cherchais toujours des chemins différents pour retourner au commissariat. Les possibilités n'étaient pas nombreuses, mais elles permettaient quelques variations. Ce jour-là, je n'entrai pas chez le bouquiniste mais dans une vieille papeterie de la rue de la

Quitanda parce que, du trottoir, je vis en haut d'une étagère un pot – de un litre apparemment – d'encre Parker Quink. J'avais un stylo Parker Vacumatic du temps de la guerre – Deuxième Guerre, bien sûr – et je ne résistai pas à ce pot poussiéreux dont l'étiquette, cependant, était intacte. Quand bien même j'aurais été pris d'une fureur d'écriture, jamais je n'aurais réussi à écouler toute cette encre. C'était un pot commun aux écoles et aux services publics à l'époque où on utilisait des stylographes, m'informa le vendeur. En sortant de la papeterie, il me vint à l'esprit l'histoire du prisonnier dans sa cellule, n'ayant à sa disposition que du papier et un stylo. Je pensai à mon Parker Vacumatic et au pot d'encre bleu royal effaçable. Il y en aurait assez pour écrire mes Mémoires et ceux de tous les autres prisonniers. Je me rappelai également que j'étais un policier et pas un prisonnier. Je devrais trouver une autre histoire, ce qui pour moi ne constituait pas un problème. Le plus difficile c'était de maintenir un niveau de réalité compatible avec mon métier.

— Inspecteur, pas le moindre signe de Max. Nous avons pris contact avec des prostituées, des *bicheiros*, des gardiens de voitures, des concierges, en plus de tout le voisinage de la maison de sa sœur, et nous n'avons pas eu le moindre indice sur l'endroit où peut se trouver Max.

— Cherchez dans les hôpitaux et les morgues, il n'y a pas de trace plus évidente d'une personne que son propre corps.

Je trouvai ma phrase grandiloquente et dépourvue de sens, mais je l'avais déjà dite, donc, il ne me restait pas d'autre choix que de la maintenir. La vérité était que, jusqu'à ce moment-là, je n'avais pas pensé à la possibilité que Max fût mort et pourtant cette éventualité n'était pas négligeable étant donné les circonstances de la mort de Mme Maura. S'il n'était pas l'assassin, et je pensais qu'il ne l'était pas, la probabilité qu'il fût la prochaine victime était grande.

— Cherchez des cadavres non identifiables, principalement les brûlés et les mutilés.

Il était quatre heures passées. Il faisait chaud dans le commissariat bondé. On parlait fort, les téléphones sonnaient tous en même temps sans que personne les décroche, et d'un endroit indéterminé provenait le son fêlé d'une radio à piles. Je rangeai le pot d'encre dans mon casier et descendis sur la place. A peine quinze minutes plus tard, il commença à pleuvoter. Je revins au commissariat. Le reste de la journée n'ajouta pas une seule virgule à mon histoire personnelle.

5

Jeudi matin. Quinze jours s'étaient écoulés depuis la mort de Ricardo Carvalho et je n'avais rien fourni au commissaire principal qui justifiât que je garde l'affaire. Avant qu'on me renvoie à nouveau aux affaires courantes, je décidai d'aller rendre une visite à la sœur de Max.

Je garai la voiture dans une rue transversale et, avant d'entrer, je parcourus quelques mètres vers la droite et vers la gauche de la maison de Max à la recherche des étals de *jogo do bicho*. Il y en avait un de l'autre côté de sa rue, presque en face. Je revins et trouvai la porte du petit négoce ouverte. J'y entrai sans sonner. La femme me reconnut immédiatement et, sans que je fasse le moindre geste, son corps se rétracta comme une huître. Vu le silence dans la maison, je présumai que ses filles étaient à l'école. Je lui demandai si nous pouvions parler et lui suggérai de fermer la porte afin d'éviter les interruptions. C'était une femme jeune encore et elle aurait été considérée comme jolie si elle n'avait pas été aussi négligée. Malgré sa sveltesse, son corps lui pesait et son âme était amère.

— Je veux vous aider. Je sais que votre frère n'est pas une mauvaise personne.

— Vous êtes le détective qui est venu ici avec un autre et qui a emmené mon frère au commissariat.

Elle avait dit ça sans rage, sans emphase, comme quelqu'un qui ne fait que nommer les pièces d'un jeu et non les règles, qui elles, semblait-elle reconnaître, seraient établies par moi.

— Je suis l'inspecteur Espinosa, je suis venu ici avec mon collègue, le détective Welber.

Elle hocha la tête, en signe d'assentiment, en accord avec ce qu'elle-même venait d'affirmer. Ensuite, elle s'assit sur la seule chaise de la pièce tandis que je m'asseyais sur un coffre en bois adossé au mur. Je considérai cela comme l'acceptation d'un début de conversation.

— Vous ne m'aidez pas beaucoup et je dois trouver votre frère. Je pense qu'il court un danger.

— Il a toujours couru un danger. Depuis que nous sommes seuls, il court un danger.

— Mais, apparemment, il a réussi à survivre. Je pense que maintenant la menace est plus grande. Ce que j'essaie de vous dire c'est que, aujourd'hui, il est en danger de mort.

— Inspecteur, pour nous, un danger est toujours un danger de mort.

— Donc vous savez de quoi je parle.

— Max a dit que vous l'aviez bien traité, dit-elle en changeant le ton de la conversation.

— Il n'y avait pas de raison de mal le traiter.

— Qu'attendez-vous de moi ?

— Je veux que vous m'aidiez à retrouver votre frère… tant qu'il en est encore temps.

— Je n'ai jamais été au courant de ses affaires. Parfois il disparaissait une semaine entière, quand il rentrait, il me donnait un peu d'argent et ne disait rien.

— N'a-t-il pas dit où il allait, n'a-t-il pas mentionné le nom de quelqu'un ou d'un lieu quelconque ?

— Rien. Je ne sais même pas quand il est parti. Je sais seulement qu'on l'a appelé, une voix d'homme.

C'est moi qui ai décroché, mais je ne sais pas ce qu'ils se sont dit. D'ailleurs, Max n'a presque rien dit, c'était l'autre qui parlait, il ne faisait qu'acquiescer.

— Quand était-ce ?

— Vendredi après-midi. Je ne sais pas s'il a couché ici la nuit de vendredi.

— Vous a-t-il donné quelque chose à garder ?

— Non.

— S'il vous plaît, ne me cachez rien, sa vie peut dépendre de votre réponse.

— Max ne me donnerait rien d'illégal à garder. Il ne m'a jamais compromise avec rien qui puisse me porter préjudice.

— Je n'ai pas dit que c'était illégal.

Je dis la phrase comme celui qui signale une faille dans la défense, mais la femme ignora simplement ma remarque.

— Cet homme, qui a téléphoné, a-t-il dit son nom ? – Je continuais à la questionner. – Comment était sa voix ?

— Il n'a pas dit son nom. La voix était forte, du genre de celui qui a l'habitude de donner des ordres.

— N'a-t-il appelé qu'une seule fois ? Aviez-vous déjà entendu cette voix auparavant ?

— Je n'avais jamais entendu cette voix-là, j'en suis sûre.

— Votre frère avait caché quelque chose dans le réservoir de la chasse d'eau. Avez-vous une idée de ce que cela pouvait être ?

— Aucune. Je ne savais même pas qu'il avait caché quelque chose, encore moins dans le réservoir de la chasse d'eau.

Malgré sa position défensive et son évidente contrariété dues au fait qu'elle parlait à un policier, son attitude n'était ni humble ni soumise. Il y avait chez cette femme une suffisance qui l'immunisait contre toute tentative d'intimidation de ma part.

— Je vais vous laisser mon numéro de téléphone et celui du détective Welber. Si jamais vous avez des nouvelles ou si vous vous souvenez de quelque chose qui puisse nous aider à retrouver votre frère, téléphonez-nous, mais ne parlez à personne d'autre, même pas à la police.

Nous nous saluâmes avec une poignée de main, sans rien dire. De chez elle, j'allai directement à l'étal du *jogo do bicho* le plus proche. Une petite table improvisée et deux tabourets en bois sous un porche et voilà tout. Un homme aux cheveux grisonnants, assis sur un des tabourets, prenait les paris, tandis que deux autres rôdaient tout près de là. Je patientai jusqu'à ce qu'il n'y ait plus personne pour parier, je m'approchai de la table et m'assis sur le tabouret à côté de celui qui prenait les paris en montrant discrètement ma carte de policier. L'homme aux cheveux grisonnants ne bougea pas. Il me regarda d'un air interrogatif, tandis que les deux autres s'approchaient.

— Que savez-vous sur Max, l'homme qui a tenté de revendre le revolver ?

Tous les trois se regardèrent mutuellement, me regardèrent, l'un d'entre eux se racla la gorge et alluma une cigarette.

— Je ne veux pas vous attirer des ennuis, je veux seulement savoir si quelqu'un l'a vu ou sait où il se trouve.

Silence. Celui aux cheveux grisonnants parla :

— Nous ne l'avons pas vu depuis une semaine.

— Il est peut-être parti en emportant une valise ou un sac. Il pouvait être accompagné d'un autre homme. Essayez de savoir si quelqu'un a vu ou sait quelque chose. Téléphonez à ce numéro. Ne parlez à personne d'autre qu'à moi.

Je m'éloignai en songeant au paradoxe qu'il y avait à me fier aux renseignements qui me seraient donnés par les marginaux du *jogo do bicho* et à ne pas me fier à ceux qui me seraient donnés par mes collègues du commissariat de police. Le pire c'est que je ne savais même pas avec certitude la limite de ma méfiance. Mais s'il y a une chose que la vie dans la police m'a apprise c'est bien à me méfier des flics.

De retour place Mauá, je décidai de déjeuner d'un Big Mac au *McDonald's* à l'angle de l'avenue Rio Branco. Je réfléchissais sur la relation entre fast-food et *fast life* lorsque Welber arriva.

— Espinosa, nous avons trouvé quelque chose.

Lorsque Welber m'appelait par mon nom, c'était le signe qu'il considérait la nouvelle comme importante.

— On a retrouvé un corps brûlé, sur le bas-côté d'une route secondaire, à la Baixada.

La veille, nous avions diffusé un peu partout notre demande d'information sur des corps retrouvés montrant des traces évidentes de la volonté de masquer l'identité. Peu avant midi, nous recevions le renseignement que Welber me transmettait.

— Le corps est carbonisé, l'identification est impossible. Nous savons seulement que c'est un homme blanc et que sa taille correspond approximativement à celle de Max.

Du *McDonald's*, nous allâmes directement à la morgue.

Lorsque le légiste nous montra le corps, la première chose qui attira mon attention fut la similitude avec le steak haché de mon sandwich, et la deuxième chose les mains amputées. Le corps paraissait avoir été rôti dans un barbecue jusqu'à ce qu'il ne reste aucun centimètre de chair non grillé. Dans un film américain, l'identification pouvait seulement être faite à partir des empreintes dentaires. Il se trouve que presque personne ne possède de dossier avec ses empreintes dentaires, encore moins s'il s'agit d'un pauvre qui n'a pas de dentiste et, dans la plupart des cas, encore moins une empreinte dentaire. Le corps carbonisé ne portait aucun résidu de vêtement, de chaussures ou d'accessoires, mais j'étais sûr qu'il s'agissait du corps de Max, avant même qu'un examen quelconque fût pratiqué. Si tant est qu'un examen puisse être concluant quant à l'identité du cadavre, ce que je pensais improbable. Il suffisait de quelques litres d'essence pour faire ça. Sans doute le légiste n'aurait-il pas de difficulté pour déterminer la *causa mortis*. Peut-être une balle. Les mains amputées et le feu avaient été postérieurs. L'identité du mort, toutefois, ne pourrait être établie que grâce à l'analyse de l'ADN, pour lequel la police n'était pas équipée et qui coûtait cher, ce qui signifiait qu'elle n'allait pas être pratiquée. De mon propre chef, j'ajoutai un mort de plus sur la liste. Maintenant nous avions trois morts et une disparue.

6

En sortant de la morgue, je communiquai à Welber mon intuition que ce cadavre-là était celui de Max. Taille, sexe, couleur et masse corporelle. Quant aux mains amputées, celui qui coupe les doigts d'une dame avec un coupe-volaille est tout à fait capable de passer les mains de Max dans un hachoir à viande et de les donner au premier chien qu'il rencontre dans la rue. Nous décidâmes de ne faire part de nos soupçons à personne. Nous marchâmes en silence jusqu'à la voiture.

— Welber, nous devons retrouver la secrétaire. Quelque chose me dit qu'elle est le maillon essentiel qui relie les autres dans la trame de cette intrigue. D'ailleurs, dire qu'il y a une trame c'est un peu exagéré. Nous n'avons aucune trame, ce que nous avons c'est un sac de nœuds. Il nous faut retrouver Rose pour voir si nous arrivons à démêler cette situation. Parce que les morts sont déjà en nombre suffisant pour former une petite file dans notre conscience.

— Inspecteur, nous ne savons même pas si elle a eu connaissance de la mort de sa mère. Un seul article est paru dans la page intérieure d'un journal qu'elle ne lit probablement pas. En plus, nous ne savons pas si elle se trouve à Rio ou si elle a voyagé vers un autre Etat. Nous savons juste que, si elle a voyagé, ce n'était pas en avion, à moins qu'elle ne l'ait fait sous une fausse identité, ce qui ne signifie pas grand-chose, si ce n'est le fait de ne pas vouloir être découverte. Essayer de voir à la gare routière si quelqu'un la reconnaît sur une photo est pratiquement impossible. Il y a cent mille personnes par jour qui circulent là-bas et cela fait déjà quinze jours qu'elle a disparu. La seule chose que nous pouvons avancer c'est que, si elle a quitté Rio, elle n'a sûrement pas appris la mort de sa mère.

— Donc, nous allons la lui apprendre.

— Comment ?

— Bien que cinq jours se soient écoulés, je crois que si nous fournissons les ingrédients nécessaires à une matière à sensation, il y a des chances pour que la mort de Mme Maura gagne les journaux télévisés.

Welber conduisait la voiture. Il réduisit sa vitesse.

— C'est vachement cruel... apprendre la mort de sa mère de cette manière... on va parler de la torture...

— Je sais que c'est cruel, mais il n'y a pas d'autre moyen. Si elle est vivante, il y a de fortes probabilités pour qu'elle soit la prochaine victime. Il faut que nous la retrouvions avant l'assassin ou faire en sorte qu'elle vienne à notre rencontre.

Le reste de l'après-midi et la matinée du lendemain furent mis à profit pour diffuser l'information. Les doigts taillés avec un coupe-volaille furent le sésame pour le réseau national de télévision et pour les journaux des autres Etats, intéressés par l'exploitation de la violence à Rio de Janeiro. Ce à quoi nous ne nous attendions pas c'est que l'affaire prenne l'ampleur qu'elle a prise. Avant la fin du week-end, une chaîne de télévision avait diffusé une table ronde avec des psychologues, des psychanalystes et des psychiatres sur la perversion, la psychopathie, la psychose, en essayant de dresser un portrait psychologique du monstre mutilateur. Mais si la diffusion de l'information offrait presque la garantie que celle-ci arrive à sa destinataire, d'un autre côté elle ne couvrit pas le commissariat de lauriers. Il s'en fallut de peu que le commissaire principal ne nous coupât les doigts.

Le week-end serait consacré à l'attente. En fin d'après-midi ce vendredi, je téléphonai à Bia et à Alba pour savoir si elles avaient été importunées par quelqu'un. Il y avait une nette différence dans la façon dont chacune me répondait. Bia, bien qu'elle ne dise rien, laissait clairement entendre que j'étais un policier. Elle était gentille, aimable mais, jusque dans les moments les plus personnels, elle n'abandonnait pas l'usage du "monsieur". Je considérais comme presque impossible que nous puissions un jour devenir intimes, non pas parce qu'elle était riche, mais parce que j'étais un policier. Pour certaines personnes, n'importe quelle barrière peut être abattue – raciale, religieuse, économique –, mais celle représentée par l'image du policier demeure infranchissable. Et je crois qu'elles ont raison.

La réaction d'Alba était bien différente. Dès le début, le traitement cérémonieux s'effondra en même temps que la distance corporelle fut éliminée. Lorsque nous marchions sur le trottoir, Alba entourait mon bras de ses deux mains, et cela avant même qu'on nous attaque. Bia et moi ne nous touchions jamais, si ce n'est par une poignée de main lorsque nous nous saluions. Avec Bia je me sentais étranger, avec Alba je me sentais comme un proche, avec cet avantage supplémentaire, du genre cadeau bonus, qu'était la vision de la réceptionniste du club de gymnastique.

Mon premier coup de téléphone fut pour Bia. Elle n'était pas chez elle, j'appelai l'atelier. Le téléphone sonna jusqu'à ce que le répondeur se mette en marche. Je dis mon nom et, avant que je finisse mon message, elle décrocha. Je savais qu'elle était en train d'écouter le message à l'autre bout.

— Inspecteur Espinosa, dit-elle dès qu'elle souleva le combiné, que c'est bon d'entendre votre voix.

Et je n'étais pas totalement sûr quant à la véracité de ces paroles.

— Comment allez-vous, madame Bia ? Vous a-t-on laissée en paix ces trois derniers jours ?

— Heureusement, inspecteur. Je pense que mon poursuivant a laissé tomber.

— De toute façon, continuez avec les procédures que nous avons mises au point ensemble. Evitez de sortir seule. S'il n'y a pas d'autre moyen, évitez les lieux déserts. Ne sortez jamais sans votre téléphone portable dans votre sac et, au moindre soupçon, appelez-moi.

— Je suis tranquille en sachant que vous êtes vigilant, inspecteur. Merci de votre attention.

Je ne sais pas pourquoi, lorsqu'elle raccrocha, je pensai au film *Sexe, mensonges et vidéo.*

Ensuite j'appelai Júlio. Même chose. Bien élevé, formel, gentil :

— Non, inspecteur, on ne m'a plus importuné. Je vous remercie de votre attention.

Putain, ils sont faits l'un pour l'autre.

J'appelai Alba au club. Après quelques transferts de poste, elle décrocha.

— Salut, Espinosa, j'ai pensé que vous m'aviez trouvée trop dangereuse. Après tout, le premier jour où nous sortons ensemble, on vous tire dessus.

Sans doute était-ce une autre façon d'être réceptive.

— Comment allez-vous, Alba ? Je vous appelle pour savoir si, depuis, on vous a laissée en paix.

— Espinosa, vous pensez que je fais toute cette gymnastique pour qu'on me laisse en paix ? Le jour où ça arrivera c'est que je serai morte.

— Je ne me réfère pas à ce type de perturbation, mais à cet autre type de lundi, dis-je en essayant de ne pas sourire.

— Ah, non. Je crois que vous l'avez fait partir en courant. En parlant de courir, vous ne voulez pas courir un peu ici au club ? Ce n'est pas que vous en ayez besoin, vous êtes plutôt svelte, mais l'autre jour, lorsque vous avez monté l'escalier, vous êtes arrivé en haut tout essoufflé. C'est dû au manque d'exercice.

Mon imagination me jouait-elle des tours ou avait-elle un ton malicieux dans la voix ?

— Alba, rien que de regarder les jeunes hommes avec les appareils, j'en ai le souffle coupé.

— Espinosa, c'est avec les filles que vous avez eu le souffle coupé. Notre réceptionniste, depuis lors, attend toujours que quelqu'un la regarde comme vous l'avez fait.

— *Touché**.

— Qu'avez-vous dit ?

— Que vous avez tout à fait raison. Puis-je vous raccompagner à nouveau aujourd'hui ? Si je pars maintenant, je peux être là vers sept heures et demie.

— D'accord, je dois sortir vers huit heures. Mais il y a un détail...

Je crus qu'elle allait dire que Júlio serait là aussi.

— Ah bon ? demandai-je, affligé.

— A sept heures et demie, Adriane ne sera plus là.

— Adriane ? Qui est Adriane ?

— La réceptionniste, dit-elle en riant.

— Mais vous y serez, c'est ça qui compte.

Je raccrochai, étonné de moi-même. La nuit de vendredi commençait.

Ce n'était pas un rendez-vous de travail, le coup de téléphone l'indiquait, mais ce n'était pas non plus un rendez-vous galant. Il s'abritait derrière les précédents, qui avaient été strictement professionnels, bien que le dernier se fût terminé avec une tonalité affective pas du tout ambiguë. Mes rêveries juvéniles incluaient toujours une situation dans laquelle une femme et moi étions la cible d'un attentat ou de quelque chose de ce genre, et, moi, je la protégeais héroïquement de mon propre corps, et de cette proximité corporelle surgissait une passion asservissante. La situation dangereuse était rapidement

* En français dans le texte. *(N.d.T.)*

et efficacement surmontée et nous avions le feu vert pour nous aimer. La rencontre avec Alba reproduisait la scène juvénile typique avec tous ses ingrédients. Il ne lui manquait plus que la passion asservissante. Ou alors, avec mon incompétence congénitale pour n'importe quel genre de romantisme, je laissais passer le moment. Tout indiquait qu'une deuxième chance se présentait, même si les choses ne me semblaient pas très claires.

La vérité est que, à un moment donné de ma vie, je m'aperçus que j'avais oublié le code de l'approche amoureuse. Lorsque j'étais jeune homme, lors d'une fête, le simple fait, pendant une danse, de tenir la main de la fille vers le bas plutôt que vers le haut, ou de nouer nos doigts en nous tenant la main étaient des signes sans équivoque d'un début de liaison ; si, dans une situation quelconque, une femme soutenait le regard d'un homme un instant au-delà de la normale, c'était le signe qu'il pouvait tenter une approche ; si cette même fraction de temps prolongeait une poignée de main lors de présentations, c'était la promesse d'un possible rendez-vous ; un clignement d'œil pouvait provoquer une relation amoureuse. Nous étions minimalistes et nous l'ignorions. A présent, lorsqu'une femme comme Alba attrape mon bras à deux mains pendant que nous marchons, lorsque, enveloppée dans une robe de chambre, elle me demande si je vais la laisser seule dans l'appartement, comme dans la nuit suivant l'attentat, et qu'en même temps elle se réfère à Júlio comme étant son petit ami, je ne comprends plus rien. J'ai oublié l'ancien code et je ne connais pas le nouveau. Des effets du mariage…

Il était huit heures moins le quart lorsque j'arrivai. J'allai droit à l'escalier au fond de la salle de musculation. Alba me vit arriver, elle descendit et nous nous rencontrâmes à mi-chemin, au deuxième étage. Elle était joyeuse, souriante et parfumée. Le dernier élément me perturba particulièrement. Nous nous embrassâmes sur la joue et descendîmes, elle une marche derrière moi, les deux mains sur mes épaules. Elle était entièrement vêtue de noir : tennis, collant, short et tee-shirt à manches longues, dans son dos un minuscule sac en cuir. Les couleurs sur son visage compensaient le manque de couleurs de ses vêtements. Alors que nous étions déjà sur le trottoir, elle me demanda si j'étais venu en voiture.

— Oui, mais si vous voulez nous pouvons marcher. Elle me regarda d'un œil interrogatif et j'ajoutai : Ne vous en faites pas, il n'y aura pas de western.

Et nous refîmes le parcours de la fois précédente. De ses deux mains, elle s'empara à nouveau de mon bras. Il était impossible que nos corps ne fussent pas très proches l'un de l'autre.

Plus par habitude que par nécessité, comme quelqu'un qui n'est pas certain de la direction à suivre, je regardai autour de nous. Après un coup d'œil rapide, tout semblait en ordre. Cependant, en arrivant au premier carrefour, au lieu de continuer dans la même rue, nous décidâmes de suivre un chemin différent. Nous prîmes à droite et allâmes par la rue Visconde de Pirajá. La circulation des voitures et des gens était intense. Une bonne partie des commerces étaient encore ouverts, le ciel était couvert mais sans menace de pluie et la température agréable. Nous nous parlâmes comme deux amoureux qui, pour des raisons étrangères à leur volonté, s'étaient perdus de vue et maintenant se retrouvaient par hasard. Nous célébrâmes la rencontre lorsque nous arrivâmes à l'appartement : nous commandâmes une pizza géante et ouvrîmes une bouteille de vin.

Nous prîmes la mesure de cette rencontre et comprîmes son intensité le lendemain : nos corps enlacés, les draps en boule, la lumière qui filtrait à travers les persiennes qui n'avaient pas été baissées. La bouche sèche à cause du vin me fit lever pour boire de l'eau. La pendule de la cuisine marquait sept heures et quart. Je mis la cafetière électrique en route. Alba passa près de moi entièrement nue et embrassa mon dos. Elle prit une brique de jus d'orange dans le réfrigérateur. Nous apportâmes le café et le jus de fruits au lit. Lorsque nous nous levâmes la deuxième fois, il était midi passé. Corps et âmes souriaient.

LA LETTRE VOLÉE

1

Samedi, une heure de l'après-midi. Après avoir téléphoné à Welber de l'appartement d'Alba, je refis le parcours de la veille pour reprendre ma voiture. Elle était toujours garée en face du club. En chemin vers chez moi, j'essayai d'ordonner dans ma tête certains éléments fournis par Welber. L'expertise officieuse du cadavre confirmait pratiquement mon soupçon : le corps trouvé à la Baixada Fluminense coïncidait avec l'évaluation que nous avions faite, de mémoire, du corps de Max. Avant d'avoir été brûlé, il avait pris une balle dans la tête, entre les deux yeux. Travail de professionnel. L'impression que j'avais, c'était que nous nous éloignions de plus en plus de Ricardo Carvalho, point de départ et motif de notre enquête. Sa mort paraissait se dissoudre dans la brume des événements qui lui avaient succédé ; ces derniers, pour leur part, tendaient rapidement à perdre de leur réalité pour céder la place à un autre et ainsi de suite. Ce n'est pas que je pensais que les morts déjà connues n'avaient pas de réalité. Loin de là. Ce qui me faisait peur, c'était le déplacement ou la multiplication du centre d'intérêt de l'intrigue. Et une fois de plus je me rendais compte que nous n'avions pas réellement une intrigue ou, mieux, que nous n'avions pas un ensemble de faits au centre duquel se trouvait l'assassinat de Ricardo Carvalho. J'étais plus enclin à penser à plusieurs ensembles qu'à penser que tous les événements appartenaient à un champ unique dont le centre se déplaçait. Mais, en réalité, ces considérations servaient seulement à masquer une vérité fondamentale : j'étais perdu et ma boussole était cassée.

Il y a des gens qui, lorsqu'ils rentrent chez eux, sont accueillis par leur femme, par leurs enfants ou par un chien joyeux qui remue la queue ; moi, je suis accueilli par le répondeur. Je suis presque sûr qu'il pressent mon arrivée, entend mes pas dans l'escalier, reconnaît le bruit des clés et, comme il n'a pas de queue à remuer, il commence frénétiquement à clignoter. Et vu la façon dont il clignotait ce samedi après-midi, on aurait dit que le monde m'avait finalement découvert.

De tous les appels, un attira spécialement mon attention : une voix de femme que je n'avais jamais entendue et qui interrompit le message avant d'avoir terminé la première phrase et de s'être identifiée. Il y avait un message de la sœur de Max. Après avoir pris une douche, m'être rasé et avoir préparé le café, je commençai à répondre aux coups de fil par la sœur de Max. "Une femme a appelé ici ce matin très tôt en demandant Max. Elle a été surprise lorsque je lui ai posé des questions sur lui. Elle a dit qu'elle avait des choses à dire à propos de Max. Je lui ai expliqué qu'il avait disparu et que la police s'intéressait à lui. Elle a demandé qui était chargé de l'affaire et je lui ai donné votre numéro." La voix lui était inconnue. Comme la femme avait mon numéro et que je n'avais pas le sien, il n'y avait rien à faire sinon attendre.

Encore un samedi après-midi, des livres à mettre en ordre, des petites réparations à faire dans l'appartement, des promesses de ranger ce qui était inrangeable. La différence se trouvait dans la nuit précédente. La spontanéité d'Alba était presque scandaleuse comparée à mon sentiment d'être un étranger dans le monde. Tandis que j'étais à la recherche de signes qui pouvaient diriger mes actes, Alba se laissait vivre. Voilà. Elle se laissait vivre purement et simplement. Au lit, elle n'avait pas la prétention d'être la plus grande amante du monde ; lorsqu'elle parlait, elle ne souhaitait pas être la plus intelligente et la plus persuasive ; lorsqu'elle marchait nue dans l'appartement, elle n'avait pas comme but d'exhiber son corps (superbe) ; de la même façon que, en respirant, elle ne voulait pas montrer qu'elle était vivante. Alba est spontanéité, moi, je suis artifice, Bia est affectation. Je ne sais pas si cela sert à quelque chose ni si cela mène quelque part, du moins cela a-t-il l'avantage de marquer les différences. Et ce sont des différences qui font la différence. Si Bia venait à mon appartement, je suis sûr que je perdrais une bonne partie de mon temps à me justifier. Les meubles que je gardais parce qu'ils avaient appartenu à mes parents, les livres empilés parce que je n'avais pas eu le temps de commander une bibliothèque, la moquette que je n'avais pas remplacée parce que je n'avais pas décidé si je changerais les meubles du salon. Si c'était Alba, mon embarras persisterait, mais je ne sentirais pas le besoin de me justifier.

Assis au salon, la porte du balcon grande ouverte, mon regard ne tombait sur rien de particulier, il oscillait entre mon pied allongé sur la table basse, l'immeuble de l'autre côté de la place et la colline la plus éloignée. Ni mon pied ni la colline n'avaient à ce moment-là un intérêt particulier. Aucune des choses visibles ne m'intéressait spécialement. Lorsque je m'arrêtais consciemment sur quelque chose, c'était sur les détails de la nuit précédente ; ce qui incluait phrases, fragments de phrases, corps, fragments de corps, odeurs, textures, mouvements, haleines, sueurs, regards, sons, formes, intensités. Qu'est-ce qui avait rendu Alba accessible tandis que Bia demeurait inaccessible ? En admettant que moi, en tant qu'homme, et elle, en tant que femme, soyons compatibles, quel genre de barrière nous rendait incompatibles ? Et pourquoi cette barrière n'existait-elle pas entre Alba et moi ? Ce qui m'inquiétait le plus c'était pourquoi cette barrière n'existait pas entre Bia et Júlio. Je déteste les questions du type : "Qu'est-ce qu'il a que je n'ai pas ?" La meilleure réponse est : "Il ne se pose pas ce genre de questions." Mais la vérité est que physiquement nous sommes semblables. Aucun des deux ne se distingue par un trait remarquable. Pourquoi, alors ? Ou mieux, pourquoi pas ? Je me convaincs un peu plus chaque fois que la question est mal formulée ; cela ne doit pas être "qu'est-ce qu'il a que je n'ai pas ?", mais plutôt "qu'est-ce qu'il n'a pas que j'ai ?". Posé de cette façon, le problème disparaît : il n'est pas de la police. Mais, au lieu de s'éclaircir, les choses deviennent plus compliquées. Dans ce cas, pourquoi le fait que je suis de la police n'a pas constitué une barrière entre Alba et moi ? Est-ce qu'Alba appartient à une classe inférieure de femmes pour lesquelles ce détail n'apparaît pas comme un problème ? Quelque chose qui pourrait être énoncé de la manière suivante : "Les policiers ne peuvent avoir de relations affectives qu'avec des femmes de classe inférieure." Bref, les policiers sont une classe inférieure d'hommes, et les classes inférieures ont des relations avec les classes inférieures. Au lieu de lutte des classes, ajustement de classes.

Je ne peux pas nier que j'éprouve une certaine curiosité envers Júlio Azevedo. Qu'est-ce qui fait de lui le préféré ? Sans doute, il a belle allure, il a une belle voix, il est architecte et universitaire et il a un répondeur qui parle en trois langues. Et la curiosité est une forme d'attraction. Néanmoins, sa personne ne me plaît pas. Peureux, hésitant, ambivalent dans les liaisons affectives, professionnellement ambigu, séducteur inconséquent… Le portrait était bizarrement familier… La curiosité fit place à mon indignation, mais l'objet de l'indignation n'était pas clair. Cela pouvait être Júlio comme cela pouvait être moi-même. J'étais en train de devenir confus. C'est incroyable la capacité que j'ai à m'égarer.

Lorsque je me trouvais seul chez moi les week-ends, ce qui arrivait toujours, je mettais en pratique mon plan de rangement intégral. L'appartement devrait être rangé comme si j'allais recevoir quelqu'un d'important. Le plan n'incluait pas seulement l'ordre apparent mais aussi mes livres, mes disques et tout le reste. Secrètement, je croyais qu'une fois le monde des objets rangé ma vie affective rentrerait automatiquement dans l'ordre. Etant donné l'ampleur du projet, j'avais besoin de choisir un point de départ. Je pouvais commencer par les livres (comme j'avais déjà tenté de le faire) ou par les objets personnels, par les vêtements ou par les meubles, par les appareils électroménagers qui attendaient d'être réparés ou par les tissus qui recouvraient les meubles du salon. Comme la décision était difficile, entre autres en raison de l'absence de tout programme domestique, j'allais du salon à la chambre, de la chambre à la cuisine, de celle-ci à la salle de bains et retour au salon. Le temps s'écoulait presque toujours et je me retrouvais surpris, affalé sur le canapé, en train de lire un livre que j'avais découvert au cours de ce périple. C'était exactement ce qui était arrivé lorsque le téléphone me réveilla.

— Inspecteur Espinosa ?

— Oui.

— Je m'appelle Rose…

2

Júlio me téléphona le dimanche vers midi, Bia appela au milieu de l'après-midi. Tous les deux voulaient me rencontrer, mais ils préféraient que ce ne fût pas au commissariat. Lorsque je leur proposai de nous retrouver le soir, sans attendre le lundi, j'eus l'impression qu'ils furent soulagés. Nous nous donnâmes rendez-vous dans un de ces bars de l'avenue Atlântica aux tables éparpillées sur le trottoir, fréquentés par les touristes plus que par les Cariocas, mais parfaits pour une conversation privée si on fait abstraction du harcèlement des cireurs, des vendeurs de marionnettes, des dessinateurs qui proposent de faire le portrait de la belle dame, des vendeurs de fleurs et de billets de loterie.

J'arrivai le premier, juste après arrivèrent Bia et Júlio, chacun dans leur voiture. Evidemment ils s'étaient mis d'accord pour m'appeler et pour le rendez-vous. Si le fait qu'ils veuillent me parler tous les deux n'avait aucune importance, ce qui en avait c'est que cela indiquait qu'ils continuaient de se voir. Bia était vêtue de la façon la plus discrète possible et était splendide. On avait l'impression que plus elle faisait d'efforts pour se cacher, plus on la voyait. Júlio confirmait à peine mon soupçon qu'il me ressemblait physiquement et j'espérais que la ressemblance s'arrêtât là. J'avais choisi une table centrale afin que nous soyons protégés des intrus et ce fut un régal de voir Bia se faufiler en ondulant entre les chaises pour arriver jusqu'à moi. La conversation fut un peu schizophrénique jusqu'à ce que le garçon apporte les demis et les frites. Son départ fut comme un mot d'ordre pour que Júlio et Bia introduisent simultanément le motif de la rencontre.

— Nous sommes menacés – et, comme je ne semblais pas surpris, ils complétèrent – ... par la police. Là, je fus surpris. C'est pour cette raison que nous ne voulions pas vous rencontrer au commissariat. Je leur demandai de tout me raconter. Nous n'avons pas grand-chose à raconter, dit Bia. Aussitôt les filatures en voiture finies, les coups de fil ont commencé. Les premiers étaient un peu incohérents, puisque rien de spécifique n'était dit. Il y avait une allusion voilée à la mort de Ricardo, mais rien de bien clair. Aucune demande, aucune consigne. Rien qui aurait pu éclaircir l'intention de celui qui appelait.

— Voix d'homme ou de femme ?

— D'homme, répondirent-ils à l'unisson. Le deuxième appel a été plus révélateur, continua Bia. Dès qu'il s'est mis à parler, je l'ai menacé d'appeler la police. C'est alors qu'il a dit : "Ce n'est pas la peine de l'appeler, madame, vous êtes déjà en train de lui parler." J'ai raccroché, effrayée. Je ne savais pas à qui faire appel. Si la personne disait vrai, j'étais menacée par la police elle-même. C'est alors que j'ai décidé de parler à Júlio. J'ai eu encore plus peur lorsqu'il m'a dit que lui aussi était menacé. Au troisième ou quatrième appel, je ne m'en souviens pas bien, la chose est devenue plus claire, ou plutôt, ce que le maître chanteur voulait est devenu plus clair, mais pour moi tout est devenu plus confus.

— Combien d'appels en tout ?

— Cinq ou six, je suis incapable de le préciser, dit Bia.

— C'est pareil pour moi. Je crois qu'il nous appelait tous les deux à la même heure, comme s'il savait quand chacun de nous serait à son domicile.

— Pourquoi le dites-vous au passé ? Croyez-vous que parce que vous me le dites les appels vont cesser, comme si je savais qui en est l'auteur ? dis-je sur un ton pas très sympathique.

— Bien sûr que non, inspecteur. Si nous vous soupçonnions, nous ne serions pas là.

Je n'aimai pas non plus les pluriels, "soupçonnions", "serions". A cet instant-là, je ne m'adressais pas aux deux, mais seulement à lui. Pourquoi inclure Bia dans ma question ? Ce fut son tour de parler :

— Inspecteur, nous savons que c'est difficile pour un policier honnête d'écouter la déclaration de deux personnes victimes du chantage de la police elle-même. Mais si nous vous avons appelé c'est parce que nous avons pleine confiance en vous. En outre, nous ne vous avons pas tout raconté.

— Et qu'est-ce que vous attendez pour le faire ?

Ce fut Júlio qui poursuivit :

— Malgré la référence antérieure, nous n'avions aucune preuve que le supposé maître chanteur faisait réellement partie de la police. J'avais l'impression qu'il était en possession de certaines informations, mais qu'il ne savait pas les mettre en relation les unes avec les autres et qu'il espérait obtenir la clé par l'intimidation. Il se trouve que, comme nous n'avions rien à ajouter à ce qu'il savait déjà, la menace est restée sans contenu précis. Il était évident qu'il faisait de l'esbroufe afin de recueillir des informations supplémentaires. Il a dit qu'il savait que Bia et moi étions des amants – ce qui n'est pas vrai, seulement il ne le sait pas ; il a dit que nous avons tué Ricardo Carvalho pour avoir l'argent de l'assurance ; il a dit encore que nous n'avions aucun alibi convaincant ; et il a fini en disant que c'était dommage que deux personnes jeunes et jolies finissent leurs jours dans des prisons infectes, en étant la cible d'agressions en tout genre. Il n'a rien demandé. Avant de raccrocher, il a dit qu'il allait rappeler pour négocier notre liberté.

Ma gêne devait être visible. Après tout, j'avais été le seul à entrer en contact avec eux et à disposer de ces informations. Il ne convenait pas de dire que, en plus de moi, Welber, Aurélio et le commissaire principal disposaient de la plupart des informations en rapport avec l'affaire ; cela n'aurait fait qu'augmenter la panique dans laquelle ils se trouvaient. Tout comme moi, ils savaient bien que un million de dollars était suffisant pour effacer la conscience morale d'un grand nombre de policiers, surtout celle de ceux qui l'ont déjà ternie au point d'être sourds à ses appels.

Le fait est que, une vingtaine de jours après la mort de Ricardo Carvalho, de nombreuses personnes étaient en possession d'informations, même si elles étaient fragmentées, et ça, non seulement dans la police mais aussi à la compagnie d'assurances et même à la Planalto Minerações. J'étais plus enclin à admettre que l'auteur des coups de fil était un opportuniste sans aucun lien direct avec les morts et les disparitions. Je devais tout de même découvrir qui c'était. Je savais que je pouvais avoir confiance en l'honnêteté de Welber, mais je n'étais pas aussi sûr de pouvoir compter sur son silence. Un petit commentaire sans aucune malice, un moment de distraction lors d'une annotation, une mention inattentive sur quelque chose qui pouvait éveiller des soupçons… et lorsqu'il s'agit de un million de dollars, le flair des policiers corrompus est supérieur à celui de n'importe quel animal.

— Je vais vous demander deux choses. La première, c'est que vous ne parliez de ces appels à personne. La deuxième, c'est que vous continuiez à lui parler et que vous entriez dans son jeu. Il va vouloir l'argent de l'assurance contre la garantie que vous serez en dehors d'un procès. Allez dans son sens, prolongez le plus possible les négociations et maintenez-moi informé de chaque pas et de chaque détail, si insignifiants qu'ils puissent paraître. Et ne vous en faites pas, parce que je ne vous laisserai pas prendre de risque.

Je ne savais pas comment je pourrais les protéger sans l'aide de personne. Nous ne serions que tous les deux, Welber et moi, et cela après une petite conversation avec lui.

Il n'y avait pas la moindre possibilité que le rendez-vous dévie vers des sujets plus amènes et que nous puissions prendre de façon décontractée quelques demis en savourant le clair de lune sur la plage de Copacabana. Et j'avais des doutes que cela soit un jour possible. Même si cela le devenait, ce ne serait pas en restant tous les trois, l'un de nous devrait alors quitter la scène et ce ne serait pas Bia. Nous nous séparâmes sans qu'elle ait pris une seule gorgée de son demi. Peut-être buvait-elle seulement du vin ou du champagne. Boire des demis sur l'avenue Atlântica était bon pour des faubouriens ou des touristes. Après qu'ils furent partis, je restai un moment à réfléchir sur ce qu'ils venaient de me raconter. Pour dire la vérité, je pensai plus à Bia qu'au contenu de ce qu'elle avait dit. C'est fou la force avec laquelle l'image envahit le monde des mots chez moi. Je devrais devenir cinéaste. Ou photographe. Ou peintre. Un gamin qui devait avoir un peu plus de dix ans occupa l'espace des tables et des chaises, une boîte en bois appuyée sur l'avant-bras.

— Du cirage, docteur ?

— Non, merci. Elles sont propres.

— C'est pour me donner un coup de main.

— Mes chaussures sont en chamois, elles ne peuvent pas être cirées.

— Je leur passe une brosse à poil dur. Elles seront comme neuves.

— D'accord, au boulot.

Et je me mis à penser à Bia lorsqu'elle passait entre les chaises, avec un mouvement du corps qui n'est permis qu'à celles qui ont été bénies des dieux.

3

Le lendemain, je fus réveillé par le téléphone. Ce n'était pas mal pour un lundi matin.

— Inspecteur Espinosa ?

C'était la même voix que celle du coup de fil interrompu du samedi.

— Oui.

— C'est Rose à l'appareil, l'ex-secrétaire du docteur Ricardo Carvalho à la Planalto Minerações.

Ma bouche était pâteuse, mes yeux essayaient de s'adapter à la lumière qui pénétrait par la fenêtre que je venais d'ouvrir et une infime partie de mes neurones s'efforçait d'établir les connexions nécessaires pour que ma parole ne semblât pas trop attardée. Mais ce fut suffisant pour comprendre qu'il s'agissait d'un appel important. J'essayai de me réveiller.

— J'attendais votre appel, madame Rose. Je regrette profondément ce qui est arrivé à votre mère.

La voix de Rose explosa en un mélange de douleur et de rage :

— Quel est l'animal qui a fait ça, inspecteur ?

— Je ne sais pas encore, mais j'ai bon espoir de réussir à l'attraper, avec votre aide.

Et avant qu'elle raccroche, comme elle l'avait fait le samedi, je lui demandai :

— Où êtes-vous ?

— Je crois que je serai plus en sécurité si personne ne sait où je suis.

— Mais je veux savoir où vous êtes, justement pour vous protéger.

— Comme vous avez protégé ma mère ?

— Ecoutez madame Rose, j'étais avec votre mère la veille de sa mort et il n'y avait pas le moindre signe de menace. C'est votre disparition qui m'a fait arriver jusqu'à elle et non le fait qu'elle subissait une menace.

— Excusez-moi, je suis encore choquée par ce qui s'est passé.

— Ne voulez-vous pas me dire où je puis vous trouver ?

— Pour l'instant, je préfère ne rien vous dire ; je vous rappellerai lorsque j'estimerai que c'est le moment.

— Vous êtes peut-être en danger de mort.

— Je sais, c'est pour ça que je ne veux pas dire où je suis. Quand vous voudrez me parler, laissez un message sur mon répondeur.

Et elle raccrocha.

Si au moins j'avais pris le petit-déjeuner, j'aurais été plus persuasif. 6 h 20 du matin. La fille se réveille tôt. Inutile d'essayer de me rendormir. Comme compensation, je fis en sorte de soigner mon petit-déjeuner. Je ramassai tous les bouts de fromage qui étaient au réfrigérateur : brie, camembert, emmenthal et provolone desséché et durci, restes d'un ancien repas fromages et vins. J'y ajoutai une confiture importée, préparai une quantité supplémentaire de toasts et mis la cafetière électrique en route. Ce n'était pas le petit-déjeuner du *Plaza* de New York, mais c'était suffisant pour affronter un lundi matin place Mauá. Le fait est que j'avais déjà laissé

Max me filer entre les doigts et je ne voulais pas remettre ça avec Rose. Sur le chemin du centre-ville, je réfléchissais à la manière de ne pas la laisser m'échapper. Elle n'essaierait pas d'aller à l'appartement. Elle était assez intelligente pour savoir que le bâtiment était peut-être surveillé. Même son répondeur téléphonique peut se consulter par téléphone et, dans le cas où elle aurait besoin d'argent, elle peut le retirer aux distributeurs automatiques. Elle peut rester longtemps sans refaire surface.

J'arrivai au commissariat avant 8 heures. A neuf heures moins dix, Aurélio appela. La compagnie d'assurances faisait pression sur lui pour qu'il approfondisse l'enquête dans l'affaire Ricardo Carvalho. Quarante-deux ans c'est trop tôt pour mourir, surtout pour quelqu'un qui a souscrit une police d'assurance de un million de dollars. Ils ne croyaient pas possible que sa mort n'ait rien à voir avec l'assurance-vie. Pour les directeurs de la compagnie d'assurances le meilleur candidat à la crucifixion était Aurélio, et celui-ci m'appelait au secours.

— Espinosa, je dois fournir quelque chose à la compagnie. Ils insistent sur la thèse du suicide. Ils ont même évoqué l'hypothèse que le directeur ait payé quelqu'un pour le tuer. Ils pensent que c'est impossible qu'une personne avec une assurance comme la sienne ne meure pas de vieillesse. Pour eux, une assurance-vie c'est fait pour être appliqué au pied de la lettre. Pour un million, on ne meurt pas avant que les cheveux, les dents et d'autres choses encore tombent.

— Aurélio, cette fois je ne peux pas vous aider, je me trouve dans la même situation que vous. Mon délai est expiré et le mieux que j'ai réussi à faire c'est de multiplier les cadavres et les disparus.

— Que diriez-vous de déjeuner ensemble pour analyser les données dont nous disposons ? demanda-t-il.

Ce n'était pas le style d'Aurélio, il ne forçait jamais une situation : il devait être vraiment désespéré. Je fus d'accord pour le déjeuner, même si je n'étais pas disposé à lui offrir plus que ce que je lui avais déjà offert. Je ne comptais révéler à personne le coup de fil de Rose. Nous fixâmes le déjeuner pour une heure de l'après-midi, un peu contre mon gré : je ne me sentais pas à l'aise dans la dissimulation d'informations à un ami.

Aurélio était vraiment préoccupé. Il avait pris sa retraite très tôt et son salaire d'enquêteur pour la compagnie d'assurances augmentait substantiellement sa retraite. Cependant, pour maintenir les choses en l'état, il devait se montrer efficace, et c'était le genre de cas qui, résolu en faveur de la compagnie, pouvait se traduire par une hausse de son salaire. Il faisait sans doute l'objet d'une énorme pression pour découvrir ce que ses directeurs considéraient comme un cas évident de fraude.

Nous nous quittâmes avec la promesse que je l'aiderais dans la mesure de mes possibilités. Et la promesse était sincère.

Pour rentrer au commissariat, je marchai pendant un certain temps dans les rues du centre sans réfléchir au trajet. Je marchai comme guidé par un pilote automatique. Je n'aimais pas trop faire cela longtemps, il y a toujours un risque qu'on s'y habitue. Je crois même que nous sommes tous nés sur pilote automatique et que seuls certains êtres, un jour, prennent les commandes. A cet instant-là, j'avais très peu de visibilité, j'avais du mal à me diriger entre les passants et ma pensée éprouvait de la difficulté à maintenir un cap pour le moins cohérent. Malgré ces déficiences, je revins au commissariat sain et sauf. La semaine venait à peine de commencer.

C'était le vingtième jour. Les faits étaient encore assez décousus et mes rapports, peu concluants. Ce qui me semblait hors de doute c'était que la disparition de Rose était liée à la mort de Ricardo Carvalho et que la mort de Mme Maura était liée à la disparition de Rose, mais pas directement à la mort du directeur. La disparition de Max pouvait être directement liée à tous les autres événements, mais je pensais que c'était peu probable. Pour le vingtième jour d'enquête, c'était peu. Le président-directeur de la Planalto Minerações m'avait appelé plus d'une fois pour être tenu au courant des "progrès de l'enquête".

Le lundi touchait à sa fin, mais je n'allais pas rentrer chez moi. Le délai que le commissaire principal m'avait accordé pour enquêter sur la mort du directeur avait expiré et celui-là était mon premier jour de retour à la routine du commissariat. A partir de cet instant, l'enquête sur l'affaire Ricardo Carvalho serait menée conjointement à d'autres affaires en cours. Les journaux et la télévision s'en désintéressèrent. L'importance conférée par les médias à la torture et à la mort de la mère de Rose était due à la brutalité du fait en soi et non à sa possible relation avec la mort du directeur. La presse n'avait établi aucun lien entre les deux affaires.

4

Je ne savais pas quoi attendre d'Alba ni comment me comporter avec elle. Nous avions couché ensemble seulement deux jours plus tôt et pourtant je me sentais toujours cérémonieux face à sa déconcertante spontanéité. Il n'y avait pas de doute que je lui plaisais. Mon doute résidait dans ce que cela signifiait. Cela pouvait vouloir dire "ça m'a plu de coucher avec toi" et rien de plus, comme cela pouvait vouloir dire "je suis amoureuse, tu es l'homme de ma vie". Il y avait encore le fait qu'elle n'avait, à aucun moment, écarté Júlio comme étant son petit ami (ou le mot plus adéquat est-il "amant" ?). Ou bien est-elle du genre facile, à aller avec le premier venu ? Le simple fait de me poser ces questions me mettait dans l'embarras. Je me sentais démodé comme une Simca Chambord aux pneus à bande blanche.

Il ne servirait à rien d'interroger quelqu'un sur la signification des agissements d'Alba. Si, d'un côté, elle présentait l'image stéréotypée des femmes qu'on trouve dans les clubs de gymnastique, de l'autre elle était capable de soutenir une conversation intelligente et vive, elle maîtrisait ses idées et sa voix, et en plus elle écoutait Grieg et Vivaldi lorsqu'elle était chez elle. Quelqu'un qui ne la connaîtrait pas la jugerait certainement sur son aspect physique qui, s'il était irréprochable, n'indiquait rien de ses idées.

Je téléphonai au club. Plus je lui parlerais, plus je disposerais d'éléments pour une interprétation. Il était cinq heures et demie de l'après-midi. Le prétexte était un dîner le lendemain. La voix d'Alba était joyeuse et fraîche.

— Salut, chéri, je te manque ?

— J'ai pensé que nous pourrions dîner ensemble demain… aujourd'hui je suis de garde… je pourrais passer te prendre…

— Ça serait super, Espinosa, mais ça ne va pas être possible. Júlio viendra me rejoindre à la fermeture du club.

— Excuse-moi, je ne savais pas…

— Ne sois pas gêné, chéri, j'ai certaines choses à régler avec lui. Mais mercredi, si tu es disponible, je serai prête pour un nouvel épisode de notre western, dit-elle en souriant.

La soirée fut tranquille et je pus avancer de quelques pages dans la lecture du Conrad que, heureusement, je n'avais pas retiré de la banquette arrière de la voiture et qui fut une agréable compagnie durant la nuit, place Mauá. Ma lecture fut ponctuée par des événements policiers et des fantaisies élaborées mettant en scène Alba et Bia, pas les deux ensemble, l'une après l'autre c'était déjà trop pour moi. A six heures et quart du matin, le téléphone sonna. C'était Rose. Elle voulait convenir d'une heure pour un rendez-vous. C'était la deuxième fois qu'elle me prenait ensommeillé et avec une vivacité réduite. Je doute qu'elle l'eût fait exprès, ça aurait été trop de sophistication pour un amateur. Elle dit qu'elle avait appelé chez moi et, comme personne ne répondait, elle avait laissé un message et s'était souvenue du commissariat. Très bien, mais toujours est-il qu'elle appelait très tôt le matin. Nous fixâmes le rendez-vous pour six heures du soir à la station de métro de la place Machado. Je devrais me présenter la main gauche bandée. C'était bien un amateur.

J'avais du temps pour me reposer. Je rentrai chez moi en pensant à Rose. Pourquoi voulait-elle me rencontrer ? A moins d'être naïve, ce qui ne semblait pas être le cas, elle courait le risque d'être accusée de la mort de Max. A moins qu'elle n'ignorât le fait… ou alors que le cadavre brûlé ne fût pas le sien. Dès que je rentrai chez moi, je ressentis quelque chose de différent. Je mis quelques secondes à me rendre compte que le répondeur ne clignotait pas en dépit du fait que j'avais passé vingt-quatre heures à l'extérieur. C'était comme si j'avais été abandonné par mon chien. Je pris une douche, m'allongeai et réglai le réveil pour cinq heures de l'après-midi.

La station de métro était bondée. Il était six heures moins cinq et je mettais la touche finale au bandage avec du sparadrap. J'arpentai la station d'un bout à l'autre en exhibant ma main gauche. Deux rames arrivèrent et repartirent sans que je sois abordé par aucune jeune femme ressemblant à une secrétaire. Je regardai autour de moi en essayant d'identifier mon amie occulte et le mieux que je pus faire fut de reconnaître que n'importe quelle fille à l'allure raisonnable pouvait correspondre au profil. Six heures et quart, rien. A six heures et demie, toutes les personnes présentes lors de mon arrivée avaient été remplacées par d'autres, moi seul étais toujours là. Je défis le bandage et m'en allai. Maintenant elle savait comment j'étais, tandis que je ne la connaissais qu'en photo.

A la sortie de la station, je cherchai une poubelle pour me défaire des bandages, ce que je fis avec une certaine gêne, avec l'impression qu'on me regardait comme si j'étais un clown. Et j'en étais bien un. La voix vint de très près et j'eus peur.

— Inspecteur Espinosa ?

C'était une femme jeune, jolie, en jeans, tee-shirt et tennis, avec un sac en bandoulière. Avant que j'aie eu le temps de dire quoi que ce fût, elle lança :

— Excusez-moi de vous avoir fait attendre si longtemps, mais j'avais besoin de savoir s'il n'y avait pas quelqu'un d'autre.

— Et pour quelle raison aurais-je amené quelqu'un pour vous rencontrer ? Après tout, vous ne me semblez pas être dangereuse.

J'essayais de plaisanter, mais elle était sérieuse malgré son air sympathique.

— Je ne me réfère pas à un collègue à vous, mais à quelqu'un qui aurait pu savoir que nous allions nous rencontrer. Et si nous partions d'ici ?

Nous marchâmes en silence jusqu'à ma voiture en nous regardant discrètement dans une sorte d'enquête préliminaire. Dès que nous montâmes en voiture, je lui demandai :

— Alors, ai-je réussi l'examen ?

— Excusez-moi pour tout ça, inspecteur, mais je suis épouvantée. Ce qu'on a fait à ma mère m'a donné la mesure…

— Allons quelque part où nous puissions parler et où je puisse prêter attention à ce que vous avez à dire.

— D'accord, mais, s'il vous plaît, allons dans un endroit fréquenté, je m'y sens plus en sécurité.

Nous nous arrêtâmes au restaurant *Lamas*, à deux pâtés de maisons de là. A cette heure, il n'était pas aussi fréquenté qu'elle l'aurait souhaité, mais c'était idéal pour parler sans que quelqu'un à la table d'à côté nous écoute. C'était une heure indéfinie, trop tard pour un sandwich, trop tôt pour un dîner. Après avoir parcouru la carte, un peu désorientés, nous commandâmes un repas léger. Après tout, je m'étais réveillé un peu plus d'une heure auparavant, ce n'était pas encore le moment de boire.

— Inspecteur, j'ai appris la mort de ma mère par la télévision et je n'en ai encore parlé à personne. Pourquoi a-t-on fait cela ?

— Parce que quelqu'un voulait une information qu'on a jugé que votre mère possédait, et ce quelqu'un l'a tuée pour qu'elle ne puisse pas le reconnaître ultérieurement.

— De quelle information s'agissait-il ?

— La première était l'endroit où vous vous trouviez, la deuxième, je crois qu'elle devait vous être personnellement soutirée.

— C'est-à-dire que ma mère est morte pour me protéger…

— Je n'en suis pas sûr, je crois qu'elle est morte parce qu'elle ne savait pas où vous vous trouviez.

— On n'avait pas besoin…

La voix était affligée et il y avait une tristesse véritable sur son visage, mais le regard était sec comme une explosion.

— Pourquoi en a-t-on après vous ? Et qui est après vous ?

— Je ne sais pas.

— Qu'est-ce que vous ne savez pas, qui est après vous ou ce qu'on vous veut ? Ou alors les deux ?

— Les deux.

— Dans ce cas, il vaut mieux que nous partions et que vous cessiez de me téléphoner à six heures du matin pour ensuite me raconter des salades.

— Co… comment ça, des salades ? Qu'en savez-vous ?

— Certainement moins que vous, mais assez pour savoir que vous mentez. Par exemple, qu'est-il arrivé à Max ?

La question l'atteignit, mais elle se reprit vite en donnant la réponse classique :

— Quel Max ?

— Celui qui a dit vous avoir vue partir en courant du parking Menezes Cortes après avoir tiré sur Ricardo Carvalho et vous être débarrassée de l'arme du crime en la jetant dans des poubelles, rue de la Quitanda.

— Quel fils de pute, il a dit ça ?

— Donc vous le connaissez ?

— Il a découvert que j'étais la secrétaire du docteur Ricardo Carvalho et a téléphoné au bureau en essayant de m'entraîner avec lui pour extorquer de l'argent à sa veuve.

— De quelle façon ?

— Je n'ai pas réussi à le savoir avec certitude. Je crois qu'il était question de l'assurance-vie qu'elle allait toucher. Il voulait que je serve d'intermédiaire. Il a appelé deux fois au cours de l'après-midi de l'enterrement du docteur Ricardo, après il n'a plus appelé.

— Vu la façon dont vous avez réagi, j'ai eu l'impression que vous vous connaissiez.

— Il voulait me rencontrer, mais j'ai refusé. Nous ne nous sommes jamais vus.

— Pour quelle raison alors aurait-il inventé l'histoire du revolver ? Pour moi, elle n'aurait de sens que s'il avait la certitude que vous ne pouviez pas la réfuter.

— Etes-vous en train d'insinuer qu'elle est véridique ?

— Je dois admettre toutes les possibilités. Finalement, vous ne l'avez pas réfutée. Et je voulais savoir un tas d'autres choses. Par exemple, le soir où Ricardo Carvalho a été tué, vous avez quitté le bureau peu de temps après lui. Où êtes-vous allée ? Je peux avancer plusieurs hypothèses. La première c'est que vous étiez amants et que vous vous retrouviez régulièrement les jours où il allait jouer au tennis. Et le lieu de rencontre était le parking. J'ai mené une enquête rapide au club qu'il fréquentait et j'ai constaté que les mardis et les jeudis il n'y venait que sporadiquement. Au lieu de jouer au tennis, vous alliez dans un motel. Il s'est lassé de vous et vous l'avez tué. La deuxième c'est que vous êtes allée le retrouver au parking, comme d'habitude. En arrivant làbas, vous l'avez vu se faire tuer et vous connaissiez l'assassin. Pour votre malheur, l'assassin vous a vue lui aussi. Vous avez pris la fuite de peur de vous faire descendre. La troisième est identique à la deuxième, avec cette variante que vous avez essayé de faire chanter l'assassin. Menacée de mort, vous avez fui. Quatrième hypothèse, vous êtes complice…

— Ça suffit ! interrompit-elle, irritée. Tout cela est absurde.

— Bon, et si vous me racontiez toute la vérité ? Vous pouvez commencer par me dire pourquoi vous avez voulu me rencontrer.

— Je l'ai déjà dit, parce que j'ai peur.

— Peur de quoi ?

— Peur qu'on ne me tue, merde, peur qu'on ne me fasse la même chose que ce qu'on a fait à maman.

— Reprenons depuis le début. Que savez-vous pour qu'on veuille vous tuer ?

— J'ai vu l'assassin et il m'a vue.

— Le connaissiez-vous ?

— Non, mais il m'a suivie, il a découvert où j'habitais et il m'a menacée par téléphone. Il a dit s'appeler Max.

— Ecoutez, jeune femme, j'ai plusieurs raisons de vous arrêter. La principale, pour le moment, c'est que vous m'ayez donné rendez-vous pour me raconter ce tissu de mensonges. Certains policiers sont stupides, pas tous. Voulez-vous me faire croire que vous avez été le témoin d'un meurtre, que l'assassin vous a suivie jusque chez vous, qu'il vous a téléphoné en donnant vos nom et adresse et que, par peur de vous faire tuer, vous avez fui en laissant votre mère à la merci de l'assassin ? Soit vous êtes une imbécile, soit vous pensez que je suis un imbécile. Lorsque vous vous déciderez à dire la vérité, appelez-moi. Et vous n'avez pas besoin de faire tout ce cirque de la station de métro.

Je laissai de l'argent sur la table, je me levai et partis. Avant que j'aie complètement ouvert la portière de la voiture, elle était déjà en train de me tirer par la manche.

— Je suis désolée. Je ne crois pas que vous soyez un imbécile. Allons parler, je suis disposée à raconter la vérité. Vivez-vous seul ? Pouvons-nous aller chez vous ? Je suis terrorisée aussi dans les lieux publics.

5

— Il est en train de se réveiller, ne le touchez pas. Nous ne savons pas ce qui s'est passé. Je crois qu'il vaut mieux appeler une ambulance.

Les voix étaient faibles, mais distinctes. J'avais un peu de terre dans la bouche et je sentais une forte douleur derrière la tête. Lorsque je me rendis compte de ce qui s'était passé, j'essayai vite de me relever, mais mes jambes refusaient de m'obéir. J'étais assez étourdi. Deux jeunes hommes m'aidèrent à me mettre debout. Je demandai à l'un d'entre eux ce qui s'était passé.

— Je ne sais pas. Vous étiez par terre lorsque nous manœuvrions la voiture pour nous garer à cette place. Il fait noir ici et nous avons failli vous passer dessus. C'est une chance que nous rentrions de face et non en marche arrière. Que s'est-il passé ? Avez-vous eu un malaise et êtes-vous tombé ?

Ils étaient deux à poser des questions.

— J'ai été agressé, j'ouvrais la portière de la voiture… il y avait une jeune femme avec moi… que lui est-il arrivé ?

— Nous n'avons rien vu, nous étions en train de garer la voiture lorsque nous vous avons vu couché par terre. Etes-vous blessé ? Voulez-vous que nous vous emmenions à l'hôpital ?

— Non, je vous remercie. Je vais bien.

Je n'allais pas bien. Ma tête était très douloureuse et j'étais toujours étourdi. J'avais aussi un peu mal au cœur. Mon arme était dans le holster et mes papiers et mon argent dans mes poches. Rien ne manquait, si ce n'est la voiture et Rose. Je retournai au restaurant pour me nettoyer et j'appelai Welber.

Je préférais garder cet incident loin des oreilles du commissariat. Pendant que j'attendais, j'interrogeai le vigile, les portiers, le marchand de journaux. Rien. Personne n'avait rien vu.

Lorsque Welber arriva, quarante minutes plus tard, je buvais un demi à une table près de l'entrée. Son visage était très préoccupé. Avant de s'asseoir, il me contourna et m'examina ostensiblement.

— Espinosa, vos cheveux derrière sont imbibés de sang. Allons à l'hôpital.

Je me souvins alors que quand j'étais môme ma mère disait : "Si ça a saigné, tout va bien. Le problème c'est quand le sang reste à l'intérieur." Pendant que je finissais mon verre, je fis un rapport succinct de l'incident. Nous cherchâmes encore quelqu'un qui aurait pu avoir vu quelque chose, mais ce fut peine perdue. L'endroit où j'avais arrêté la voiture était éloigné de l'entrée du restaurant, les magasins étaient déjà fermés, il n'y avait pas d'arrêt de bus à proximité. C'était l'heure du dîner et cette partie de la rue n'était pas fréquentée le soir.

Welber me raccompagna chez moi en voiture. En chemin, je lui demandai d'innombrables fois comment quelqu'un aurait pu savoir que je serais là à ce moment précis, à cet endroit précis, avec cette personne précise. D'accord, j'étais suivi tout le temps, mais comment mon suiveur savait-il que c'était ce jour-là et à ce moment-là qu'il devait me suivre ? Ou est-ce qu'il me suivait tous les jours et à tout moment ? C'était peu probable. Des écoutes téléphoniques ? Il n'y avait pas matière à aller jusque-là. C'est alors que j'eus la certitude que le coup sur la tête ne m'avait pas détruit beaucoup de neurones.

— Le répondeur ! criai-je.

Welber appuya instinctivement sur le frein et me regarda, effrayé.

— Le répondeur, Welber, continuai-je à dire.

— Qu'y a-t-il avec le répondeur ? De quel répondeur parlez-vous ?

— Du mien, Welber. Il ne clignotait pas lorsque je suis rentré chez moi aujourd'hui.

Mon collègue fut convaincu que le coup m'avait causé de sérieux dommages. Malgré ça, il fut aimable et me demanda de lui expliquer de quoi j'étais en train de parler.

— Voilà ce qui arrive, dis-je comme si je parlais à un enfant. Il ne se passe pas un seul jour sans que j'arrive chez moi et trouve le répondeur en train de clignoter, m'indiquant qu'il y a des messages. Aujourd'hui, je suis rentré chez moi après une garde de vingt-quatre heures et il ne clignotait pas. Il est impossible que le téléphone n'ait pas sonné de toute la journée. Savez-vous pourquoi il ne clignotait pas, Welber ? Parce que quelqu'un est entré chez moi et a écouté les messages. C'est comme ça qu'on a su que Rose m'avait téléphoné.

Mon collègue se sentait évidemment blessé du fait que je ne lui avais rien dit à propos de Rose. Depuis combien de temps j'étais au courant pour elle ? Où se cachait-elle ? Pourquoi avait-elle fui ? Je l'informai des coups de fil et du rendez-vous.

— Personne ne pouvait rien savoir, Welber. Vous êtes le premier à qui je parle de la jeune femme. A moins qu'elle n'ait parlé à quelqu'un. Ce dont je doute, elle était morte de peur.

Nous arrivâmes chez moi. La première chose que je fis, ce fut de vérifier les messages sur le répondeur. Le premier message de la journée était celui de Rose. Elle ne s'identifiait pas, mais pour quelqu'un qui était lié à l'affaire il était facile de deviner qui elle était. Je demandai à Welber de se servir un verre et de m'attendre pendant que je prenais une douche. L'eau froide sur la tête diminua mon malaise. Je retournai au salon en peignoir sans m'être complètement essuyé.

— Mon cher, deux constatations. Premièrement, le fils de pute est compétent. Deuxièmement, moi, je suis incompétent.

Welber essaya de me réconforter, mais ce fut peine perdue.

— Il se trouve que le type est entré chez moi, a écouté mes messages et est reparti sans laisser de traces. Il m'a suivi tout l'après-midi sans que je m'en rende compte, il m'a enlevé la fille des mains sans que je puisse le voir et, par-dessus le marché, il est reparti avec ma voiture sans laisser de témoins. Putain, Welber, ce type est un génie et, moi, je suis un âne. La meilleure chose à faire c'est de quitter la police et d'ouvrir une librairie. Si je suis encore capable de lire.

Je finis de m'habiller et nous jetâmes un coup d'œil à l'appartement. Rien n'y manquait et aucun indice n'indiquait que l'intrus était entré dans les autres pièces. Ce n'était pas un voleur, il n'était intéressé que par une seule chose : savoir si Rose était entrée en contact avec moi. A présent, il avait non seulement la réponse à cette question mais à beaucoup d'autres, et ce qui m'effrayait c'était la méthode qu'il employait pour les obtenir. Je devais découvrir de toute urgence qui était le ravisseur et où il avait emmené Rose. Et je ne savais même pas par où commencer. Il était inutile de demander de l'aide à la brigade des mœurs ou quelque chose de ce genre. Il ne s'agissait pas véritablement d'un enlèvement ou du moins ce n'en était pas un semblable à ceux qui faisaient en permanence la une des médias. Son objectif n'était certainement pas une libération contre de l'argent. Rose n'avait pas d'argent, mais elle était en possession de quelque chose qui intéressait quelqu'un qui ne se gênait pas pour torturer et pour tuer une vieille dame. En plus, si je n'avais pas confiance en la compétence de la police, j'en avais encore moins en l'honnêteté des policiers.

— Nous ne pouvons pas cacher entièrement ce qui s'est passé. Nous devons au moins communiquer l'agression et… appelons ça un enlèvement de témoin dont le nom sera gardé secret pour ne pas entraver la bonne marche de l'enquête. Ou devons-nous dire plutôt la traîne de l'enquête ?

— Espinosa, ce n'est pas la peine de retourner toute cette violence critique contre vous-même. Bientôt vous allez vous rendre coupable de la mort du directeur. Et si nous passions aux urgences pour jeter un coup d'œil à votre tête ?

— Laissez tomber, Welber, ce n'est pas l'extérieur qui doit être examiné.

Je décrivis à Welber chacune de mes allées et venues de cet après-midi-là. Ensuite, nous revîmes la liste des noms liés à la mort de Ricardo Carvalho.

— Welber, nous sommes, ou plutôt, je suis étonné de la facilité avec laquelle ce type m'a enlevé Rose des mains comme on prendrait des fleurs des mains d'une jeune aveugle. Mais nous n'avons pas encore pensé à la possibilité qu'il s'agisse d'une des connaissances de Rose. Ce n'est que comme ça qu'il pourrait se risquer à s'approcher de nous deux. Au cas où Rose l'aurait aperçu avant de m'attaquer, il lui aurait suffi d'afficher un sourire et de fêter la coïncidence des retrouvailles.

— L'autre possibilité, ajouta Welber, c'est qu'ils soient de mèche et que toute la scène n'ait été qu'une farce.

Ma tête me faisait encore mal. Et plus que la tête, mon amour-propre. Ce qui était incroyable c'est que des gens mouraient, disparaissaient, souffraient, à cause d'une mort que personne ne semblait plaindre et dont l'éclaircissement semblait lui aussi n'intéresser personne en dehors de nous. Je libérai Welber.

6

Je me mis à imaginer la rencontre entre Alba et Júlio. Rencontre d'adieu. Mésentente amoureuse. Réaffirmation et maintien du déjà-existant. Amour, version romantique de l'habitude, genre toujours-unis avec Frank Sinatra en fond sonore. Evidemment, je n'étais pas dans mon meilleur jour, d'autant que ma tête me faisait plus souffrir que la veille.

Nous lançâmes une alerte générale pour l'enlèvement de Rose, en insistant sur le fait qu'un policier avait été grièvement blessé afin d'aiguiser l'esprit de corps. Nous ne croyions pas du tout que l'alerte pût avoir un effet quelconque, mais comme nous ne disposions de rien d'autre, elle était tout ce que nous avions.

Le lendemain, je vis la photographie de Rose transmise par fax et par ordinateur. Elle correspondait à n'importe quelle femme dans la tranche des vingt/quarante ans. Ma voiture fut retrouvée à Humaitá. Bien sûr sans fournir aucune piste utile. Même l'endroit où elle avait été retrouvée, près du tunnel Rebouças, indiquait aussi bien les quartiers Nord et le centre-ville que tous les quartiers Sud et la Barra da Tijuca en passant par Lagoa et le jardin Botanique. Bref, si le ravisseur avait abandonné la voiture devant chez lui, ça n'aurait pas fait la moindre différence.

J'appelai Bia Vasconcelos, puisque je n'avais aucune direction plus agréable à privilégier. Personne. J'essayai l'atelier. Elle décrocha. La voix mélodieuse, la manière bien élevée, gentille et correcte de parler, tout m'enchantait. Après les salutations et les commentaires d'usage, vint la question fatale :

— Alors, inspecteur, que me vaut le plaisir de votre appel ?

En une fraction de seconde, j'imaginai la situation inverse. Comment réagirais-je si j'étais un designer de renommée internationale, riche, héritier d'une fortune respectable, et qu'une femme policier du commissariat de la place Mauá se mettait à m'appeler et à se pointer chez moi ? Est-ce que je montrerais de la sympathie et l'inviterais pour qu'on devienne des amis ? Putain, Espinosa, un flic est un flic, homme ou femme.

— Inspecteur ?

Je m'excusai pour l'heure tardive (il n'y avait pas de raison de le faire) et demandai si quelqu'un l'avait à nouveau importunée. Elle répondit que non. Je lui dis qu'elle n'avait plus de raison de s'inquiéter, que son poursuivant avait trouvé ce qu'il cherchait et qu'il n'embêterait plus personne. Elle me remercia, soulagée, et attendit poliment que je dise au revoir et raccroche. Fin de la romance.

Romance imaginée par moi, bien sûr. Par rapport à Alba, je pouvais imaginer un début de romance même si mon degré de certitude était faible mais, par rapport à Bia, il n'y avait aucun signe de sa part du plus petit intérêt pour ma personne. Tout au plus pouvait-elle me considérer comme un policier curieux. Et c'était déjà beaucoup.

Avec l'enlèvement de Rose, je fus à nouveau libéré de la garde et retournai au régime spécial. Dans l'immédiat, mon principal objectif était de retrouver la fille, et il n'y avait pas une seule seconde à perdre. A en juger par ce qu'il avait fait subir à la mère, le ravisseur n'hésiterait pas à refaire le coup avec la fille. Ce que j'ignorais, c'était ce qu'il voulait. Si c'était de l'argent ou un objet quelconque, elle pouvait essayer de gagner du temps, prétextant ne pas l'avoir sur elle ; mais si c'était une information, vu les techniques qu'il employait, elle pouvait lui être rapidement soutirée. Pour moi il ne faisait pas de doute que l'assassin tuerait Rose une fois qu'il aurait obtenu ce qu'il voulait.

Il était 11 h 10 du matin. Je venais de sortir du commissariat. Le temps était maussade, la pluie menaçait et mon banc préféré sur la place Mauá était libre. Je m'assis, comme d'habitude, face au port. C'est ce qu'il y avait de mieux à voir et, sans que rien de spécial l'évoquât, je me souvins de l'image de la sœur de Max, plus un personnage qu'une personne, une habitante de la tragédie grecque banlieusarde. Je ne savais même pas son nom, je n'étais pas arrivé à voir ses filles, et sa propre maison avait quelque chose d'irréel. Elle avait perdu ses parents, son mari, sa beauté, de l'argent elle n'en avait jamais eu et elle avait perdu la foi mais avait gardé ses filles. Probablement avait-elle perdu son frère. Max était le coupable idéal dans l'assassinat du directeur, de la mère de la secrétaire, dans mon agression et dans l'enlèvement de Rose… s'il n'était pas congelé dans un tiroir de la morgue. Et, de cela, j'étais presque certain.

Il commença à bruiner. C'était une bonne raison pour que je me lève et cherche un endroit pour déjeuner. Je n'avais pas envie de manger un cheeseburger avec un milk-shake, mais je n'avais pas non plus envie de manger du riz, des haricots, du bifteck et des frites. J'entamai une promenade en direction du *Bar Monteiro*. Peut-être que le sandwich au jambonneau et le demi m'aideraient à m'éclaircir les idées. Sans compter que, tout près de là, Carmem, la collègue de Rose à la Planalto Minerações, pourrait peut-être me donner un coup de main. Elle avait été la seule personne à manifester ce qui m'était apparu comme une vraie préoccupation quant au sort de sa collègue. Si, jusque-là, elle avait gardé un détail quelconque pour la protéger, elle pourrait se montrer plus coopérative en sachant que Rose était en danger de mort.

La pluie s'arrêta. Quelques gouttes occasionnelles mais rien qui puisse perturber ma promenade. En cours de route, je décidai de passer d'abord à la Planalto Minerações. C'était l'heure du déjeuner et Carmem disposait de quelques minutes. Elle ne montra aucune surprise en me voyant là, mais elle ne voulut pas m'accompagner au *Monteiro* : elle déjeunait d'un sandwich végétarien, qu'elle avait apporté de chez elle, et de Guaraná* *light*. Je l'accompagnai dans la salle qui servait d'office et de réfectoire pour les employés, noir et blanc elle aussi. Nous nous assîmes tous les deux à une table pour quatre personnes. Le réfectoire était encore vide. Pendant qu'elle ouvrait méticuleusement le papier d'aluminium en exposant un sandwich de pain complet tartiné d'une pâte de couleur indéfinie, je lui racontai succinctement

* Soda brésilien à base de guarana. *(N.d.T.)*

la réapparition et la subite disparition de Rose. Elle fut franchement effrayée.

— Je ne crois pas qu'elle ait plus de vingt-quatre heures à vivre. Il faut qu'on la retrouve de toute urgence.

— Qu'attendez-vous de moi ? Comment puis-je vous aider ?

— En fouillant votre mémoire. Rose avait-elle déjà parlé d'un endroit où elle aimerait se retirer ? Ou de quelqu'un à qui elle s'adresserait en cas de besoin ?

— Non, je crois que non. Rose n'est pas une personne tournée vers la nature. Si elle doit choisir un endroit pour passer des vacances, ce sera une grande ville, jamais la campagne ni la plage.

— Et parlait-elle d'une grande ville qui l'intéressait particulièrement ?

— New York, Paris, Londres…

— Ici au Brésil, aucune ?

— Pas que je me souvienne.

— Et des hôtels où elle soit descendue ? Les gens ont tendance à chercher des endroits familiers.

— Elle a voyagé plusieurs fois pour la compagnie avec le docteur Ricardo. Ils voyageaient beaucoup dans le Nord et le Nordeste. Je peux relever les lieux où ils ont logé, il me suffit de consulter nos archives.

— Et ici à Rio, a-t-elle eu besoin de descendre dans un hôtel ?

La question était délicate et on courait le risque de pénétrer sur le terrain des possibles intimités entre patron et secrétaire. J'étais sûr que Carmem essaierait de protéger aussi bien l'un que l'autre. Je soulignai à nouveau que tout renseignement, même ceux relatifs à sa vie privée, pourrait sauver la vie de Rose. Mais la secrétaire de celui qui était à présent l'unique directeur de la Planalto Minerações n'avait connaissance d'aucun hôtel utilisé par sa collègue ici à Rio de Janeiro, seule ou accompagnée.

Le sandwich se terminait et sa vision me rappela celui qui m'attendait. Je remerciai la secrétaire et me levai pour partir lorsque, en s'essuyant la bouche avec une serviette en papier, elle dit :

— Je ne sais pas si c'est important, mais elle a raconté que, lorsqu'elle est venue vivre à Rio avec ses parents, ils sont descendus pendant une semaine à l'*Hotel Novo Mundo*, sur la plage du Flamengo, en attendant que leurs meubles arrivent et qu'on finisse de peindre leur appartement. Elle avait gardé de bons souvenirs de cet hôtel. C'était une époque où elle et ses parents étaient ensemble, son père est mort peu après.

Je ne pus résister et j'embrassai Carmem en même temps que je cherchais un téléphone. Elle dit que je pouvais utiliser celui de la réception. Je dis à Welber de me retrouver de toute urgence dans le hall de l'*Hotel Novo Mundo*, et d'apporter une photographie de Rose. Je repartis sans parler à personne d'autre. Je sentais les battements de mon cœur. Je courus jusqu'à l'avenue Rio Branco et je pris le premier taxi venu. Il était une heure moins le quart lorsque je descendis devant la porte de l'hôtel.

Le gérant eut les cheveux tout hérissés lorsque je montrai ma plaque, mais il essaya d'être le plus aimable possible. Je lui dis que la survie d'une femme dépendait de la rapidité avec laquelle nous la localiserions, et qu'il y avait une possibilité qu'elle soit ou qu'elle eût été une cliente de l'hôtel. Son nom était Rose Chaves Benevides. Lorsqu'il comprit que ça n'avait rien à voir avec l'hôtel, le gérant se mit à notre entière disposition. Il consulta l'ordinateur et une liste manuscrite et, en regardant les deux, il hochait négativement la tête.

— Je regrette, inspecteur, aucune Rose, aucune Benevides et le seul Chaves que nous avons est un homme.

— Il se peut qu'elle se soit fait enregistrer sous un autre nom. Vérifiez les clientes. Vous pouvez éliminer celles qui sont accompagnées. Elle est jeune, jolie, entre vingt-cinq et trente ans, cheveux châtains.

A la surprise d'Espinosa, l'hôtel avait une quantité importante de femmes seules comme clientes. Mais la description en éliminait un bon nombre. Le gérant était en train d'examiner quelques possibilités lorsque Welber arriva avec la photo.

— Ça alors, c'est le professeur ! s'écria-t-il joyeusement, pour ensuite compléter d'un air préoccupé : Elle est sortie hier soir et n'est toujours pas rentrée, sa clé est encore dans son casier.

Nous faillîmes nous jeter sur le casier, mais nous réussîmes à retenir notre geste et à garder un semblant de retenue. Après les refus et les résistances d'usage, le gérant nous accompagna jusqu'à la chambre de Rose. Avant d'ouvrir, il sonna deux fois et frappa à la porte. N'obtenant pas de réponse, il ouvrit. La chambre était rangée de façon obsessionnelle. On aurait dit que l'occupant, n'ayant rien de mieux à faire, passait ses journées à ranger vêtements et objets. La manière de ranger les objets reproduisait la disposition géométrique que j'avais notée dans l'appartement de la mère. Nous examinâmes la chambre au millimètre près.

Les vêtements étaient neufs et confortables. Même pour les objets, il n'y avait que le strict nécessaire. Tout dans cette chambre-là était neuf, acheté après la fuite. Sur la table, quelques livres. Des romans. Alignés à côté d'eux, deux volumes au dos sombre et vierge : les deux agendas qui manquaient à la bibliothèque de sa chambre à la Tijuca.

La découverte du refuge de Rose, bien que tardive, fut de la plus haute importance. A partir de cet instant, deux choses pouvaient arriver selon ce que le ravisseur cherchait. Si c'était une information, Rose devrait déjà être morte. Il l'aurait torturée et elle aurait raconté n'importe quoi. Une fois l'information obtenue, il la tuerait. Mais si ce qu'il recherchait était un objet ou de l'argent ou autre chose qu'elle n'avait pas en mémoire, elle pouvait dire que cela se trouvait dans sa chambre d'hôtel et, dans ce cas, ils viendraient tous les deux le récupérer. Il ne nous restait plus qu'à prier pour que la deuxième hypothèse soit la bonne. Et attendre.

Nous nous mîmes d'accord avec le gérant pour attendre dans la chambre. Lui, devait agir avec naturel. Qu'elle arrive seule ou accompagnée, il devrait lui tendre la clé sans aucun commentaire d'aucune sorte. Dès qu'ils auraient pris l'ascenseur, il composerait le numéro de la chambre et laisserait sonner une seule fois. Je lui demandai un double de la clé pour que nous puissions entrer et sortir à tout moment. Personne de l'hôtel, même pas lui, le gérant, ne devait entrer dans la chambre, sous quelque prétexte que ce soit. Nous commandâmes des sandwiches et des sodas, en plus d'une thermos de café. Nous pouvions attendre une heure ou une journée. Au-delà, ce serait le signe que la première hypothèse était la bonne.

Nous mangeâmes les sandwiches dans la salle de bains pour ne laisser aucune odeur forte dans la chambre fermée. Heureusement, j'essayais d'arrêter de fumer. Welber n'avait jamais fumé, il était la santé personnifiée. Je me souvins des jeunes hommes du club d'Alba, je me souvins d'Alba, du corps d'Alba, je me souvins de notre rendez-vous pour cette soirée-là. Je pris les agendas de Rose. Nous ne pouvions pas allumer les plafonniers, nous devrions donc lire avec l'éclairage qui provenait de la salle de bains. Nous prîmes position et commençâmes notre surveillance en faisant confiance à l'avertissement du gérant et à la deuxième hypothèse.

7

Les agendas, en plus de remplir leur fonction spécifique, fonctionnaient pour Rose comme une espèce de journal intime où elle enregistrait de façon assez abrégée et parfois chiffrée sa vie à la Planalto Minerações.

Le caractère spécial de ces deux volumes-là tenait au fait qu'y étaient notés les rendez-vous et les voyages qu'elle avait faits avec Ricardo Carvalho. Ce n'étaient pas des descriptions de rencontres amoureuses ni des récits de voyages, mais seulement des souvenirs accompagnés parfois d'un bref commentaire. Leur liaison amoureuse débuta deux ans plus tôt (période que couvraient les deux agendas) et, apparemment, personne à la Planalto Minerações n'était au courant. Bia Vasconcelos ne paraissait pas non plus être au courant des rendez-vous de son mari avec la secrétaire, ou, si elle l'était, elle n'y attachait pas d'importance. Je ne mis pas longtemps à lire les deux volumes : ils ne formaient pas un texte continu, c'étaient plutôt des notes brèves, la plupart d'entre elles sans aucun intérêt pour notre affaire.

Les codes employés par Rose pour chiffrer les annotations étaient tels que n'importe qui pouvait les déchiffrer sans trop de difficulté. Tout secret écrit existe pour être découvert. A partir d'un certain moment, et sur les six derniers mois, apparaissent avec assez de constance des références à New York : la première fois c'est juste écrit "Lucena a découvert New York !" suivi d'un point d'exclamation. L'annotation pouvait être une référence innocente aux beautés de Manhattan, si ce n'était cette autre à une date plus récente avec l'observation "Situation Lucena/New York insoutenable, il faut faire quelque chose de toute urgence".

Le bruit de l'ascenseur me fit éteindre rapidement la lumière de la salle de bains. La moquette du couloir amortissait tout bruit de pas. Bruit de claquement de porte puis silence absolu. Je rallumai la lumière. Welber était immobile, assis dans le coin de la diagonale de la porte d'entrée. Dans le noir, il se confondait avec un meuble. Dans le coin opposé au sien, plus proche de la porte de la salle de bains, je relisais des bribes des agendas.

Dans les annotations de Rose, on pouvait distinguer deux séries : l'une correspondait à l'augmentation de l'intensité et de la fréquence de sa liaison avec Ricardo et l'autre tout aussi croissante en intensité mais avec un évident aspect dépressif. Les annotations les plus récentes faisaient quasi exclusivement référence au trio Lucena/Ricardo/New York, bien qu'il n'apparût pas clairement à la première lecture si la relation Lucena/Ricardo était de l'ordre du positif ou du négatif. Ils pouvaient aussi bien être des amis que des ennemis.

Le contenu de ces agendas était trop personnel et intime pour que la phrase "Lucena a découvert New York" signifie que Cláudio Lucena avait découvert les trésors de la ville. Le plus probable c'était que Lucena avait découvert quelque chose qui s'était passé ou qui était en train de se passer à New York. Il pouvait s'agir de quelque chose de relativement innocent, la romance entre Rose et Ricardo par exemple, comme il pouvait s'agir de quelque chose de plus louche, d'illicite, que Ricardo faisait dans cette ville-là, et dont Rose avait connaissance, naturellement.

Welber était tellement immobile, accroupi dans son coin, que je redoutai le moment où il commencerait à ronfler. Je pensai qu'il était préférable d'éteindre la lumière de la salle de bains. La lecture des agendas pourrait me distraire. Entre la porte de la salle de bains et le lit, il y avait un fauteuil. Il semblait assez inconfortable pour une longue attente. J'étais assis depuis quinze minutes lorsque Welber se leva pour se dégourdir les jambes. La rupture soudaine de son immobilité me fit peur.

A quatre heures de l'après-midi, je lui demandai de se mettre en quête d'un téléphone hors de la chambre et d'appeler le commissariat pour indiquer où nous nous trouvions, au cas où des nouvelles arriveraient concernant l'enlèvement de Rose. Je lui demandai aussi d'avertir le gérant de laisser le téléphone sonner trois fois, au cas où il voudrait nous communiquer quelque chose, en dehors du signal d'avertissement convenu, et de ne quitter sous aucun prétexte la réception. Welber tarda suffisamment pour que je commence à m'inquiéter, jusqu'à ce que j'entende son signal et qu'il ouvre la porte.

— La brigade des mœurs nous informe que Rose n'a été enlevée par aucun groupe connu.

Comment la brigade des mœurs pouvait-elle affirmer une chose pareille avec autant d'assurance en si peu de temps ? Le noir de la chambre se fit encore plus noir tandis que je pensais à la réponse. Il se passa une heure jusqu'à ce que l'un de nous parle. Et ce fut Welber.

— Inspecteur ? Lorsqu'il m'appelait inspecteur, cela signifiait que le sujet était sérieux. Qu'en pensez-vous ? C'est-à-dire, cela vaut-il la peine que nous soyons là à attendre pendant que ce type est peut-être en train de torturer et de tuer la fille, comme il l'a fait avec la mère ?

Cette question-là m'était déjà venue à l'esprit à cent reprises. Et, chaque fois, j'étais encore plus convaincu que nous n'avions pas le choix.

— Welber, je pense que, si quelque chose doit arriver, ça sera à la tombée de la nuit. Je ne crois pas qu'il prenne le risque de sortir avec Rose en plein jour. Il est cinq heures vingt. Une demi-heure de plus et nous entrons dans la période critique jusqu'à dix heures du soir.

Nous convînmes qu'à partir de cet instant-là tout ce que nous ferions serait dans le silence le plus absolu et sans allumer la lumière. L'avertissement du gérant nous donnerait presque une minute d'avantage, mais j'étais d'avis que nous avions affaire à quelqu'un de beaucoup plus compétent et audacieux que le plus commun des malfrats. Celui qui enlève une fille sous mon nez en pleine rue de sorte que je n'arrive même pas à voir si c'est un homme ou une femme est capable d'arriver jusqu'à cette porte-là sans que le gérant ait la moindre possibilité de nous prévenir.

Welber tenait un verre d'eau à la main et, de temps à autre, il en buvait une gorgée. La nervosité rend la bouche sèche. Moi, à la place de l'eau, je prenais du café. La thermos était presque vide et la table de chevet était déjà tout encombrée de gobelets. Si l'eau obligeait Welber à aller quelquefois aux toilettes, le café, lui, me faisait mal à l'estomac, surtout parce que j'avais à peine mangé de toute la journée. Les douleurs d'estomac se transformèrent en contractions intestinales. Il était impossible d'aller aux toilettes. Il n'y a rien de plus grotesque ni de plus démoralisant qu'un policier en surveillance qui se fait surprendre par un voyou assis sur la cuvette. En peu de temps, tout mon être s'était tourné vers mes intestins. Le monde s'était changé en un tube. Je cherchai à me distraire avec les souvenirs des derniers jours, mais ceux qui faisaient surface renvoyaient à des situations similaires. Lorsque j'étais jeune homme, je fis un voyage en bus de Rio à Cabo Frio et le bus faisait le tour de la baie de Guanabara. Le voyage n'avait pas commencé depuis une demi-heure que les maux de ventre apparurent. Au début, ils étaient légers et je pouvais les supporter ; mais petit à petit ils devinrent plus forts. Ce n'était pas la première fois que je faisais ce voyage et je savais que le premier arrêt était prévu après une heure de route dans une station-service presque à la fin du trajet : seul arrêt jusqu'à Cabo Frio. Avec une heure de voyage, je crus que je pourrais tenir. Peu après j'aperçus les lumières de la station-service et je commençai à desserrer la ceinture. Le bus ne s'arrêta pas. Ce fut l'cxpérience la plus proche de la mort que j'eus à l'âge de dix-huit ans. Je ne souhaitais pas revivre l'angoisse de ce moment-là dans une chambre d'hôtel. Je susurrai à Welber que j'allais aux toilettes et je filai par la porte sans allumer la lumière. La peur d'être surpris fit en sorte que je me soulageai en un temps record. Je revins à mon poste de surveillance.

Vers huit heures, j'avais tellement contracté mes mâchoires qu'elles me faisaient mal et j'avais des démangeaisons sur tout le corps. Au départ, je pensai aux moustiques mais je n'avais entendu aucun bourdonnement. Je pensai alors aux puces, mais elles auraient dû être trop nombreuses puisque ça me démangeait dans les parties du corps les plus diverses, jusqu'à ce que j'arrive à la conclusion que c'était encore une manifestation de ma nervosité. Peu après, Welber bougea légèrement et articula un son inaudible avec ses lèvres. Deux minutes passèrent et rien. Je ne savais plus si le sifflement de Welber était un avertissement ou un bruit de respiration lorsque je vis des ombres sur le rai de lumière qui filtrait sous la porte. Ensuite, on entendit le bruit de quelque chose qu'on enfilait dans la serrure. Ce n'était pas une clé, probablement un rossignol, et la serrure mit du temps à céder. Lorsque la porte s'ouvrit, la silhouette découpée dans la lumière du couloir était indistincte. Il pouvait s'agir d'un homme grand légèrement accroupi ou de deux personnes enlacées, l'une derrière l'autre. La silhouette fit un pas dans la chambre avant d'allumer la lumière, et soudainement elle recula en ouvrant le feu. Nous ne pouvions pas tirer parce que nous ne savions pas qui nous allions atteindre, mais l'agresseur, lui, continua à tirer en direction de la porte. Les coups de feu arrachaient l'enduit du mur et enlevaient des échardes du battant. Welber fut le premier à franchir la porte. Il chancela, atteint par une balle. Lorsque je dépassai le seuil pour le protéger, il n'y avait plus personne dans le couloir. Je courus jusqu'à l'escalier. Nous étions au troisième étage. Lorsque j'arrivai dans le hall de l'hôtel tout semblait normal, pas de trace du tireur. J'appelai le gérant en criant et retournai à la chambre pour prêter secours à mon coéquipier.

8

Welber fut opéré d'urgence et on dut lui enlever la rate. Mais le pronostic initial était encourageant.

Bien qu'il eût perdu beaucoup de sang, ses vingt ans et quelques jouaient en faveur de son rétablissement. Il quitta le bloc opératoire pour le service de réanimation de l'hôpital. Les visites étaient interdites. L'opération avait duré plus de trois heures. Je retournai à l'hôtel pour parler au gérant. J'y arrivai à une heure moins dix. Nous étions tous deux tendus et épuisés. Le bar fonctionnait vingt-quatre heures sur vingt-quatre. Je commandai le plus gros sandwich du menu et une bière.

L'expression du gérant reflétait la perplexité et la peur. La clé de la chambre du professeur était encore dans son casier, elle n'en avait été enlevée à aucun moment. La seule explication possible, c'était qu'ils pouvaient être entrés par la porte de service, sans passer par le hall, et être montés par l'escalier au lieu d'utiliser l'ascenseur. Comme les couloirs sont tapissés et séparés des escaliers par une épaisse porte coupe-feu, les tirs n'avaient pas été entendus du hall. Seuls les clients de l'étage entendirent le bruit et ils furent les premiers à porter secours au détective blessé.

— Va-t-il s'en tirer ?

Telle était la principale préoccupation du gérant. Une fusillade dans les couloirs donne une image assez négative, mais un assassinat pouvait considérablement ébranler la réputation de l'hôtel. Mais il n'y avait pas que ça, le gérant semblait vraiment troublé par ce qui était arrivé à mon collègue. Je le remerciai pour ses vœux de prompt rétablissement et lui demandai de me faire un rapport le plus minutieux possible sur les allées et venues du "professeur" depuis le moment où elle s'était fait enregistrer à l'hôtel.

La première chose que l'homme fit, ce fut d'aller chercher la fiche d'entrée remplie par la fille. A la place du nom figurait "Beatriz de Carvalho", profession "professeur à l'université fédérale d'Espírito Santo", adresse "23, rue Loren Reno, Vitória". Le détail curieux fut qu'elle avait inventé un nom composé du prénom de la femme du directeur et du nom de famille de celui-ci. Le désir s'enroule autour de lui-même tel un escargot dans sa coquille.

Elle quittait à peine ses appartements, poursuivit le gérant, de temps à autre elle faisait ses courses au supermarché du coin et s'approvisionnait en livres. Elle n'avait pas passé un seul coup de fil et n'avait reçu aucune visite. Elle avait payé les deux premières semaines en liquide. Le peu de fois qu'il se souvenait de l'avoir vue sortir ce fut en fin d'après-midi, en tout début de soirée. Au cours de l'une des seules fois où ils se parlèrent, elle raconta qu'elle attendait la mutation de son mari militaire à Rio et qu'elle devrait attendre jusqu'au prochain semestre académique pour demander la sienne à l'université fédérale de Rio de Janeiro et que, en attendant, elle profitait de la tranquillité de l'hôtel pour lire et écrire. Elle prenait ses repas dans sa chambre et ne fréquentait jamais les parties communes. Le gérant pensait que le mari militaire devait être très jaloux.

Quoi qu'ils fussent venus chercher dans la chambre c'était toujours là. La secrétaire n'avait pas apporté grand-chose avec elle et le champ d'investigation était restreint. Une recherche minutieuse ne serait pas difficile. Le problème était que je ne savais pas quoi chercher. Si c'était de l'argent ou quelque chose d'autre comme des bijoux, des diamants, de l'or, il n'y aurait pas de difficulté à mettre la main dessus, mais si c'était un document, une lettre, un reçu ou quelque chose de ce genre, cela nécessiterait un peu plus de travail. J'étais épuisé, j'avais toujours mal à la tête là où j'avais reçu le coup, j'avais des picotements dans les yeux à cause du temps passé dans le noir à regarder par la fente lumineuse sous la porte, et un sentiment d'échec gagnait chaque recoin de mon être.

L'assassin reviendrait prendre ce qu'il n'avait pas réussi à trouver la première fois. Je songeai à sceller la porte de la chambre, à rentrer chez moi prendre une douche et dormir, et à y retourner le lendemain matin pour entreprendre la plus méticuleuse des fouilles que quelqu'un fût capable d'entreprendre. Mais sceller la porte n'était pas suffisant. Celui qui arrache deux policiers à leur poste de surveillance arrache un scellé les doigts dans le nez. Je pourrais y placer un policier de garde. Mais je ne voulais plus que quiconque soit blessé ou tué. Après avoir parlé au gérant, je dormis sur le lit de Rose, la porte fermée à double tour et l'arme à portée immédiate de la main. Ce fut une nuit de sursauts. Je me réveillai plusieurs fois à cause des bruits extérieurs et intérieurs. Le lendemain, j'avais la sensation de ne pas avoir dormi du tout.

Je n'eus pas le courage de prendre une douche et de m'habiller avec les mêmes vêtements que la veille. Je commandai un petit-déjeuner dans la chambre et commençai les recherches. Une première fouille concernerait l'argent ou des objets dont la taille éliminait certaines cachettes possibles. Je commençai par la salle de bains. Tout ce qui était creux ou qui pouvait cacher un objet n'échappa pas à mon examen. Une fois la première étape finie, je pouvais affirmer, avec un haut degré de certitude, qu'il n'y avait pas d'argent, d'or ni de bijoux cachés dans cette chambre-là. La deuxième étape était plus difficile. Elle embrassait des choses aussi différentes qu'une lettre, un message, un reçu ou simplement un numéro ou un code bancaire noté n'importe où, ce qui m'obligerait à examiner chacune des pages des livres et cahiers accumulés par Rose. A midi, je mis un terme aux recherches. Je ne retrouvai rien qui puisse avoir de l'intérêt pour le ravisseur. Je scellai quand même la porte et rentrai chez moi, non sans avoir organisé d'abord un système de surveillance à l'intérieur de l'hôtel.

L'échauffourée dans l'hôtel avait totalement changé le cours des événements sur deux points au moins. Le premier était que l'agresseur ne savait pas s'il avait tué Welber mais il pouvait être certain que toute la police serait après lui, ce qui l'obligerait à redoubler de précautions. Le deuxième point était qu'il savait que j'allais laisser la chambre sens dessus dessous en recherchant ce qu'il était venu récupérer et que, une fois trouvé, je ne le laisserais pas là, à sa merci, même pas comme appât. La conclusion immédiate à laquelle il arriverait c'est que la chose recherchée était en ma possession. Ce qui faisait de moi sa cible privilégiée. Cela ne me réjouissait pas du tout étant donné le pouvoir de feu dont il avait fait preuve, mais, en compensation, c'était moi qui dicterais les règles du jeu. A partir de ce moment-là, au lieu de le pourchasser, c'était lui qui serait obligé de venir à moi.

Après avoir pris le courrier que j'avais laissé comme d'habitude s'accumuler dans la boîte aux lettres de l'entrée, j'entrai chez moi et le répondeur me reçut avec des clignotements. Un message du commissariat sans plus d'intérêt que ça, un autre d'Alba qui se demandait ce que j'étais devenu, un troisième d'Aurélio, qui comme toujours me demandait si je ne voulais pas déjeuner avec lui, et un dernier du détective qui était resté à l'hôpital et qui disait que l'état de Welber était stationnaire. J'allai me doucher, mais avant j'appelai le commissariat pour demander s'ils pouvaient me procurer un appareil pour bloquer les écoutes téléphoniques. Si je devais me transformer en cible, je préférais que mon téléphone ne soit pas sur écoute.

Je pris une longue douche, comme pour nettoyer le jour et la nuit passés à l'hôtel. Je mis un plat surgelé dans le micro-ondes sans regarder ce que c'était et, pendant que j'attendais qu'il chauffe, je commençai à répondre aux coups de fil. Le premier rappelé fut Aurélio. Comme je n'avais pas répondu à son invitation, il avait déjeuné seul. Il était inquiet pour moi. Il avait appelé le commissariat et on lui avait raconté en gros la fusillade de la veille. Il demanda des nouvelles de Welber. Je ne pus rien ajouter de plus à ce qu'il savait déjà. Ensuite, j'appelai Alba. Elle était au beau milieu d'un cours. Je lui demandai qu'elle m'appelle dès que possible. A la fin, j'appelai l'hôpital. Personne ne pouvait rien me dire à propos du policier en réanimation, ils ne savaient pas non plus qui était le policier de garde sur place. Le micro-ondes sonna trois coups et je déjeunai de lasagnes accompagnées d'un jus de fruit de la passion qui devait être au réfrigérateur depuis au moins six mois.

Alba m'appela à deux heures moins dix de l'après-midi. Je ne voulais pas trop parler avec elle avant de savoir si le téléphone était ou non sur écoute. Je lui dis de patienter, que je la rappellerais dans dix ou quinze minutes. Je sortis de chez moi et je la rappelai d'une cabine publique. Au début, elle ne comprit pas ce qui se passait, mais petit à petit elle se mit à comprendre et n'insista pas pour que j'éclaircisse certains points obscurs. Je lui parlai de la fusillade de la veille et de la blessure de Welber, je lui expliquai que c'était risqué de sortir avec moi durant un certain temps, jusqu'à ce que les choses se calment, qu'elle évite de me téléphoner et que c'était plus prudent qu'on ne sache pas que nous étions amis.

— Que des amis ? demanda-t-elle.

— Ma chérie, être des amis c'est déjà dangereux, être plus que ça c'est encore plus dangereux. Dans très peu de temps, nous pourrons être ce que nous voudrons, sans crainte. Lorsque je penserai qu'il n'y a plus de danger pour toi, je t'appellerai.

Je rentrai chez moi en pensant que j'aurais pu être plus tendre, que j'aurais pu dire au revoir avec un baiser, toutefois la machine affective était encore coincée.

Vers cinq heures de l'après-midi, un technicien de la police apparut avec des appareils et des instruments de mesure et voulut savoir où se trouvait le coffret des télécommunications du bâtiment. Après quelque temps et quelques montées et descentes, il dit que le téléphone était propre et que "s'il y avait eu des écoutes elles n'étaient pas téléphoniques". Lorsqu'il fut parti, je ne savais pas si je devais me réjouir ou être encore plus inquiet. Que voulait-il insinuer par là ? Qu'on aurait pu planquer des micros dans mon appartement ? Ça c'est une affaire d'espion, pas de voyou.

Il était inutile de rester à la maison à attendre un coup de fil qui pouvait ne jamais arriver et, si cela devait arriver, le fils de pute saurait comment et quand me trouver. Je partis à l'hôpital voir dans quel état était Welber. D'après ce que me dit le médecin de garde, il quitterait probablement la réa le lendemain. Son état était stable, le risque le plus important à présent était celui d'une infection. Nous devrions attendre les quarante-huit prochaines heures.

De retour chez moi, le soir, je passai au supermarché m'approvisionner en plats surgelés et en bière. J'achetai du pain, du fromage et du jambon comme des variations possibles aux lasagnes et aux tagliatelles. Si j'avais un chien, il serait certainement surpris de me voir entrer chez moi avec autant de paquets.

Le commissaire principal me libéra des gardes à la condition que je le tienne régulièrement informé du cours de l'enquête. Le lendemain matin, j'irais au commissariat. Je voulais voir auprès des autres équipes quels aspects de l'affaire avaient été rendus publics. Je m'endormis, je ne sais pas à quelle heure, un livre entre les mains, dont je ne lus pas une page et je fus réveillé à l'aube par le téléphone. La peur ressentie me fit penser immédiatement à Welber : était-il mort ? Je décrochai entièrement étourdi, en faisant des efforts pour me réveiller complètement. Ce fut en effet le cas lorsque j'entendis la voix à l'autre bout du fil.

— Inspecteur Espinosa, c'est Rose. Je dois vous transmettre un message de l'homme qui me retient prisonnière. Vous avez ce qui l'intéresse et il m'a moi. Il vous propose un échange. Je vous rappellerai pour vous dire comment et quand.

Et elle raccrocha.

D'accord. Nous pouvions nous entendre sur le comment et sur le quand. Le détail qui rendait les choses encore plus difficiles était que je n'avais pas la moindre idée de ce *que* je devais apporter en échange de Rose.

TROISIÈME PARTIE

IL PRÉFÉRAIT NE PAS LE FAIRE

1

Rose n'avait aucun doute qu'elle serait exécutée dès que le ravisseur entrerait en possession de la lettre. Dire que la lettre était cachée dans la chambre de l'*Hotel Novo Mundo* était la solution qu'elle avait trouvée pour éviter la torture et se maintenir en vie. Pour le moment, son assurance-vie était Espinosa ou, pour mieux dire, le fait que le ravisseur croie qu'Espinosa était en possession de la lettre. Pourtant, elle n'avait parlé avec lui d'aucune lettre. Au restaurant, tandis qu'elle testait la confiance de l'inspecteur, elle n'avait rien dit. Lorsqu'elle s'était décidée à raconter quelque chose, le type en question avait surgi, assommé l'inspecteur, l'avait poussée dans la voiture, lui avait menotté les mains, l'avait bâillonnée avec du sparadrap et l'avait obligée à rester accroupie sur le plancher de la voiture pendant qu'il conduisait.

Ils étaient depuis deux jours dans un appartement, genre loft, vide, et les premières consignes furent drastiques.

— Je vais enlever le sparadrap de ta bouche, mais que ce soit bien clair : à la moindre tentative pour crier ou pour demander de l'aide, je te brise le cou comme si tu étais un moineau.

Et sa façon de parler ne laissait planer aucun doute : il mettrait sa menace à exécution. Il ne lui vint pas à l'idée de tester la force de l'homme.

C'était un immeuble avec un grand nombre d'appartements par étage. Par la fenêtre oscillo-battante de la salle de bains arrivaient jusqu'à elle, venus du conduit de ventilation de l'immeuble, les bruits de plusieurs cuisines, les sons des nombreuses radios et des voix humaines dans un mélange qui les transformait en un bruit indistinct. Par la fenêtre d'en face, le bruit du trafic intense de la rue. Chaque fois que l'homme avait besoin de sortir, il mettait du sparadrap sur sa bouche, l'obligeait à s'asseoir sur la cuvette des W.-C. et la menottait, mains derrière le dos, au tuyau de la chasse d'eau. La première fois, il l'obligea à enlever son pantalon et sa culotte avant de l'attacher à la cuvette.

— Ça c'est pour le cas où tu aurais envie de faire quelque chose.

Il revint une heure plus tard avec des sacs de supermarché contenant des aliments, des sodas, du savon et du papier hygiénique. Il lui ordonna de se rhabiller et l'autorisa à prendre une douche. Au salon, elle était obligée de rester allongée sur un matelas en silence. Il restait sur un autre matelas, à manger des chips, à boire du soda et à lire un livre qui paraissait être de la science-fiction. Il n'admettait aucune conversation et à aucun moment il n'essaya de la toucher. Dans un coin de la pièce, par terre, un sac de voyage avec quelques habits de rechange, des armes et des munitions.

Rose avait l'impression que le fait qu'elle soit une femme était indifférent au ravisseur. Il la regardait comme un objet utile, un instrument à l'efficacité douteuse et une gêne dont il se débarrasserait dès que possible. En vérité, il se souciait peu qu'elle soit un être humain. Il procéderait de la même façon si elle était un animal. Le seul avantage résidait dans le fait qu'elle parlait parce que cela facilitait la communication. Ses ordres étaient toujours donnés à voix basse et dépourvus de toute émotion. Même dans les moments les plus tendus, comme lors de la fusillade à l'hôtel, il ne s'était pas montré nerveux. Il était pragmatique et froid comme un robot. Elle ne savait pas comment il s'était instantanément aperçu qu'il y avait quelqu'un dans la chambre de l'hôtel. Ce ne pouvait être qu'à cause de l'odeur ou à cause d'un bruit, imperceptible pour elle. Tout en la tenant par le cou d'un de ses bras, il reculait en tirant. Ceux qui étaient dans la chambre ne pouvaient en sortir et celui qui avait essayé fut atteint. Elle ne put voir qui c'était. Tout arriva trop vite, peu après ils étaient dans la rue latérale. Ils marchèrent encore trente mètres environ jusqu'à la voiture, garée sur la plage du Flamengo. Personne ne les suivit. D'après le peu qu'elle avait pu voir, recroquevillée dans la voiture, elle croyait qu'ils étaient à Copacabana, probablement au début de la rue Barata Ribeiro. Ils rentrèrent par le garage et prirent l'ascenseur de service. Tout ce qu'elle avait vu c'était le couloir. Ils étaient au huitième étage. La seule fois qu'ils sortirent ce fut à l'aube pour téléphoner à Espinosa. Au milieu de la nuit, l'homme écrivit le texte et lui ordonna de le lire au téléphone. Dans la rue, il ne se montra pas inquiet. Ils marchèrent bras dessus, bras dessous, lui en la tenant par le cou. Encore dans l'ascenseur, il dit une seule phrase :

— Souviens-toi : une seule bêtise et je te tue comme si tu étais un cafard.

Rien d'autre ne fut dit jusqu'à ce qu'ils arrivent à la cabine téléphonique. Ce qui l'angoissait le plus c'était la possibilité que, lors d'un de ces appels, Espinosa laisse transparaître son ignorance de ce que l'homme voulait.

De retour à l'appartement, il réunit les matelas, attacha l'une des menottes au bras droit de Rose et l'autre à son propre bras gauche puis il l'obligea à s'allonger à ses côtés.

— Ne t'inquiète pas, dit-il, je ne bouge pas quand je dors.

Sur le dos, tel qu'il s'était couché, il dormit sans bouger jusqu'au lever du jour.

L'appartement avait été repeint récemment et était équipé d'une douche toute neuve. Il semblait préparé pour être loué ou vendu. Il n'y avait qu'une ampoule au plafond de la grande pièce, sans plafonnier, et c'était celle qui éclairait également la cuisine et la salle de bains si la porte restait ouverte. De toute façon, l'homme ne lui permettait pas de la fermer. Il ne regardait pas non plus lorsqu'elle allait aux toilettes. Son désir se tournait vers d'autres horizons.

2

Depuis qu'il était entré dans la police, les moments de véritable danger de mort n'avaient pas été nombreux. Son quotidien était plutôt fait de rapports et de procédures bureaucratiques que de situations orageuses. La grande ou petite exposition au danger dépend du style même du policier, de son imagination, de son caractère, et le style d'Espinosa penchait plus vers la chasse aux bons livres que vers la chasse aux criminels. Pourtant, ce qui surprenait ses collègues de travail, c'est que, lorsqu'il se confrontait aux malfaiteurs ou lorsqu'il s'engageait dans une enquête, il faisait les deux choses avec efficacité. La différence était que, une fois la tâche accomplie, il retournait à son recueillement habituel, à sa condition d'étranger. Il avait pleine conscience de sa façon d'être et c'est assurément pour ça qu'il n'avait pas quitté la police. Il n'était pas seulement étranger par rapport à ses collègues et au métier, il était étranger par rapport à tout. Son espace et son temps étaient ailleurs. Plus que dans l'épisode de la veille, voilà où demeurait le véritable danger de vie. Sa façon d'être différent, ajoutée au fait qu'il n'avait jamais toléré la corruption policière, le rendait spécial. Ceux qui sont semblables tendent à s'assembler et à chasser celui qui est différent, celui dont le désir ne se confond pas avec le désir du groupe et qui pour cette raison souffre une mort sociale, écarté lentement et graduellement. C'était la raison pour laquelle il cherchait à s'entourer de policiers plus jeunes, récemment sortis de l'école de police, pas encore corrompus. Welber était l'un d'entre eux et, maintenant, il luttait entre la vie et la mort au service de réanimation de l'hôpital.

Espinosa n'avait pas confiance en ses collègues du commissariat et cette méfiance allait du commissaire principal au geôlier. Il n'y avait pas d'inimitié ni d'hostilité entre eux, seulement cette défiance qui existe entre les animaux d'espèces différentes obligés de partager le même espace. Les derniers événements l'avaient obligé à redoubler de vigilance. Cela avait été le motif de sa mutation vers la place Mauá. Une espèce de quarantaine punitive. Ainsi s'attendait-on à le voir devenir un égal. Au cas où il ne changerait pas, il demeurerait au purgatoire, car il était clair que ne pas être envoyé en enfer ne dépendait que de son silence.

Jeudi matin. Avant de sortir, il appela la compagnie d'assurances. On l'informa qu'Aurélio était allé à Resende mais qu'il reviendrait probablement ce matin-là. Il était seul, et ça n'était pas une nouveauté. Ce qui était nouveau à ce moment c'est qu'il ne pouvait pas jouir de la solitude ; il devait agir en vitesse. Il était sans nouvelles de Welber depuis la veille mais, avant de passer à l'hôpital, il décida de retourner à la chambre d'hôtel. Le gérant l'accompagna, lui disant qu'il avait donné des ordres précis pour qu'on ne touche pas à la porte de la chambre. En effet, elle était scellée comme la veille. Espinosa le remercia et demanda qu'on le laissât seul. Il ferma la porte, enleva sa veste, ouvrit les rideaux et les persiennes. Il resta quelque temps à regarder la plage du Flamengo avec le Pain de Sucre au fond, perdu, ne se fixant sur rien de particulier, la pensée tournée vers l'intérieur de la chambre. La scène de Welber sortant par la porte et atteint par une balle était plus vive dans son esprit que la scène qui s'ouvrait devant lui à cet instant.

Il s'assit au bord du lit et essaya de ne pas diriger sa pensée, la laissant flotter sans contrôle. Lorsqu'il avait examiné la chambre deux jours auparavant, il cherchait quelque chose qu'il croyait caché là mais sans savoir ce que c'était. Cette chose, dont il aurait ignoré la signification et l'importance dans un autre contexte, pouvait très bien être sous ses yeux. Puisqu'il ne savait pas ce qu'il était en train de chercher, cela pouvait aussi bien être grand comme une valise ou petit comme une clé. L'un des objets plausibles était précisément une clé. Une clé d'appartement, de coffre de banque, d'un *locker**... Il se rendit compte, tout à coup, que la recherche pouvait être sans fin. Si ce qu'il cherchait était une clé, chaque concavité de meuble, chaque fente, chaque centimètre carré de surface de quoi que ce soit, pouvait la contenir. Y compris chaque centimètre de mur, de plafond ou de parquet. Mais si au lieu d'une clé matérielle c'était un code numérique, il pouvait être noté sur n'importe quelle surface millimétrique, ce qui comprenait les livres, les cahiers et les agendas, outre toute autre chose sur laquelle il pouvait être gravé, y compris la mémoire de quelqu'un. Il pourrait demeurer dans cette chambre pour le restant de ses jours qu'il continuerait d'exister un espace possible pour un objet possible. Plus d'une heure s'était écoulée. Il se leva, referma le rideau et les persiennes, remit sa veste et sortit.

Welber était sorti de réa ce matin-là mais les visites étaient encore interdites. Le médecin de garde permit à Espinosa de lui parler cinq minutes. C'était une chambre à trois lits mais deux seulement étaient occupés. Les volets étaient fermés et laissaient pénétrer peu de lumière. Les lits étaient séparés par un paravent. L'autre malade dormait ou était sous calmant. Welber avait au moins trois tubes branchés dans le corps et des appareils électroniques clignotaient et des chiffres alternaient derrière lui, mais, dès qu'Espinosa fut entré, il le regarda les yeux grands ouverts.

* En anglais dans le texte. *(N.d.T.)*

— Comment allez-vous, cher collègue ? Je vous ai apporté des fleurs et des fruits. Faites gaffe à ne pas confondre les uns avec les autres.

Welber avait la bouche prise par le masque à oxygène, ce qui l'obligeait à soulever le bord du masque pour parler.

— Merci, partenaire. Sa voix était un peu rauque. Je crois que vous allez devoir me trouver un remplaçant.

Et avant qu'Espinosa dise quelque chose il tira ce dernier par la manche de sa veste, approchant l'oreille de l'inspecteur du masque à oxygène. Il dit à voix basse :

— Espinosa, je n'ai vu le type que pendant une fraction de seconde, mais je suis certain qu'il avait quelque chose de familier. Je l'ai vu à la lueur du coup de feu et le couloir était peu éclairé, mais, pour ce que j'en ai vu, il ne m'est pas étranger.

— Quelqu'un de la police ? Quelqu'un de la Planalto Minerações ? demanda Espinosa.

— Je ne sais pas, quelque chose de familier.

L'infirmière entra avec un plateau chargé de petits gobelets de comprimés.

— Je suis désolée, monsieur, mais il ne peut pas parler, il doit garder le masque tout le temps. Vous devez sortir car c'est l'heure des soins.

Alors qu'Espinosa sortait de la chambre, une autre infirmière y entrait en poussant un chariot encombré d'instruments chirurgicaux, de gazes, de coton, de flacons de différentes tailles, et elle avait une tête encore plus sévère que la première infirmière.

Il partit en pensant à ce que Welber avait dit. Lui aussi avait la sensation d'avoir affaire à quelqu'un de connu ou du moins à quelqu'un qui, à certains moments, semblait le devancer dans ses actes, comme lors du rendez-vous avec Rose. D'où l'agresseur sortait-il ? La seule personne présente était Rose. Mais ce n'était pas possible que ce soit elle l'agresseur. C'est vrai qu'il lui avait tourné le dos lorsqu'il était allé ouvrir l'autre portière de la voiture.

Après il ne lui restait plus qu'à téléphoner et à dire qu'elle avait été séquestrée. Pourquoi c'était toujours elle qui parlait et pas le ravisseur ? Parce qu'il n'y avait pas de ravisseur, évidemment. Ce que Welber avait vu de familier, c'était Rose en personne. Mais il était inconcevable que quelqu'un torture et tue sa propre mère. Dans quel but l'aurait-elle fait ? Pour écarter tout soupçon de sa personne ? L'être humain avait déjà donné des preuves de sa capacité à perpétrer les plus grandes atrocités, mais celle-ci était une aberration inimaginable. La vérité, cependant, c'est qu'elle était en possession de ce qu'ils cherchaient. Comment l'avait-elle obtenu ? La phrase "Lucena a découvert New York" pouvait-elle indiquer le début d'un complot entre eux deux ?

Peut-être Carmem pouvait-elle éclaircir la situation. La réceptionniste de la Planalto Minerações ne le recevait plus avec le même intérêt et la même excitation que les premières fois mais elle était toujours aimable.

— Mme Carmem est dans le bureau du docteur Lucena, mais elle ne va pas tarder à sortir. Voulez-vous vous asseoir, inspecteur ?

Quarante minutes plus tard, Espinosa insista auprès de la réceptionniste :

— Mademoiselle, Mme Carmem va-t-elle rester toute la journée avec le docteur Lucena ?

— Non, inspecteur, c'est l'heure du déjeuner, elle doit être sur le point de sortir. Elle appela un des postes téléphoniques internes et : Voilà, je vous l'avais bien dit, elle est libre.

Ils se parlèrent dans la même salle que la dernière fois. Le sandwich de Carmem semblait être le même, accompagné du même soda *light*.

— Ne variez-vous jamais votre déjeuner ?

La question prétendait être un début informel de conversation.

— Ce n'est pas un déjeuner, inspecteur, c'est une ration de survie. Alors, inspecteur, la suggestion de l'*Hotel Novo Mundo* n'a rien donné ?

— Au contraire, madame Carmem, elle a été très utile. Tellement utile que j'ai à nouveau besoin de votre aide.

— Bien sûr. Je suis ravie d'avoir pu vous aider.

— Madame Carmem, à qui avez-vous fait part de notre conversation ?

— A personne.

— Même pas au docteur Lucena ? Après tout, c'est votre patron.

— Je lui ai seulement dit que vous étiez venu ici et que nous avions parlé pendant ma pause-déjeuner.

— Et n'a-t-il pas voulu connaître le contenu de la conversation ?

— Pas entièrement. Il a seulement demandé si vous enquêtiez encore sur la mort du docteur Ricardo Carvalho. Je lui ai répondu que ce n'était pas à lui que vous vous intéressiez mais à Rose.

— Et que lui avez-vous dit d'autre ?

— Rien de spécial. Je lui ai seulement dit que vous aviez porté une grande attention au fait que Rose soit descendue à l'*Hotel Novo Mundo* lorsqu'elle est arrivée à Rio.

— Et vous n'avez parlé de ça à personne d'autre ? A aucun collègue ?

— Non. A personne d'autre.

— Merci, madame Carmem. Puis-je passer un coup de fil avant de vous laisser tranquille ?

— La réceptionniste composera votre numéro.

Il n'y avait pas de nouvelles au commissariat. La brigade des mœurs n'avait toujours aucune piste sur Rose. Il y avait un message d'Aurélio qui disait qu'il déjeunerait à une heure au lieu habituel. La pendule dans le hall près des ascenseurs marquait une heure cinq.

Pendant qu'il attendait l'ascenseur, il imagina Carmem entrant dans le bureau de Cláudio Lucena et lui racontant par le menu la conversation qu'elle venait d'avoir avec lui. Après tout, elle était la secrétaire du docteur Lucena, pas la sienne.

Ça ne lui prit même pas trois minutes pour arriver au restaurant. Aurélio le reçut avec un large sourire.

— J'ai cru que mon message arriverait trop tard. Et, en se tournant vers le garçon qui passait par là : Garçon, s'il vous plaît, la même chose pour l'inspecteur. Alors ? J'ai su par le personnel du commissariat ce qui est arrivé dans l'hôtel. Comment va Welber ? C'est grave ?

— On a dû lui enlever la rate ; il a été atteint d'une balle, mais ce garçon est jeune et fort. Il y survivra.

— Mais enfin, Espinosa, que se passe-t-il ?

— Je ne sais pas, les faits sont encore décousus. Il poursuivit : Quel lien peut-il y avoir entre un riche cadre d'une multinationale, une veuve retraitée des quartiers Nord et une petite frappe pickpocket de banlieue ? Aucun, même par hasard les chemins de ces trois personnes ne se croiseraient pas.

Le garçon apporta le sandwich et le demi. Espinosa avala la première gorgée sans s'en rendre compte. Il semblait ne pas avoir réalisé qu'il était dans un bar du centre-ville complètement bondé de gens qui parlaient fort autour de lui. Il voyait seulement la figure imposante d'Aurélio pendant qu'il continuait à parler.

— Il est évident que Rose est le maillon qui articule logiquement ces trois personnes et les trois morts. D'après la déposition initiale de Bia Vasconcelos, Rose a disparu sur le chemin de son domicile, après lui avoir passé un coup de fil dans lequel elle disait qu'elle avait besoin de lui communiquer un message très important au sujet de la mort de Ricardo Carvalho. Quelques jours après sa disparition, sa mère est torturée et tuée sans révéler, parce qu'elle ne le connaissait pas, l'endroit où sa fille se trouvait. Tout indique que Max a été tué et que son corps a été mutilé et brûlé pour la même raison. Jusqu'à ce que Rose m'appelle, personne ne savait où elle était. Celle qui m'a donné la piste et qui savait inconsciemment où elle pouvait être c'était Carmem, sa collègue et la secrétaire de Cláudio Lucena. Le plus curieux c'est que Lucena est le nom qui apparaît sur l'agenda de Rose lié à la remarque “Lucena a découvert New York”, alors qu'il est évident que ça ne décrit pas un enthousiasme de Lucena pour la ville. Simple coïncidence ? Je n'en sais rien. Comme vous pouvez le voir, mon cher, l'obscurité qui entoure cette affaire est de plus en plus épaisse.

Avant qu'Aurélio ait pu dire quelque chose, le garçon s'approcha :

— Excusez-moi, lequel de vous deux est l'inspecteur Espinosa ? Il y a un appel pour vous. C'est urgent.

Espinosa revint du téléphone en sortant de l'argent de son portefeuille et en le mettant sur la table.

— Je suis désolé, mon ami, mais ce n'est encore pas aujourd'hui que nous déjeunerons ensemble. Nous nous reparlerons.

Sandwich et demi restèrent à moitié entamés.

3

Espinosa n'eut pas besoin de regarder trop longtemps pour constater que le corps n'était pas celui de Rose. La taille n'était pas la bonne et l'état de décomposition indiquait une personne morte depuis plus de trois jours.

— Nous savons que vous cherchez une femme et comme ce corps a été retrouvé à proximité de l'endroit où on a découvert l'autre…

"L'autre" était le corps qu'Espinosa supposait être celui de Max mais pour lequel il n'avait pas de preuves. Il fut soulagé de constater que ce n'était pas Rose.

— Ce n'est pas celui que je cherche, docteur, mais merci beaucoup de m'avoir prévenu.

La nouvelle de l'enlèvement de la jeune femme et de la fusillade de l'hôtel avait rapidement fait le tour de la ville. Le téléphone et la radio de la police étaient encore les moyens les plus efficaces pour faire circuler l'information.

Dans la rue, il considéra la possibilité de retourner à pied place Mauá. Avant que ses parents aient acheté l'appartement à Copacabana, ils vivaient dans le quartier de Fátima. Ce coin du centre-ville avait été le territoire de son enfance. Il se souvint du temps où il étudiait au collège Pedro II, rue Marechal Floriano, et où il faisait le trajet à pied, tous les jours, sans aucune difficulté. De là jusqu'à la place Mauá, il y avait un bon bout de chemin, qu'il avait aussi parcouru de nombreuses fois. C'était une bonne occasion de refaire le chemin de son enfance, surtout parce que le paysage n'avait presque pas subi de transformations.

Certaines institutions contaminent les alentours, dévalorisant les habitations, les habitants, le commerce. C'est le cas des cimetières, comme si la mort exigeait une frontière avec le monde des vivants. C'était pareil pour la morgue, cimetière légal, glacé, sans la chaleur transformatrice des nécropoles. Les immeubles voisins semblaient inhabités. Il n'y avait pas de commerce, hormis deux ou trois bistrots où l'eau-de-vie était l'unique moyen de récupérer un peu de chaleur humaine.

Il continua à marcher rue des Inválidos, direction place de la República. Malgré l'heure et l'endroit, une agréable brise soufflait, venue on ne savait d'où. Juste à l'angle de la rue de la Relação, se trouvait l'imposant bâtiment de la police centrale, décadent, qui semblait purger les blessures de la dictature, et à côté de lui un autre, sans aucune caractéristique architecturale notable, devait le remplacer. Le pâté de maisons du côté droit de la rue, opposé à celui de l'église Saint-Antoine, s'était appauvri, les magasins de meubles anciens s'étaient réduits à une demi-douzaine et l'entretien des habitations avait été maintenu au strict minimum.

Au bout de la rue des Inválidos, il traversa la rue Visconde do Rio Branco en direction de la place de la República. Il prit l'étroit trottoir central (inexistant dans son enfance) qui sépare en deux la chaussée longeant la place de la República. A gauche, le jardin de Santana, ses arbres séculaires et ses écureuils qui ont survécu aux prédateurs ; à droite, le bâtiment des Archives et le musée de la Justice, avec les armes de la République sculptées en haut de la façade. A côté, le bâtiment de la 4e DPJ, classé monument historique, démonstration évidente que, du moins dans ses aspects visibles, un commissariat de police ne doit pas ressembler au bâtiment miteux de la place Mauá. Plus loin, le minuscule mais sympathique bâtiment de la Société brésilienne de géographie, non loin de la rue de la Constituição, lui-même pièce d'archéologie.

Il enfila la rue Senhor dos Passos et, au deuxième pâté de maisons, il s'arrêta au *Cedro do Líbano*, petit comptoir en pleine rue avec des kebbés, des beignets, des pizzas orientales et des jus de fruits. Il avait l'intention de terminer le déjeuner qu'il avait à moitié laissé. Il était presque trois heures et les grandes tables, où les gens s'asseyaient les uns à côté des autres, avaient des places libres. Mais il ne voulait pas s'asseoir, il voulait seulement combler le vide de son estomac, ce qui pouvait être fait debout, là, sur le trottoir.

Il reprit sa marche, envahi par l'odeur qui émanait du bureau de tabac *Syria*. C'était comme s'il avait fumé une cigarette après le déjeuner, qui lui manquait encore. Il tourna à gauche, l'avenue Passos, il traversa la rue Presidente Vargas débouchant sur la rue Marechal Floriano, juste en face du collège Pedro II. Il eut même la sensation d'avoir en main le cartable en cuir dont l'anse était changée tous les ans afin de supporter le poids des nouveaux livres et cahiers scolaires. "Je ne porte plus de cartable, je porte des cadavres." Il chercha à éloigner l'image des doigts de la mère de Rose éparpillés sur la table de la salle à manger. Il se tint face à la façade en pierre et en ciment de l'ancien collège, avec ses portes en bois et en fer, avec ses beaux escaliers en fer forgé et en marbre. Que de fois il avait monté ces marches en courant parce qu'il était en retard pour le début des cours. Rose n'avait pas rappelé, ou plutôt, le ravisseur n'avait pas réutilisé Rose pour téléphoner. Pourquoi n'appelait-il pas lui-même ? Welber avait dit qu'il avait quelque chose de familier. Serait-ce là la raison pour laquelle il faisait appeler Rose à sa place ? S'il le faisait lui-même, serait-il reconnu ? Il continuait à marcher dans la rue Marechal Floriano, en direction de la rue Acre. Et si à cet instant on l'appelait chez lui ou au commissariat ? Dans ce cas précis, l'inspecteur serait en train de se promener en centre-ville dans une évocation nostalgique déplacée dans de telles circonstances et en un tel moment. En passant à l'angle de la rue des Andradas, il regarda vers la gauche et oublia momentanément ce à quoi il était en train de penser. La rue formait un couloir de petits immeubles du milieu du siècle dernier, avec leurs minuscules balcons en fer forgé. Les trottoirs se touchaient presque dans la rue étroite ayant pour toile de fond la colline du Santo Cristo illuminée par le soleil. La beauté des lieux était émouvante. En tournant à droite, vers la rue Leandro Martins, l'atmosphère était la même. "A cette époque-là, les crimes étaient des événements extraordinaires. Aujourd'hui, ils sont commis en série." Sans s'en être rendu compte, il s'était retrouvé dans la rue Acre, pratiquement devant le commissariat.

Espinosa savait que le ravisseur n'appellerait pas pendant la journée. Il préférerait la protection de l'aube, qui lui apporterait aussi l'avantage de le cueillir tout somnolent et sans réflexe pour entreprendre une action efficace, si tant est qu'il y en eût une à entreprendre. Aussi savait-il qu'il ne servait à rien de rester éveillé toute la nuit. Ça ne ferait que réduire davantage ses capacités.

Au commissariat, tout le monde voulait des nouvelles de Welber. On murmurait que s'ils avaient conçu un plan avec plus d'effectifs à l'intérieur et à l'extérieur de l'hôtel Welber ne se serait pas retrouvé à l'hôpital. Le problème était qu'un plan avec trop de monde aurait pu inclure le ravisseur lui-même. Espinosa tranquillisa ses collègues. Le médecin avait dit que Welber était hors de danger mais qu'il ne pouvait rien avancer quant à son rétablissement.

Il se mit à imaginer quelle avait été la vie dans ces petits immeubles de la rue des Andradas au temps des Andradas.

4

Un mois s'était écoulé depuis l'épisode du parking. Il n'y eut pas de messe pour Ricardo Carvalho. Ni pleurs, ni festivités. C'était comme si tout le monde voulait l'oublier. La seule à ressentir quelque peine était Rose, qui pour le moment se montrait plus inquiète pour son propre sort. Si tous étaient satisfaits du destin de Ricardo Carvalho, pourquoi chercher des coupables ? En faisant les lois, les hommes prétendaient reproduire dans le microcosme humain l'ordre du macrocosme. La fonction de la police est de poursuivre ceux qui s'écartent de la norme. Les gens n'ont l'autorisation de se tuer que dans un nombre limité de cas. En dehors de ça, ils doivent être arrêtés et punis. Espinosa ne trouvait cette fiction ni meilleure ni pire que les autres. Quelquefois, il y apportait des corrections de son propre chef.

L'une des corrections qu'il aurait aimé faire concernait Bia Vasconcelos. Où était-il écrit qu'ils étaient incompatibles ? Pour l'instant, cependant, il préférait poursuivre sur des chemins qui s'étaient déjà révélés compatibles. Il appela Alba. Il avait oublié le nom de la délicieuse secrétaire, mais elle n'avait pas oublié le sien.

— Comment allez-vous, Espinosa ? Quand allez-vous commencer ?

— Commencer quoi ? répondit-il, sans savoir si elle savait avec qui elle était en train de parler.

— Commencer à faire de la gym, voyons.

Il se souvint de son nom.

— Adriane, je ne résiste même pas à cinq minutes de gymnastique.

— Ça dépend de quelle gymnastique, non ?

Il avait toujours l'impression que les mots dans ce club étaient à double sens. Il sourit et demanda s'il pouvait parler à Alba.

— Salut, chéri, c'est quoi cette histoire comme quoi ce serait dangereux que nous nous voyions ?

— Jusqu'à ce que les choses rentrent dans l'ordre, je ne voudrais pas qu'on sache que je tiens à toi.

— Et c'est le cas ?

Espinosa était toujours surpris des réponses d'Alba. La fraction de seconde dont il avait besoin pour poursuivre, en faisant comme si rien ne s'était passé, était le signal sans équivoque, pour Alba, qu'elle avait fait mouche.

— Ce n'est pas la peine de répondre, mon ange. Viens me chercher et prouve-le-moi par des actes.

Lorsque, le soir, il arrêta sa voiture devant le club, Alba l'attendait déjà. Elle ne portait pas de survêtement. Elle était vêtue d'un jeans, d'un tee-shirt bleu marine et de tennis de la même couleur. Ses seins fermes se dessinaient, libres, sous le tee-shirt. Ils s'embrassèrent comme s'ils étaient ensemble de longue date.

— Tu vis seul ?

Ses questions le surprenaient aussi.

— Oui, répondit-il avec une légère pointe de frayeur.

— Dans ce cas, emmène-moi chez toi, et en chemin explique-moi cette histoire comme quoi c'est dangereux que nous sortions ensemble.

Espinosa lui raconta l'histoire de la réapparition de Rose, de l'enlèvement, de la fusillade dans l'hôtel et du coup de fil qui proposait l'échange.

— Ce que je crains, poursuivit-il, c'est que le ravisseur ne puisse forcer un accord en se servant de quelqu'un qu'il croit être important à mes yeux.

Alba se sentit vraiment importante, plus câlinée que menacée. Espinosa dut insister sur ce qu'il considérait comme une menace.

— Alba, je ne sais pas qui est ce type mais, sans aucun doute, c'est un assassin sans pitié, probablement un psychopathe. Il nous a déjà vus ensemble une fois et je ne veux pas prendre de risques. Mon appartement n'est pas un lieu sûr, j'ai même pensé qu'il avait mis mon téléphone sur écoute. Ce n'est pas un amateur.

Cette dernière phrase fut prononcée alors qu'Espinosa garait sa voiture à proximité de son immeuble. A ce moment-là, il ne se souciait pas du type, qui, lui, devait probablement être occupé à surveiller Rose. A moins qu'ils ne forment un couple.

Heureusement qu'il avait acheté des vivres au supermarché. Son approvisionnement en plats surgelés serait suffisant pour une semaine encore et il restait une bonne quantité de fromages, de charcuterie et de boissons. Il y avait même de la glace au congélateur.

La rapidité notoire d'Alba contrastait avec la lenteur féline avec laquelle elle pénétrait dans l'intimité. Elle marcha lentement dans le salon en saisissant plus les espaces que les objets, jusqu'à se retrouver face à la bibliothèque. Elle esquissa un sourire. Elle alla jusqu'au balcon, se retourna en s'adossant à la balustrade. Espinosa était debout au centre du salon.

— Ton appartement, c'est toi tout craché.

— Comment ça ? voulut-il savoir.

— Tout est provisoire, quoique charmant.

Elle s'assit paresseusement sur le canapé pendant qu'Espinosa allait chercher à boire. Dans les films, c'était comme ça que le héros faisait : lorsqu'il se sentait gêné, il surgissait, un verre dans chaque main. C'était sûrement un bon recours quand on ne savait quoi en faire.

Ça faisait longtemps qu'une femme n'était pas entrée dans cet appartement. Espinosa craignait que, lorsque cela arriverait, il ne le vive comme une invasion et, en aucun cas, ce n'était ce qu'il ressentait. Mais il ne le ressentait pas non plus comme une visite. Alba était une étrangère, il ne savait presque rien d'elle, mais c'était comme si elle avait tous les droits d'être là. Et ce qui le réjouissait le plus c'était qu'il n'avait pas éprouvé le besoin de se justifier en quoi que ce soit. De la bière dans une main et du soda dans l'autre, il la regardait sur le canapé, légèrement troublé, comme s'il avait été surpris à penser tout haut.

Alba ne se sentait pas du tout gênée malgré le fait qu'elle ignorât pratiquement tout de lui. Mais ce n'était pas son histoire personnelle qui l'intéressait pour le moment. Ce qui l'enchantait, c'était la sensation que chez lui tout était encore à écrire, non pas parce qu'il lui manquait une histoire personnelle mais parce que cette histoire avait été écrite sur une surface facilement effaçable.

Pendant qu'il servait la bière, Espinosa se remémora la nuit chez Alba. Les choses étaient arrivées de façon naturelle, peut-être facilitées par le climat de la veille. Le rôle de protecteur favorisait les rapprochements. Aussi avait-il maintenant quelque chose à craindre. Mais, bordel, les gens ne se rapprochent pas amoureusement parce qu'ils ont peur, parce qu'il y a une menace…

Il n'était pas timide. Du moins ne se croyait-il pas timide. L'ennui c'était qu'il ressentait un certain décalage quant au code en vigueur. Même les animaux pour s'accoupler se comportent selon une séquence de signaux qui forment un code propre à l'espèce. Le problème est que dans le monde des humains les codes sont extrêmement changeants selon l'époque et l'endroit, et il se trouvait toujours à une époque et à un endroit qui n'étaient pas les siens.

Assise sur le canapé, Alba le regardait, stupéfaite.

— Espinosa, je crois que tu as besoin de changer ta pile.

Elle l'attira par la jambe du pantalon et il tomba à genoux sur le canapé en tenant les deux bouteilles.

Il les plaça sur la table basse et serra Alba dans ses bras. Ses cheveux étaient encore humides de la douche qu'elle avait prise au club et sa peau sentait la femme. Pendant qu'elle enlevait son tee-shirt, elle demanda à Espinosa de lui ôter son pantalon. Avec le jeans sa culotte descendit à mi-cuisses. Après s'être débarrassé des deux, Espinosa, debout, maintint pendant un certain temps les pieds d'Alba appuyés contre son ventre. Elle se laissait regarder, sûre de sa beauté. Espinosa resta debout, se déshabilla lentement, par crainte de rompre la magie, en maintenant les pieds d'Alba contre son ventre. Il saisit ses chevilles, les éloigna légèrement l'une de l'autre et glissa la tête entre ses deux jambes jusqu'à se perdre dans un flot d'odeurs humides.

Sans bien comprendre ce qui lui arrivait, Espinosa tâtonna dans le noir et ce qu'il trouva fut le corps d'Alba, à moitié sur le sien, par-dessus une de ses jambes. Elle dormait si profondément qu'elle n'entendit pas le téléphone sonner. Avec beaucoup de difficulté, il retrouva l'appareil en même temps qu'il allumait la lampe. Le réveil marquait 2 h 10 du matin.

5

Comme les fois précédentes, Rose lut par téléphone les instructions du ravisseur, machinalement, sans modulation dans la voix, probablement sous la menace d'une arme. Il concédait environ vingt heures de délai pour qu'Espinosa entre en possession de la lettre au cas où il ne l'aurait pas déjà. Il devrait la mettre avec son enveloppe originelle dans une enveloppe brune d'à peu près vingt-cinq centimètres par douze, trouvable dans n'importe quelle papeterie et, à partir de dix heures le soir suivant, Espinosa devait rester chez lui dans l'attente d'un coup de fil qui lui donnerait de nouvelles instructions. S'il essayait de demander de l'aide au commissariat ou à la brigade des mœurs, le ravisseur serait au courant avant même qu'Espinosa ait raccroché le téléphone, et le prix de la tentative serait les doigts d'une des mains de Rose.

"Alors, c'était une lettre !" Espinosa chercha à reconstituer de mémoire la fouille qu'il avait effectuée dans la chambre de l'*Hotel Novo Mundo* et ne se souvint d'aucune enveloppe. Il est vrai qu'à ce moment-là il ne savait pas ce qu'il cherchait et que la lettre avait pu passer inaperçue. Mais il se serait sûrement souvenu d'une lettre.

Alba était déjà complètement réveillée et le regardait, ébahie.

— Qu'est-ce qu'il y a ? Que se passe-t-il ?

Le climat d'inquiétude et de crainte jurait avec leur nudité. Espinosa n'était pas disposé à tester la menace du ravisseur. Celui-ci avait déjà donné des preuves de ce dont il était capable. En outre, il pouvait en fait être lié à quelqu'un du commissariat ou même être quelqu'un du commissariat ou de la brigade des mœurs. Alba ne comprenait toujours pas ce qui se passait.

— J'ai une vingtaine d'heures pour retrouver une lettre. Il vaut mieux que je te raccompagne chez toi.

— Tu vas partir maintenant, à 2 heures du matin, pour chercher une lettre ? Tu es fou ? C'est quoi cette lettre ?

— Je n'en ai pas la moindre idée, dit Espinosa en s'habillant.

L'expression d'Alba était d'une incrédulité absolue mais elle se rhabilla aussi au cas où.

Comme les rues étaient vides, il déposa Alba chez elle en quelques minutes et, avant 3 heures, il était à la réception de l'*Hotel Novo Mundo*, en train d'essayer de convaincre le gérant de nuit qu'il ne ferait pas de bruit. A 7 heures du matin, après une recherche minutieuse au cours de laquelle aucun espace susceptible de contenir une enveloppe ne fut laissé au hasard, il eut la certitude absolue qu'il n'y avait aucune enveloppe dans cette chambre. Il avait dormi deux heures tout au plus et il n'avait pratiquement pas déjeuné ni dîné la veille. Il appela le restaurant de l'hôtel et commanda un petit-déjeuner complet.

Pendant qu'il mangeait, il pensait à l'enveloppe. D'après la conversation qu'il avait eue avec Rose, il savait qu'elle n'avait pratiquement pas quitté la chambre tout le temps de sa disparition. Elle avait pu, par mesure de sécurité, laisser la lettre à quelqu'un en qui elle avait confiance. Si, après la mort de Ricardo, elle continuait à faire confiance à quelqu'un, évidemment. Tout portait à croire que non. Il y avait une possibilité lointaine que Carmem fût la gardienne de la lettre. Après tout, la suggestion de l'hôtel était venue d'elle. Autre possibilité, tout aussi éloignée, c'était Bia Vasconcelos. Avant de disparaître, Rose lui avait téléphoné pour fixer un rendez-vous afin de parler de quelque chose de très important lié à la mort de Ricardo Carvalho.

Il passa chez lui prendre une douche, se raser et se changer avant d'aller à l'atelier de Bia Vasconcelos.

Il arriva, sans prévenir, quelques minutes après que Bia eut rangé sa voiture au garage et eut allumé la cafetière électrique. De la réception, on la prévint que l'inspecteur Espinosa montait.

— Inspecteur, il y a longtemps que vous n'êtes pas venu.

— Presque un mois depuis la dernière fois que nous nous sommes vus.

— Je vous en prie, entrez. Vous arrivez juste au moment du café. Des nouvelles ?

— Les premières mangues sont sorties.

Bia ne comprit pas immédiatement ce qu'Espinosa voulait dire, jusqu'à ce qu'il désigne le manguier dans la cour.

— La dernière fois que je suis venu, il était tout en fleur, maintenant les premières mangues sortent.

"Quel homme bizarre, pensa Bia, il répond toujours à côté."

— Certes, il y a des nouvelles, mais elles ne sont pas toujours éclairantes. Très souvent, elles trompent et cachent plus qu'elles ne révèlent.

Bia remplissait deux tasses de café.

— Par exemple, Rose est réapparue.

Bia, tournée vers Espinosa, tenait les deux tasses à la main, figée, en attendant la suite.

— Mais, après, elle a disparu.

Bia tendit une des tasses à Espinosa.

— Elle a été enlevée.

Bia, bouche bée, regardait Espinosa en retenant son souffle.

— Enlevée sous mes propres yeux.

Elle s'assit tandis qu'Espinosa restait debout.

— Asseyez-vous, je vous en prie, inspecteur.

Si l'intention d'Espinosa était de la surprendre, il avait réussi.

— Etes-vous en train de dire que Rose est réapparue et que, ensuite, elle a été enlevée lorsqu'elle se trouvait en votre compagnie ?

— C'est cela même.

Júlio l'avait mise en garde contre ce policier. Il était venu chez lui un dimanche après-midi avec une histoire qui pouvait aussi bien être le produit d'un cerveau délirant qu'une forme de chantage. A présent, ils étaient assis tous les deux sur le canapé et buvaient du café. Il n'y avait rien de désagréable chez lui, c'était même non sans peine qu'elle le voyait comme un policier. Si ce n'était l'arme qui de temps à autre pointait sous la veste, on aurait pu le prendre pour un professeur d'université, en rien différent de Júlio lui-même. Mais c'était une bêtise d'oublier qu'il était un policier, et un policier en service.

— En quoi pensez-vous que je puisse vous être utile ?

La question était accompagnée d'une légère hésitation dans la voix, imperceptible aux gens non avertis, mais clairement distincte pour Espinosa.

— Avant de disparaître pour la première fois, Rose se dirigeait vers votre appartement après vous avoir téléphoné en faisant allusion à quelque chose de très important, si important qu'elle suppliait de vous rencontrer le soir même. La raison de son enlèvement, maintenant, est une lettre qu'elle posséderait et dont le contenu est lié à votre défunt mari. Le ravisseur m'a proposé d'échanger la lettre contre la vie de Rose. Il se trouve que je n'ai pas cette lettre, et qu'elle n'est pas non plus dans la chambre d'hôtel où elle s'était cachée. J'espérais qu'elle vous aurait apporté la lettre avant de disparaître la première fois.

— Inspecteur, comme je vous l'ai dit à l'époque, non seulement Rose ne m'a rien apporté, mais elle n'est même pas arrivée jusque chez moi. La dernière fois que nous nous sommes parlé c'était à l'enterrement de Ricardo.

La lumière du matin pénétrait nette, fraîche et brillante par la grande baie vitrée. Espinosa posa la tasse de café sur la table de travail face à lui, passa la main dans ses cheveux, comme si par ce geste il concluait une idée, il se leva et souhaita une bonne journée à Bia Vasconcelos, qui était déconcertée par le dénouement sec et soudain de l'entretien.

— N'avez-vous rien à ajouter à ce que je viens de vous dire ?

La question fut posée plus pour prolonger la rencontre que pour en savoir davantage.

— Seulement qu'elle a très peu de chance d'en sortir vivante. Et, déjà dans l'escalier extérieur qui conduisait au rez-de-chaussée, il ajouta : N'oubliez pas les mangues que vous m'aviez promises.

Il marcha en direction du portail, mains dans les poches, comme s'il venait de sortir d'une visite dominicale à une tante.

Il arriva à la Planalto Minerações à dix heures et demie.

— Bonjour.

— Bonjour, inspecteur, voulez-vous parler à Mme Carmem ?

— Si c'est possible, oui.

— Je crois qu'elle n'est pas occupée, le docteur Lucena n'est pas encore arrivé.

— Madame Carmem, l'inspecteur est ici et il veut vous parler. – Elle arrive, inspecteur, voulez-vous vous asseoir ?

Non, il ne voulait pas. La dernière fois qu'il s'était assis, il avait attendu quarante minutes. La situation maintenant était tout autre, il devait trouver de toute urgence une lettre. Dans le cas contraire la vie de Rose n'aurait absolument aucune valeur. Il n'avait donc pas de temps pour s'asseoir et attendre. Il était sur le point de le dire à la réceptionniste lorsque Carmem apparut dans le couloir.

— Au moins, cette fois vous avez changé d'horaire, nous n'avons pas besoin de nous parler dans le réfectoire.

Elle accompagna sa phrase d'un sourire indiscutablement bienveillant.

Ils se parlèrent dans le bureau qui avait été occupé par Rose et qui était l'antichambre du bureau de Ricardo Carvalho. Espinosa lui fit une brève exposition des faits dont Carmem était déjà au courant, en ajoutant les deux coups de fil passés par Rose.

— Comme vous pouvez le constater, madame Carmem, la vie de Rose dépend d'une lettre que je dois remettre à quelqu'un à partir de dix heures ce soir. Et je n'ai pas la moindre idée de l'endroit où elle peut bien se trouver. Des deux hypothèses que j'ai faites, la première a été écartée. La deuxième c'est que Rose ait laissé la lettre sous votre garde ou qu'elle l'ait cachée ici.

— A moi elle ne m'a rien laissé, inspecteur. Quant à l'avoir cachée ici avant de partir, je trouve cela peu probable. De toute façon, si vous voulez, nous pouvons jeter un œil dans le bureau. Je n'ose pas fouiller le bureau du docteur Ricardo. Ça, je ne peux le faire qu'avec l'autorisation du docteur Weil.

— Ne vous inquiétez pas, je ne veux pas mettre à sac la compagnie. Je veux seulement trouver une lettre qui est l'unique chance pour Rose de sortir vivante de cette histoire.

Le bureau n'était pas grand. Il servait de salle d'attente pour celui de Ricardo Carvalho dont il était séparé par une porte intérieure à côté de laquelle se trouvait la table de travail de Rose et une autre table avec un terminal d'ordinateur. Le courrier entassé sur la table témoignait de l'absence de Rose. Dans les tiroirs de son bureau, rien qui ne fût strictement nécessaire au travail d'une secrétaire. Dans le dernier tiroir, quelques produits d'hygiène personnelle et une serviette de toilette enveloppée dans un sac en plastique. Espinosa déroula la serviette. Il ouvrit et examina une à une les protections hygiéniques qui se trouvaient dans une boîte, vérifia qu'il n'y avait rien de collé sous les tiroirs et au-dessous du plateau de la table. Au fond de lui, il était d'accord avec Carmem pour dire qu'il était peu probable que Rose ait caché la lettre dans ce bureau ou dans n'importe quel autre de la Planalto Minerações.

Il quitta les lieux en pensant se rendre à l'appartement de la Tijuca, mais il balaya cette idée. Rose n'était pas revenue à l'appartement de sa mère, tout comme elle n'était pas revenue à la Planalto Minerações ; elle avait dû garder la lettre avec elle tout le temps où elle était restée cachée et elle avait décidé de la ranger ailleurs lorsqu'elle avait dû sortir pour le rencontrer. Ou alors, et c'était la pire hypothèse, la lettre se trouvait sur elle et y était encore, dans son sac, dans une poche de son pantalon, dans son chemisier, dans une fausse poche, dans un endroit tellement proche d'elle, dans son propre corps peut-être, que le ravisseur n'avait même pas songé à la chercher. Elle, tout en étant obligée de passer les coups de fil, n'avait rien révélé parce qu'elle aurait signé son arrêt de mort.

Il passa dans une papeterie et acheta une enveloppe ordinaire et une enveloppe kraft à peu près de la dimension exigée. Il les plaça l'une dans l'autre et les rangea dans la poche intérieure de sa veste. Il lui restait un peu plus de dix heures jusqu'à l'heure fixée par le ravisseur, et il était inutile d'essayer d'élaborer un plan parce qu'il ne savait pas quels seraient les ordres.

Pas la peine de tenter quelque chose du côté de la sœur de Max. Welber était son dernier espoir.

6

On n'avait pas ôté de la porte l'écriteau qui interdisait les visites et Welber était toujours relié au moniteur. Son voisin de chambre était parti et Espinosa n'eut pas le courage de demander où. Dans le couloir, les chariots passaient, chargés des plateaux du déjeuner, tandis que, dans les chambres, les patients en profitaient pour faire un somme avant la séance de l'après-midi : température, tension, piqûres, comprimés, pansements et la routine qui remplit ce qui reste de la vie des malades.

Dès qu'Espinosa fut entré, les yeux de Welber s'ouvrirent avec une promptitude surprenante.

— Espinosa, comme c'est bon de vous voir. Il semblerait que mon voisin de chambre n'ait pas résisté aux bons traitements. Il y en a qui sont comme ça, ils sont maltraités toute leur vie et, lorsqu'ils sont bien traités, ils meurent. C'est sûrement pour ne pas revenir à leur état antérieur.

— Welber, écoutez-moi. Ne dites rien, sauf quand j'aurai terminé.

Il ne portait plus de masque à oxygène, mais il lui était encore pénible de parler. Espinosa lui fit un rapport détaillé des quarante-huit dernières heures, omettant seulement les passages relatifs à Alba. Lorsqu'il parla de la lettre, les yeux de Welber brillèrent.

— Alors, tout ça pour une lettre, dit-il à voix basse, comme pour lui-même.

Espinosa interrompit son récit :

— Je ne sais pas si c'était la cause de tout, mais du moins était-ce celle des derniers événements. Je ne suis pas certain que cela ait été le motif de la mort de Ricardo Carvalho.

Welber s'agita légèrement.

— Espinosa, j'y pense jour et nuit et je n'arrive pas à matérialiser le fantôme qui nous a tiré dessus.

— Ne faites pas d'efforts pour vous souvenir, c'est pire. D'un coup, lorsque vous vous y attendrez le moins, ça fera surface. Mais, je vous en prie, si cela vous arrive avant dix heures du soir, téléphonez-moi.

De l'hôpital, Espinosa appela le commissariat. Aucune nouvelle. On continuait d'affirmer avec assurance qu'il s'agissait d'un cas d'enlèvement isolé, sans lien avec les "enlèvements normaux qui avaient cours en ville", phrase qui avait épouvanté Espinosa. Comment un policier peut-il parler d'"enlèvements normaux" ? Y a-t-il des enlèvements normaux et des enlèvements anormaux ? Et, le plus terrible, c'est que la police participait activement à ce qui était alors appelé enlèvement normal.

Ce qu'Espinosa souhaitait par-dessus tout à ce moment-là, c'était de pouvoir suspendre toute action et penser avec une intelligence aiguë au moyen de sauver Rose. La suspension de l'action ne constituait pas un problème, il était déjà paralysé ; quant à penser intelligemment, c'était ce qu'il essayait de faire depuis le début de cette affaire. Si jusqu'à l'heure fixée par le ravisseur aucune piste sur la manière d'agir ne surgissait, il était disposé à aller à sa rencontre avec l'enveloppe vide. En vérité, il n'avait pas le choix ; s'il avouait au ravisseur qu'il n'était en possession d'aucune lettre et qu'il ne savait même pas de quoi il s'agissait, il deviendrait clair que Rose lui avait caché l'endroit où elle l'avait mise, et ce renseignement lui serait arraché sous la torture. Une fois le renseignement obtenu, il n'y avait plus de raison de la garder en vie. Le seul espoir de Rose était la certitude qu'avait son ravisseur que la lettre était dans les mains d'Espinosa. La vie de Rose perdait considérablement de sa valeur si le ravisseur était quelqu'un de connu, parce que dans ce cas il ne la laisserait pas en vie pour le dénoncer. Il avait déjà tué au moins deux personnes, il n'hésiterait pas à en tuer une troisième, surtout pour sauver sa propre peau.

Il quitta la Gávea et conduisit sans but pendant un certain temps. En passant par Copacabana, il considéra que s'il ne savait pas où aller ni quoi faire il était préférable de rester chez lui près du téléphone. Sur le chemin, il mangea rapidement un morceau dont il serait incapable de dire ce que c'était dix minutes plus tard. Lorsqu'il entra chez lui, le répondeur indiquait un seul appel. Il provenait de la banque qui l'invitait à passer à l'agence afin de l'informer des divers placements possibles concernant l'argent de son compte courant. Il ne voulait pas. Car l'argent ne resterait pas longtemps là-bas. Il effaça le message du répondeur, appela le commissariat pour avertir qu'il était rentré, s'assit sur le canapé du salon et se mit à attendre. Deux minutes plus tard, il se leva. Il lui était impossible de rester assis là alors que la vie de Rose était en jeu. On n'a jamais vu, dans aucun film, au moment qui précède le dénouement de l'histoire, le héros rester assis chez lui, à regarder le plafond, à attendre patiemment que quelque chose se passe. Le ravisseur avait dit qu'il appellerait à partir de dix heures du soir, il ne servait à rien de rester assis à attendre à deux heures de l'après-midi. Mais il ne voyait pas ce qu'il pouvait faire d'autre.

Ses collègues, dans une situation semblable, passeraient à l'action, en interrogeant des suspects, en faisant pression sur leurs informateurs, enfin, en faisant ce que doit faire tout policier. Lui, au cours de la seule action qu'il avait menée dans cette affaire, avait arrêté un suspect qu'il avait aussitôt relâché "parce qu'il n'avait pas une tête de tueur", et qui, c'est sûr, à présent dormait d'un sommeil éternel dans un tiroir de la morgue. Il savait que la police était rarement capable dans les faits de trouver la solution d'un crime. Dans quatre-vingt-dix pour cent des cas il s'agissait d'une mise en scène, et comme il ne se prêtait pas à ce jeu, il restait dix pour cent d'activité, qu'il exerçait à ce moment précis du canapé de son salon.

Il retira de la poche de sa veste les enveloppes qu'il avait achetées. Il plaça, dans la plus petite, une feuille de papier pliée en quatre, et les glissa toutes les deux dans l'enveloppe kraft, sans la fermer. Il la laissa sur la table basse, avec un pistolet 9 mm en guise de presse-papiers. C'était tout ce qu'il pouvait faire pour l'instant.

Carmem avait passé ses moments de liberté de la journée (qui avaient été nombreux à cause de l'absence de Cláudio Lucena) à penser à Rose et au fait qu'elle n'avait pas toujours été aimable avec l'inspecteur Espinosa. Elle avait collaboré dans la mesure exacte de sa sollicitation, rien de plus, et cela sans raison valable ; Rose était sa seule amie dans la compagnie et le policier s'était toujours montré gentil et poli.

Pendant qu'elle réfléchissait, elle examinait encore une fois le lieu de travail de Rose, en imaginant où elle, Carmem, cacherait une lettre. Elle ne se trouvait pas sur la table de travail, ni dans le caisson à roulettes que sa collègue gardait toujours à proximité lorsqu'elle travaillait. Elle prit la liasse de correspondance accumulée et commença à séparer ce qui était commercial de ce qui était personnellement adressé à Ricardo Carvalho. Parmi les lettres pour Rose, une attira spécialement son attention. C'était une enveloppe qui lui était adressée, sans mention de l'expéditeur. Ce qui intrigua Carmem ce fut que l'écriture était celle de Rose.

Elle était peut-être la seule personne au sein de la compagnie qui était au courant de la liaison entre Ricardo Carvalho et sa secrétaire, de la façon dont elle avait commencé environ deux ans auparavant, des rencontres hebdomadaires le mardi et le jeudi, même si les fois où elles avaient parlé ouvertement de ce sujet n'avaient pas été nombreuses. Si le docteur Daniel Weil avait appris la liaison, Rose aurait été renvoyée sans autre forme de procès, et la situation de Ricardo Carvalho lui-même serait devenue très délicate. Mais Carmem ne s'inquiétait pas pour lui, si ce n'est dans la mesure où son amie pouvait être atteinte. Elle savait que Ricardo Carvalho ne valait rien, et elle connaissait bien Cláudio Lucena : ils formaient tous les deux un duo pour qui le mot éthique, s'il était retiré du dictionnaire, ne manquerait pas. Mais elle aimait bien Rose, maligne pour certaines choses et naïve comme une petite fille lorsqu'il était question de Ricardo Carvalho. Sans aucun doute, la mort du patron et de l'amant l'avait prise au dépourvu. Et à présent l'enveloppe était là, apparemment adressée par elle à elle-même, au moment précis où l'inspecteur Espinosa recherchait une lettre perdue.

Pendant qu'il marchait, la pensée d'Espinosa était tournée vers sa confrontation avec le ravisseur. Dans quelque temps, on ferait l'échange entre ce que le ravisseur jugeait être la lettre et Rose. Ce serait le moment de la plus grande exposition pour les deux parties. Ladite industrie du kidnapping alla jusqu'à provoquer l'apparition de boîtes, nationales et internationales, spécialisées dans la négociation avec les ravisseurs sur le montant de la rançon et les conditions auxquelles l'échange devrait se faire. Dans le cas présent, il n'y avait pas d'argent, seulement une lettre. Il s'agissait d'un simple échange entre une prisonnière et une lettre. Espinosa pensait que les choses ne se passeraient pas de cette façon. A moins que le ravisseur n'ait pris des mesures extrêmes pour la protection de son identité, il serait obligé de tuer Rose. Il devrait être arrêté au moment de l'échange.

Le fait que l'écriture sur l'enveloppe était celle de Rose fit que Carmem se décida à appeler l'inspecteur. Il était le seul, dans toute cette confusion, qui semblait se faire du souci pour Rose. Il lui avait laissé une carte avec les numéros du commissariat et les siens. Elle essaya les premiers et on l'informa que l'inspecteur Espinosa était sorti pour une intervention et qu'il n'était pas encore revenu. Elle forma son numéro personnel et le répondeur prit l'appel. Elle laissa un message. Il était six heures du soir et les employés de la Planalto Minerações s'apprêtaient à partir. Elle jugea préférable d'emporter l'enveloppe avec elle, au cas où l'inspecteur voudrait la voir. La journée avait été tranquille en l'absence de Cláudio Lucena.

Sans s'en rendre compte, Espinosa avait contourné le quartier de Peixoto, avait descendu un petit tronçon de la rue Santa Clara et se trouvait en face de la maison où habitait Júlio. Six heures du soir, heure où les professeurs sont peut-être déjà chez eux. La place de parking en face était vide et il y avait une faible lumière dans la partie supérieure de la maison. Certaines personnes ont l'habitude de laisser une lumière allumée lorsqu'elles partent. Cela donne l'impression qu'il y a quelqu'un dans la maison. Espinosa pensait que cette mesure ne servait qu'à éclairer les pas du voleur. Toutes les maisons des environs étaient illuminées et dans toutes on distinguait la lueur bleuâtre des télévisions. Il sonna à la porte timidement, comme s'il envahissait un temple au moment exact de la messe. La deuxième fois, il sonna avec plus d'insistance. La porte de la maison voisine s'ouvrit et une femme d'âge mûr, dont le visage laissait transparaître une extrême fatigue, apparut.

— Le professeur n'est pas là. Si c'est pour lui remettre quelque chose, vous pouvez me le laisser.

Sa voix, en plus de sembler sortir d'un instrument à vent fêlé, n'avait aucune modulation.

— Savez-vous où il est allé ?

— Non. Et je ne sais pas quand il rentrera. Je sais seulement qu'ils sont sortis avec peu de bagages tous les deux.

— Tous les deux ?

— Oui, lui et sa petite amie. Etes-vous un collègue à lui ?

— Oui. Merci de votre aide.

Espinosa continua à descendre la rue Santa Clara et retourna au quartier de Peixoto par la rue Tonelero.

La phrase de la voisine résonnait encore comme un écho : “lui et sa petite amie”. Une idée absurde lui vint à l'esprit. Il rentra chez lui en hochant la tête, comme s'il disait non à un interlocuteur invisible. Il écouta le message sur le répondeur : “Inspecteur Espinosa, je suis Carmem, de la Planalto Minerações. J'ai peut-être trouvé ce que vous cherchez. Téléphonez chez moi, je dois arriver vers six heures et demie.” Il était six heures vingt. Il appela et personne ne répondit. Il rappela, à des intervalles qui variaient entre deux et cinq minutes, jusqu'à six heures quarante-cinq, lorsqu'il commença à craindre une répétition de l'histoire de Rose.

7

Vers six heures et demie, Welber fut pris d'une grande agitation. Il poussait le bouton de la sonnette situé à la tête du lit en même temps qu'il criait pour appeler l'infirmière. Chaque fois qu'il essayait de crier, il ressentait de fortes douleurs, mais il criait quand même. Il se passa un bon moment jusqu'à ce que quelqu'un de l'étage apparaisse. Lorsque l'infirmière entra dans la chambre, Welber essayait de se lever et il s'époumonait :

— C'est lui, ce ne peut être que lui !

— Que se passe-t-il, monsieur, vous êtes fou ? Vous ne pouvez ni vous lever ni hurler comme ça.

— Je dois parler de toute urgence à l'inspecteur Espinosa. La bouche sèche rendait son élocution encore plus difficile. Téléphonez-lui.

— Du calme, ce n'est rien. Détendez-vous.

Welber agrippa l'infirmière par la manche de son uniforme.

— Il va tuer Espinosa comme il a tué les autres et m'a presque tué.

— Personne ne va tuer personne, calmez-vous.

— Je l'ai vu, je l'ai vu comme dans un rêve, je l'ai vu nettement.

— Calmez-vous, vous avez dû faire un cauchemar.

— Merde, vous ne comprenez donc pas ? J'ai vu celui qui a tiré sur moi et maintenant il va tuer la fille et Espinosa. Je dois parler à l'inspecteur. C'est urgent.

Plus Welber essayait de convaincre l'infirmière, plus il s'agitait et plus elle essayait de lui faire comprendre qu'il avait fait un cauchemar.

— Quel cauchemar, bon sang ! Alors le coup de feu qui m'a fait ce trou-là, c'était un cauchemar ?

L'infirmière appuya sur le bouton et demanda la présence du médecin de garde. Lorsqu'il arriva, l'infirmière et l'auxiliaire essayaient de maintenir Welber couché tandis qu'il continuait de crier. Elles étaient toutes les deux d'avis qu'il fallait lui donner un sédatif, mais qu'elles ne feraient rien sans l'ordre du médecin. Welber hurlait que, si on le faisait dormir, on signerait l'arrêt de mort de trois personnes. Le médecin de garde lui proposa un accord : le détective promettait de se calmer pendant que lui chercherait un téléphone à connecter au-dessus de son lit.

Alors qu'un employé entrait avec un téléphone, l'infirmière remettait en place la perfusion qui s'était détachée avec l'agitation de Welber. La connexion téléphonique n'était pas directe, elle passait par le standard. Welber donna le numéro d'Espinosa et dit qu'il s'agissait d'une question de vie ou de mort. La standardiste l'informa que personne ne décrochait. Welber lui demanda de continuer d'insister à chaque minute.

— Monsieur, je ne peux pas faire ça, je dois m'occuper des autres appels.

— Mademoiselle, votre insistance peut sauver deux vies. Je vous en supplie.

— D'accord, je vais alterner les autres appels avec le vôtre.

Quelques minutes plus tard, alors que Welber était sur le point de repiquer une crise, la standardiste l'appela.

— Monsieur, maintenant ça sonne sans arrêt occupé. Je vais continuer à insister, dès que j'aurai eu la ligne je vous rappellerai.

Avant même d'ouvrir la porte de l'appartement, Carmem entendit la sonnerie du téléphone. Il était sept heures moins le quart. Cela devait être l'inspecteur Espinosa. Justement ce jour-là elle avait pris du retard pour rentrer chez elle. Elle n'ouvrit pas la porte assez vite pour décrocher à temps. Dans l'empressement, elle n'avait pas fermé la porte de l'appartement et avait encore son sac en bandoulière et les deux sacs du supermarché gisaient au milieu du salon. Elle appela immédiatement le numéro qu'elle avait gravé dans sa mémoire. Espinosa décrocha.

— Dieu soit loué ! dirent-ils en même temps.

Carmem parla de l'enveloppe et de sa certitude que l'écriture appartenait à Rose. Elle ne l'avait pas ouverte. On aurait dit qu'il y avait une autre enveloppe dans celle-là. Il était impossible de lire quelque chose par transparence.

— Où habitez-vous ? demanda Espinosa.

— A Laranjeiras, près du Cosme Velho.

Espinosa nota l'adresse.

— Je serai chez vous dans une demi-heure, maximum. Et au moment de raccrocher : N'ouvrez la porte à personne jusqu'à ce que j'arrive.

Lorsque la standardiste de l'hôpital réussit à avoir une ligne, le téléphone d'Espinosa était sur répondeur. Le tranquillisant qu'on avait mis dans la perfusion n'avait pas encore fait effet. Welber était complètement éveillé et il pensait que la difficulté qu'il éprouvait à parler à Espinosa était une invention de la standardiste qui devait être de mèche avec le médecin de garde. Seule l'infirmière la plus âgée était restée dans la chambre. Welber s'installa confortablement dans le lit et bâilla plusieurs fois. L'infirmière éteignit la lumière du plafond, laissant seulement la lampe de chevet allumée. Welber ferma les yeux et, quelques minutes plus tard, il ronflait. Dès que l'infirmière fut sortie, il retira l'aiguille de la perfusion attachée au dos d'une de ses mains, s'assit sur le lit, tira le marchepied du bout du pied et se leva, bien décidé à chercher un téléphone dans le couloir. Il tomba, emportant avec lui tout ce qui était sur la petite table, et en plus il renversa la potence qui soutenait la perfusion. Le bruit avait dû réveiller tout l'étage.

Espinosa mit moins d'une demi-heure pour aller de Copacabana à Laranjeiras. Il sonna trois fois à la porte et, lorsqu'il comprit qu'on regardait par le judas, il dit son nom. Carmem était seule. Ils murmurèrent tous deux quelque chose en guise de salutations et elle prit l'enveloppe à l'intérieur d'un livre.

— Elle était tout le temps sous nos yeux. Lorsque nous avons cherché dans les tiroirs et dans les archives du bureau de Rose, elle était sur le répondeur près du courrier entassé. Je crois qu'elle devait y être depuis trois ou quatre jours.

Pendant que Carmem parlait, Espinosa ouvrait soigneusement l'enveloppe à l'aide d'un canif. Lorsqu'il en retira la deuxième enveloppe, il ne put contenir sa surprise. Sur celle-ci était écrit en lettres capitales *POUR LA POLICE* et à l'intérieur une feuille de papier de la taille d'une lettre répétait en en-tête *POUR LA POLICE* suivi du texte *Les vingt mille dollars sont un paiement afin que vous disparaissiez avec l'arme...*

Il s'assit sur la chaise la plus proche. Il n'arrivait pas à détacher les yeux de la lettre. Il ne lisait plus, la première lecture avait suffi. Sa perplexité était si grande qu'il ne lâcha même pas une exclamation. Il était muet, yeux écarquillés, bras tendus tenant la lettre en position de lecture. Quelques instants plus tard, il murmura :

— Alors, c'était ça ?

Carmem le regardait, exclue, présente physiquement, attendant de recevoir une miette d'information.

— Inspecteur ?

Rien. Aucune réaction notable.

— Inspecteur Espinosa.

Il se tourna vers Carmem et dit, presque en murmurant :

— Ce n'était pas un assassinat, c'était un suicide.

Malgré le caractère laconique et presque inaudible de l'annonce, la jeune femme maligne se rendit immédiatement compte de sa portée. "Ricardo Carvalho s'est donné la mort." Mais ce que Carmem ne savait pas, c'était le contenu de la lettre et son destinataire.

— Carmem, pour votre sécurité, il est important que vous ne lisiez pas la lettre, et même cette information que j'ai laissée échapper, faites comme si vous ne l'aviez ni écoutée ni entendue. Ne parlez à personne de ce qui s'est passé aujourd'hui. Vous n'avez jamais vu aucune lettre.

Il repartit en la complimentant pour son intelligence et pour sa perspicacité, et en promettant que, lorsque tout serait fini, il lui raconterait toute l'histoire.

De l'immeuble de Carmem, il continua en remontant la rue des Laranjeiras en direction du tunnel Rebouças. Lorsqu'il sortit sur la Lagoa, il était à moitié remis de sa surprise. Il manquait l'autre moitié, celle qu'il cacha à Carmem. Quels policiers avaient ramassé la lettre ? Ce ne pouvait qu'être la garnison de la patrouille qui s'était déplacée sur le parking. C'étaient deux policiers militaires. Pour dix mille dollars chacun, ils seraient capables de faire disparaître l'arme, la voiture, le cadavre et même le parking. Mais, dans ce cas, comment l'arme était-elle arrivée entre les mains de Max ? Il se peut que dans leur hâte à s'en débarrasser ils l'aient jetée quelque part et que Max l'ait retrouvée par hasard. Autre possibilité : Rose a été la première à arriver sur les lieux, parce qu'elle avait l'habitude de retrouver Carvalho à cet endroit-là, et, terrorisée par les événements, elle a pris la lettre et l'arme et est repartie en courant, lorsqu'elle a été interceptée par Max, témoin de toute la scène. Elle peut avoir remis à Max le revolver et l'argent, mais avoir gardé la lettre ; dans le cas contraire, il n'y aurait pas d'explication au fait qu'elle soit en possession de la lettre. Lorsqu'il arriva au quartier de Peixoto, il avait déjà élaboré cinq ou six versions de l'histoire. Dans aucune, cependant, ne s'emboîtaient les assassinats de Mme Maura et de Max. Ce qu'il pouvait considérer comme indiscutable, c'est que Max avait gardé l'arme et Rose avait gardé la lettre. Restait à savoir pourquoi deux personnes avaient été assassinées à la suite du suicide du directeur.

8

Il n'alluma pas les lumières en entrant. La seule chose qui brillait dans le noir du salon c'étaient les petites lumières rouge et verte du répondeur. Personne n'avait appelé en son absence. La lumière de la rue, se réfléchissant au plafond, illuminait indirectement meubles et objets. Chacun d'entre eux acquérait une densité propre selon la capacité de ces ombres à se transformer en d'autres objets ou même en personnages. Une innocente chaise au coin du salon suggérait un homme accroupi, même l'ancien lampadaire rappelait les anciens bandits des films américains avec leurs chapeaux en feutre. Mais Espinosa n'était pas sensible aux fantômes, sa pensée était entièrement tournée vers l'affrontement des prochaines heures. Pendant qu'il attendait, il laissait la situation prendre de nouvelles configurations rendues possibles grâce à la découverte de la lettre.

Le premier et immédiat profit qu'Espinosa tira de cette découverte fut l'élimination du sentiment d'étrangeté qui s'emparait de lui chaque fois qu'il essayait de trouver un responsable à la mort de Ricardo Carvalho. Personne n'entrait dans le rôle de l'assassin, pour la simple raison qu'il n'y avait pas d'assassin. Ce qui ne signifiait pas l'élimination définitive de la thèse de l'assassinat. Cette lettre-là aurait pu être inventée de toutes pièces, quoiqu'il considérât cette hypothèse peu probable, puisqu'un examen graphologique pouvait attester de son authenticité. Mais, si ce profit, quoique douteux, existait bel et bien, les deux morts qui avaient suivi passaient du rôle secondaire au rôle principal. C'étaient indiscutablement des cas d'assassinat. Ça, bien évidemment, en admettant que le cadavre retrouvé brûlé et mutilé fût celui de Max. Ce qui, au point où on en était, était aussi entaché de doute. Mais personne, si sceptique fût-il, n'allait penser que Mme Maura s'était elle-même coupé les doigts d'une main pour s'étrangler avec les fils de l'étendoir de l'autre. Il pouvait admettre, sans l'ombre d'un doute, l'existence d'au moins un assassinat. Et si personne ne correspondait au rôle d'assassin de Ricardo Carvalho, il correspondait encore moins à celui de tortionnaire et assassin de la mère de Rose. Les personnages et le scénario général prirent de nouvelles formes comme les ombres du salon. Il restait un peu plus d'une heure jusqu'à la période d'attente décrétée par le ravisseur.

Même en dormant, Welber disait des choses incompréhensibles et s'agitait dans son lit. Le somnifère qu'on avait mis dans la perfusion était suffisant pour le mettre hors service jusqu'au lendemain, lorsque le médecin de garde et les infirmières auraient déjà été remplacés. Il y avait une certaine crainte que son histoire ne fût vraie. Ce fut une chance que, avec la chute, il n'ait déchiré aucun point de suture. On ignorait si intérieurement il y avait eu des lésions. Une infirmière resta à ses côtés toute la nuit, avec ordre de communiquer toute altération et d'empêcher qu'il essaie de se relever.

Espinosa se demanda comment allait Welber en ce moment même et pensa qu'il serait bon de pouvoir compter sur lui. Espinosa aurait pu être atteint par le coup de feu ; pour qu'il en soit ainsi, il aurait suffi qu'il arrive à la porte avant son collègue. Il aurait pu y passer, tout comme il pouvait y passer lors du rendez-vous de ce soir. Le même coup de feu, quelques centimètres de plus vers le côté ou vers le haut et Welber aurait pu mourir ou rester handicapé. C'était comme si la vie s'échappait par le petit orifice fait par la balle. Comme un ballon percé.

Rose avait assumé la stratégie de collaborer avec le ravisseur. A aucun moment elle ne fit comprendre qu'elle savait qu'il avait été l'auteur de la torture et de la mort de sa mère. Plus elle pensait à la scène des doigts coupés décrite par les journaux, plus froide devenait sa résolution de tuer cet homme. De préférence, en le faisant souffrir autant qu'il avait fait souffrir sa mère. Elle ne parlait pas, ne résistait pas, ne tentait pas d'agressions inutiles, physiques ou verbales, dans l'attente d'un moment de faiblesse. Elle ne savait pas ce qu'elle allait faire. Cela ne pouvait pas être une action qui impliquât une confrontation physique, il était trop fort et il prendrait facilement le dessus même si elle était armée d'un couteau ou de quelque chose de ce genre. Elle ne savait pas comment, mais elle allait le tuer. Vers huit heures, l'homme mit une menotte à son bras et l'autre à son bras à elle ; il s'allongea sur le dos, la forçant à en faire autant.

— Tâche de dormir un peu, la nuit va être longue.

Il ferma les yeux et, quelques minutes plus tard, il ronflait. Son bras était comme une ancre. Elle n'avait rien d'autre à faire que rester couchée sur le dos à son côté, éveillée, pendant qu'il dormait. Ainsi, celle-ci serait la nuit décisive. L'inspecteur n'avait pas les moyens de savoir où se trouvait la lettre et, même s'il essayait de la chercher dans la chambre d'hôtel, il ne la trouverait pas. Rose savait que le ravisseur ne la tuerait pas avant d'être en possession de la lettre, mais elle savait aussi qu'il n'hésiterait pas à lui couper les doigts de la main pour mettre la pression sur Espinosa. L'homme avait une arme dans son sac de voyage qui se trouvait dans un coin de la pièce, à trois mètres de distance. Pour y arriver, elle devrait le traîner pendant qu'il dormait, et elle ne pouvait même pas bouger son bras d'un seul centimètre.

Une demi-heure avant la fin du délai, Espinosa se leva du canapé, alluma la lampe et prit l'enveloppe kraft qu'il avait laissée sur la table. Il retira la feuille de papier blanc et l'enveloppe, et copia le mieux qu'il put la lettre originale et l'enveloppe, les ferma toutes les deux en les mettant à nouveau l'une dans l'autre et les rangea dans la poche de sa veste. Les originaux, il les cacha entre les pages du livre de Dickens qu'il était en train de lire. L'attente est constituée de fantaisie plus que de réalité, mais Espinosa faisait tout son possible pour mettre de l'ordre dans ses idées de la manière la plus réaliste possible. Il essaya de rassembler tous les fragments d'images, de conversations, d'idées en vrac, et avec eux de recomposer la trame de l'intrigue, à partir de la découverte de la lettre de suicide. A commencer par la lettre elle-même, qui n'était pas celle d'un suicide, mais plutôt celle d'un homme d'affaires. Il avait du mal à croire que quelqu'un qui avait décidé de se tuer le fasse avec autant de froideur et de calcul. Personne d'autre que Ricardo Carvalho lui-même n'était responsable de sa mort. Il n'y avait pas d'assassin à rechercher, il devait juste signaler qu'il était son propre assassin. Le mobile des deux autres morts devint clair avec l'autre pièce du puzzle : l'assurance-vie de un million de dollars. Ça éclairait aussi bien la note du suicide que la mort de Mme Maura et probablement celle de Max. Restait à en découvrir l'auteur.

Il était nerveux. Une des possibilités pour expliquer le fait que Rose ait été jusqu'alors en possession de la lettre, c'était le fait qu'elle aurait été la première personne à arriver à la voiture de Ricardo Carvalho après qu'il se fut suicidé. Et ça parce qu'elle avait l'habitude de le retrouver, à cette heure-là, le mardi et le jeudi. Si tel avait été le cas, Ricardo s'était tué en sachant que Rose serait la personne qui retrouverait le corps, la lettre et l'arme, et qu'elle ferait ce qu'il lui demandait de faire. L'argent était un recours supplémentaire au cas où quelqu'un arriverait avant ou au cas où la police serait la première à ouvrir la voiture. Cela signifiait que Rose ne savait pas que Ricardo avait l'intention de se donner la mort. Elle aurait certainement tenté de l'en empêcher, elle aurait fait une scène, choses qu'il voulait sans doute éviter.

Des idées et des images faisaient surface à gros bouillons. Ce qui n'était pas clair c'était pourquoi Rose avait la lettre et pourquoi Max avait l'arme. A moins que l'histoire racontée par Max ne soit vraie. Rose arrive juste après le suicide, voit la lettre, prend l'arme, la lettre et l'attaché-case et repart en vitesse par l'escalier. En arrivant dans la rue, elle cherche le premier endroit venu pour se débarrasser du revolver et c'est à ce moment que Max la voit. Ça bouclait l'affaire sur la mort du directeur, mais laissait entièrement en suspens la mort de la mère de Rose et la mort probable de Max. L'élément qui reliait les séries était Rose et elle était à cet instant entre les mains de l'assassin. L'autre possibilité était que Max ait tué le directeur lors d'une tentative de vol et que Rose ait assisté à la scène ; d'où le fait qu'il était après elle et que celle-ci se soit vue obligée de se mettre à l'abri. Max, alors, a torturé la mère pour qu'elle révèle l'endroit où sa fille se cachait. La lettre serait fausse mais devait être vue par quelqu'un, de préférence par la police même, pour faire croire à un suicide, mais, ensuite, cette lettre devait être récupérée et détruite afin qu'elle ne puisse pas être envoyée pour expertise graphologique, qui confirmerait qu'il s'agissait d'un faux. C'est pour cette raison qu'il tentait désespérément de la récupérer. Une troisième possibilité, plus mince encore, était que Max et Rose soient des complices, non pas dans la mort du directeur, mais dans l'utilisation de la lettre. Ça n'expliquait cependant pas une série de faits, tels la torture et la mort de Mme Maura, la fusillade dans l'hôtel, l'attentat dans la rue à Ipanema et le fait que tous les deux à présent se disputaient la lettre.

22 h 20, aucun coup de fil. Il était peut-être préférable de demander de l'aide. C'est être trop prétentieux que de penser qu'on peut résoudre un cas d'enlèvement tout seul. Il est bien vrai qu'il ne s'agit pas d'un cas ordinaire : il n'y a ni grosses ni petites sommes d'argent demandées, le ravisseur veut simplement une lettre, ou plutôt une note. Le problème c'est qu'il ne s'agit pas de rendre la lettre et de récupérer la fille. Espinosa le sait tout comme le ravisseur. Une fois la note remise, Rose vivrait à peine le temps nécessaire à son authentification. Espinosa était disposé à prendre le risque. Demander de l'aide au personnel du commissariat ou de la brigade des mœurs pouvait signifier se rendre et remettre la lettre à l'ennemi. Ils feraient en sorte qu'il soit tué "avec le groupe des ravisseurs au cours de la fusillade". Il n'avait pas le choix, soit il sauvait Rose au moment de la rencontre, soit au plus tard pendant le laps de temps que le ravisseur mettrait à vérifier si oui ou non la lettre était authentique. Si le ravisseur faisait cette proposition-là. 22 h 40, la sonnerie du téléphona fit peur à Espinosa. C'était Alba.

— Espinosa, qu'est-ce qui se passe ?

— Il ne se passe rien, pourquoi ?

— Putain ! Comment ça pourquoi ? Tu me renvoies mystérieusement au beau milieu de la nuit et puis plus rien… c'est sûr qu'il se passe quelque chose.

— Ma chérie, je ne peux rien t'expliquer maintenant… il faut que je raccroche… je dois laisser la ligne libre… je te rappelle demain.

Il raccrocha avant qu'elle ajoute quoi que ce soit.

23 h 15, il prit un livre. Il laissa tomber au bout de quelques minutes. Il avait peur de s'endormir et de ne pas entendre le téléphone sonner. Impossible d'écouter de la musique. Le vide de l'attente ne pouvait être rempli par rien au-delà des fantômes de sa propre imagination et, chaque fois qu'il essayait de reprendre le fil de sa pensée, son imagination l'envahissait à nouveau. 2 heures du matin, il ne distinguait plus nettement la réalité de la fantaisie.

9

Rose se tenait immobile pendant que l'homme dormait à son côté. Elle voulait savoir qui était ce type qui arrivait à dormir dans une situation pareille. Serait-il l'assassin de sa mère ? Jusqu'alors, il ne l'avait pas maltraitée, si ce n'est qu'il la maintenait en captivité. Les restrictions physiques qu'il lui imposait étaient compréhensibles en tant que mesures de sécurité. C'était la deuxième fois qu'il s'endormait menotté à elle. La première fois, elle songea à le séduire. La situation était propice, mais elle finit par chasser cette idée. Essayer de le séduire équivalait à essayer de séduire un bout de bois. Son alliance indiquait un intérêt quelconque pour les femmes mais, dans les circonstances présentes, il était tellement obsédé par autre chose qu'il n'y avait pas la moindre possibilité qu'il la voie comme un objet sexuel, malgré l'intimité provoquée par la proximité physique. Il ne parlait presque pas et, quand il le faisait, c'était pour transmettre des instructions précises. A aucun moment il n'essaya de lui parler. Non seulement elle ne l'intéressait pas en tant que femme, mais elle ne l'intéressait pas non plus en tant qu'être humain. Peut-être parce que, à ce moment-là, lui-même ne ressemblait pas vraiment à un être humain. Elle ne savait pas non plus ce qu'elle pourrait en tirer par la séduction. Se pouvait-il, par hasard, qu'il s'éprenne d'elle soudain et qu'il la relâche ? Lui enlèverait-il les menottes et la renverrait-il chez elle, reconnaissant de l'excellent coup qu'il avait tiré ? L'idée était ridicule. Cette brute-là n'aurait pas manigancé tout ça pour à la fin céder aux charmes de sa victime. Ce type-là n'était pas Max, à qui il avait suffi de quelques regards de jeune femme pudique. Mais si elle n'avait aucun espoir d'être libérée, elle pouvait au moins repousser le dénouement. Tout indiquait que celle-ci serait la nuit définitive et, quel que fût le dénouement, il n'allait pas la laisser en vie comme témoin. L'idée l'écœurait, mais sa survie pouvait en dépendre.

Elle tourna lentement son corps vers l'homme, gardant son bras menotté immobile. Elle voulait donner l'impression de faire ce mouvement en dormant. Elle ferma les yeux, s'approcha de son corps d'homme et le recouvrit de son bras libre. Ensuite, elle resta immobile, sans avoir le courage d'ouvrir les yeux pour voir si les siens étaient ouverts. Elle était pratiquement montée sur son bras gauche, la tête posée sur son épaule et la main sur son ventre. Les bras menottés, tendus le long des corps, ressemblaient à des troncs sur lesquels elle était montée, elle sentait la grosse main entre ses jambes. Elle chercha à garder la respiration rythmée de quelqu'un qui dort, et attendit. Rien, aucun mouvement de sa part. Elle sentait son odeur. C'était agréable. Ce n'était pas une odeur de parfum, c'était une odeur d'homme. Elle crut qu'elle s'excitait. C'était révoltant mais vrai. Quelques instants plus tard, elle décida de continuer. Elle avait les yeux toujours fermés mais elle était sûre que ses yeux à lui étaient ouverts. Elle laissa la main qui était sur le ventre glisser jusqu'à l'aine. Elle garda la main seulement posée, sans aucune pression au-delà de celle exercée par son propre poids, attentive à toute altération de volume qui lui donnât le courage de poursuivre. Quelques instants plus tard, le volume semblait encore normal, peut-être légèrement modifié. Elle augmenta doucement la pression de sa main. Il ne la repoussa pas. Elle le tint comme s'ils étaient intimes. Il était impossible de maintenir sa respiration à un rythme normal et il était évident que la sienne s'était elle aussi altérée, mais son corps était toujours immobile, sauf la partie qui était sous sa main. Rose attendit encore un peu, les odeurs devinrent plus intenses et le volume sous le pantalon semblait avoir atteint son point culminant. Doucement, comme si elle craignait encore de le réveiller, elle remonta sa main de quelques centimètres, défit la ceinture, ouvrit la fermeture

Eclair et glissa la main dans le slip. Elle éprouvait une incroyable excitation ambiguë. Jusqu'alors, l'homme n'avait fait aucun mouvement. On avait l'impression que toute sa masse musculaire augmentait de volume, sans qu'il bougeât, volontairement, un seul muscle. Tout à coup, elle sentit la main menottée qui était entre ses jambes remuer, chercher le bouton de son jeans, descendre la fermeture Eclair, s'enfouir entre ses jambes en laissant traîner son propre bras, révélant au contact de la main l'humidité de la chatte, et elle se vit soulevée dans l'air et assise sur lui. A ce moment-là seulement elle le regarda dans les yeux.

De son bras libre, il passa son tee-shirt par-dessus sa tête et le laissa coincé près des menottes de l'autre bras. De la main qui était entre ses jambes, il la força à se mettre debout, malgré les menottes, en lui baissant le jeans et la culotte en même temps. Ensuite, il se débarrassa de son pantalon et de son slip. Lorsque Rose s'accroupit sur sa verge, la sentant entrer, elle se laissa glisser doucement jusqu'en bas. Ils baisèrent menottés, tee-shirts en boule sur les menottes. Rose montait et descendait comme s'ils formaient un piston bien lubrifié. Elle jouit en transpirant de rage et de plaisir. Elle continua assise, immobile, le torse raide, tête tournée vers le haut, se refusant à soutenir le regard de l'homme. Elle ne voulait pas changer de position pour que le sang ne reflue pas et qu'il ne sorte pas de son corps. Elle maintint des contractions rythmées durant un temps impossible à déterminer, jusqu'à sentir l'homme grandir dans son sexe. A aucun moment ils ne se prirent dans les bras ni ne s'embrassèrent, toute leur énergie concentrée, de haine et non d'amour, de jouissance pure. Lorsqu'ils recommencèrent, le corps de l'homme était baigné de sueur, les tee-shirts roulés sur les menottes étaient utilisés tantôt par l'un tantôt par l'autre pour essuyer leurs visages. Ni l'homme, ni elle n'avait dit un seul mot jusque-là. Il était impossible d'introduire dans la jouissance de la baise les mots du plaisir. A leur place, ils gémissaient, soufflaient, criaient, s'étouffaient. La deuxième fois dura plus longtemps. L'homme suait par tous les pores, cheveux imbibés, respiration haletante. Lorsqu'ils finirent, Rose laissa son corps se détendre, en sentant une résistance à se décoller de lui. Elle ne s'écarta pas de l'homme. Elle s'assit sur sa poitrine, près de son cou, comme sur une monture, en compressant son visage avec ses cuisses. Elle demeura un moment dans cette position, en lui laissant sentir l'odeur âcre de son sexe. Elle recommença doucement, en frottant sa chatte sur tout son corps, en glissant sur la sueur. Elle était incapable de dire combien de temps elle était restée comme ça, ni combien de temps après elle sentit la verge de l'homme se tuméfier, mais pas suffisamment pour une pénétration. Elle continua de se frotter. Maintenant, tous deux suaient abondamment. L'homme cherchait à provoquer une érection, et ses efforts semblaient vains. Agenouillée, la tête de l'homme entre ses cuisses, Rose lubrifiait son visage avec son vagin, en faisant en sorte que son nez la pénétrât jusqu'à sentir qu'il ne pouvait plus respirer. Sans changer de place, elle tourna son corps, plongea la tête entre les jambes de l'homme, le léchant et le suçant, jusqu'à obtenir une érection suffisante pour pouvoir se rasseoir sur lui. Il fallait qu'elle maintienne le mouvement rythmé, lentement, pour ne pas perdre la position. Le temps s'arrêta. Ce n'était plus qu'un mouvement circulaire accompagné d'un rythme compassé du corps. L'homme, muscles raidis, veines du cou saillantes, semblait se presser comme un fruit offrant son jus. Le matelas était tout mouillé. Ils jouirent entre grognements et halètements. Rose tomba sur le plancher. Son matelas avait glissé au loin. Elle sentit la fraîcheur agréable du bois sous son corps. Elle regarda le plafond quelques minutes. L'homme était immobile. La sueur avait entièrement séché lorsqu'elle se tourna vers lui. Elle avait besoin d'aller aux toilettes. Elle s'agenouilla à ses côtés, le visage de l'homme était bleuâtre. Elle chercha sa respiration, il était mort.

10

Espinosa fut réveillé par la sonnerie du téléphone. Allongé sur le divan du salon, tout habillé, il cherchait l'appareil pendant qu'il pensait à Rose lorsqu'elle transmettait les ordres du ravisseur. Il ne réalisa pas immédiatement qu'il faisait jour. Il ne se réveilla entièrement que lorsqu'il entendit la voix du commissaire de garde prononçant son nom.

— Espinosa, excusez-moi de vous réveiller à cette heure, mais il est arrivé quelque chose près de chez vous. Une femme a été retrouvée hurlant dans un appartement, menottée à un gars mort. Tous les deux entièrement nus. La femme répète sans cesse qu'elle veut parler à l'inspecteur Espinosa de la 1re DPJ.

L'adresse en question était rue Barata Ribeiro, vraiment tout près de chez lui. Il était 6 heures du matin.

Un immeuble ancien, avec plus d'une centaine d'appartements d'une seule pièce, à une adresse connue des bas-fonds de Copacabana. Deux voitures de patrouille de la police militaire étaient garées sur le trottoir face à l'entrée et deux policiers buvaient du café au bistrot du coin. Espinosa leur demanda quel était l'étage et si la fille y était encore. Dans le hall de l'immeuble, des gens sortaient non pas pour entamer une nouvelle journée de travail, mais plutôt après une autre nuit de fête avec des partenaires anonymes. Il prit l'ascenseur avec le soldat d'une des patrouilles garées devant l'immeuble.

— Putain, le gars est mort comme j'aurais aimé mourir. Seulement je n'ai pas saisi la raison des menottes.

Espinosa n'était pas encore parvenu à brosser un tableau pour le moins compréhensible de la situation. Lorsqu'il entra dans l'appartement, un sergent de la police militaire essayait de convaincre Rose de l'accompagner à l'hôpital. Elle était recroquevillée dans un coin, enveloppée dans un drap certainement prêté par quelqu'un de l'étage, et elle prononçait des phrases sans queue ni tête. Proche de la fenêtre, recouvert lui aussi d'un drap truffé de trous de cigarettes et qui n'était pas assez long pour couvrir ses pieds, se trouvait le mort. Espinosa souleva la partie supérieure du drap et découvrit le visage d'Aurélio.

Des détails enfouis par l'oubli commencèrent à affleurer à la surface de sa conscience, des détails fournis par Espinosa lui-même au cours des déjeuners qu'Aurélio fixait avec tant d'insistance. L'expérience de l'ex-policier, enquêteur de la compagnie d'assurances, les informations qu'il obtenait lors des déjeuners avec Espinosa faisaient d'Aurélio, à présent, rétrospectivement, le suspect évident... et tellement impossible.

Rose ne vit pas Espinosa entrer dans la pièce et, même lorsqu'il s'accroupit devant elle, elle ne montra pas de signes de reconnaissance. Elle tremblait comme si elle avait froid et serrait le drap autour de son corps. A son poignet, la marque violette des menottes.

— Rose, c'est moi, Espinosa.

Et elle répétait comme un automate :

— Inspecteur Espinosa de la 1re DPJ.

— Rose, je suis l'inspecteur Espinosa, vous ne vous souvenez pas de moi ?

— Inspecteur Espinosa de la 1re DPJ.

— Oui, c'est moi, vous vous rappelez ?

— Inspecteur Espinosa de la 1re DPJ.

Un lieutenant de la police militaire s'approcha, posa la main sur l'épaule d'Espinosa :

— Inspecteur, j'ai déjà vu ça d'autres fois. Elle est en état de choc, elle ne sait plus ce qu'elle raconte. La meilleure chose à faire c'est de l'emmener à l'hôpital Pinel. Là-bas ils sauront quoi faire.

— Pinel ? Pensez-vous qu'elle soit devenue folle ?

— C'est un genre de folie. Dans cet état, la personne répète des choses sans aucun sens, comme si elle était hors d'elle... Bon, il se peut qu'elle le soit vraiment. Parfois, ça passe vite, parfois ça ne passe jamais.

— Ne vaut-il pas mieux attendre un peu ? Il se peut qu'elle reprenne ses esprits.

— Inspecteur, d'après mon expérience, plus vite on prendra soin d'elle, mieux ce sera.

— D'accord. Je vous accompagne. Il se peut qu'en chemin elle se souvienne de moi.

Il ramassa les vêtements épars dans la pièce. Le lieutenant l'aida à la rhabiller. Ils laissèrent la culotte de côté, ça serait trop compliqué. Ils lui enfilèrent le pantalon et le tee-shirt encore humide et froissé. Près du sac d'Aurélio, se trouvait son sac à main avec ses affaires, portefeuille et argent, carte de crédit, clés, brosse à cheveux, rouge à lèvres et d'autres bricoles. Rose quitta la pièce sans voir le cadavre étendu sur son passage. Elle ne regarda rien ni personne et, quand elle regardait, elle semblait ne pas voir. On l'emmena sans qu'elle ait opposé aucune résistance et lorsqu'elle prit place sur le siège arrière de la voiture de police, avec Espinosa qui lui tenait la main, c'était comme si elle ne l'avait jamais vu de sa vie, même si dans l'hôpital elle répétait au médecin : "Inspecteur Espinosa de la 1re DPJ."

Il laissa les numéros de téléphone de son domicile et du commissariat à l'équipe de garde de l'hôpital et demanda au lieutenant de la patrouille de le ramener sur les lieux pour qu'il récupère sa voiture. De là, il se rendit tout droit à l'*Hotel Novo Mundo* prendre des vêtements propres et des produits de toilette pour Rose. Il demanda à la femme de chambre de préparer des vêtements de rechange, prit quelques affaires dans la salle de bains, mit le tout dans un sac de voyage et déposa le reste à la consigne de l'hôtel. De retour à l'hôpital, il confia le sac aux soins de la réceptionniste et laissa à nouveau les numéros de téléphone où on pouvait le joindre.

Il avait les vêtements fripés, la barbe naissante, la tête de celui qui n'avait pas dormi une seule minute, et l'estomac vide et écœuré. Il prit un café au lait et du pain avec du beurre au bar du coin. Le corps d'Aurélio serait transféré à la morgue. Il prit sa voiture et rentra chez lui.

Le téléphone sonnait et la lumière rouge du répondeur clignotait. Lorsqu'il décrocha, il entendit une exclamation et la voix de Welber :

— Espinosa, Dieu soit loué. J'ai essayé de vous avertir hier soir mais on a mis un somnifère dans ma perfusion – il s'arrêta pour respirer. Espinosa, le type qui nous a tiré dessus c'était Aurélio, son image m'est venue nettement comme sur une photographie. Espinosa, vous m'entendez ?

— Oui, Welber. Soyez tranquille. Il est mort.

— Vous l'avez tué ?

— Non. C'est une histoire compliquée. Je passe tout à l'heure pour vous la raconter.

— Vous allez bien, inspecteur ?

— Presque aussi bien que vous, camarade. A bientôt.

Lorsqu'il enleva sa veste, il vit l'enveloppe avec la fausse lettre qu'il avait préparée pour le rendez-vous. Il alla jusqu'à la chambre et prit l'original dans le livre de Dickens. Cette lettre-là valait un million de dollars pour Bia Vasconcelos ou pour la compagnie d'assurances. Parmi les quatre personnes qui connaissaient son contenu, deux étaient mortes et une était, pour combien de temps ?, à moitié morte. C'était à Espinosa maintenant de décider du destin qu'il lui donnerait. Il regarda longuement l'enveloppe. Il préférait ne pas le faire.

TABLE

ACTES SUD

extraits de catalogue

Textes latino-américains

Pablo Azócar
Natalia

Napoleón Baccino Ponce de León
MALUCO

Antonio di Benedetto
ABSURDOS

Eduardo Berti
LA VIE IMPOSSIBLE

Gustavo Bossert
LES DOMESTIQUES

Arnaldo Calveyra
LE LIT D'AURÉLIA
L'ORIGINE DE LA LUMIÈRE

Jorge Luis Camacho
LA QUEUE DU SINGE

Onelio Jorge Cardoso
LA SECONDE MORT DU CHAT

Hiber Conteris
10 % DE VOTRE VIE
LA DIANE AU CRÉPUSCULE

Haroldo Conti
LA BALLADE DU PEUPLIER CAROLIN

Edgardo Cozarinsky
LA FIANCÉE D'ODESSA

Oswaldo França Júnior
JORGE LE CAMIONNEUR
AU FOND DES EAUX
L'OR DE L'AMAZONIE

Vilma Fuentes
L'AUTOBUS DE MEXICO

Luisa Futoransky
CHINOIS, CHINOISERIES

Eduardo Galeano
VAGAMUNDO

Gerardo Mario Goloboff
CHRONIQUE DE LA COLOMBE

José-Luis Gonzalez
DOMINGA, L'HOMME ET LA MORT

Joaquín Gutiérrez
MOURONS (ENSEMBLE) FEDERICO

Osman Lins
LE FLÉAU ET LA PIERRE

Patrícia Melo
ACQUA TOFFANA
ÉLOGE DU MENSONGE
ENFER

Cristina Peri-Rossi
LE SOIR DU DINOSAURE et autres récits

Elena Poniatowska
CHER DIEGO, QUIELA T'EMBRASSE
LA FILLE DU PHILOSOPHE

Guillermo Rosales
MON ANGE

Anacristina Rossi
MARÍA LA NUIT

Héctor Tizón
DEUX ÉTRANGERS SUR LA TERRE
L'ÉTRANGER AU VILLAGE
LA MAISON ET LE VENT
LE VOYAGE

José Triana
LES CINQ FEMMES

Zoé Valdés
CAFÉ NOSTALGIA
CHER PREMIER AMOUR
LA DOULEUR DU DOLLAR

LE NÉANT QUOTIDIEN
SANG BLEU
LA SOUS-DÉVELOPPÉE
TRAFIQUANTS DE BEAUTÉ

Carlos Victoria
ABEL LE MAGICIEN

Textes espagnols

Javier Cercas
A PETITES FOULÉES
LES SOLDATS DE SALAMINE

Álvaro Cunqueiro
L'ANNÉE DE LA COMÈTE
CHRONIQUES DU SOUS-CHANTRE
GALICIENS, CORBEAUX ET PARAPLUIES

Espido Freire
IRLANDA
PÊCHES GLACÉES
TOUJOURS OCTOBRE

Juan Gil-Albert
LES ARCHANGES
VALENTIN

Belén Gopegui
LA CABINE D'ESSAYAGE
LA CONQUÊTE DE L'AIR
L'ÉCHELLE DES CARTES

Ramón Lobo
L'ÎLE AFRIQUE

Ana María Moix
LA MÉTAMORPHOSE DE WALTER

Vicente Molina Foix
LA COMMUNION DES ATHLÈTES
suivi du VOLEUR D'ENFANTS
LA QUINZAINE SOVIÉTIQUE

Antonio Muñoz Molina
BEATUS ILLE
BELTENEBROS

LES MYSTÈRES DE MADRID
LE ROYAUME DES VOIX
UN HIVER A LISBONNE

Baltasar Porcel
CABRERA
GALOP VERS LES TÉNÈBRES
PRINTEMPS ET AUTOMNES

Mercè Rodoreda
COMME DE LA SOIE
LA MORT ET LE PRINTEMPS

Rafael Sánchez Ferlosio
LE TÉMOIGNAGE DE YARFOZ

Ramón J. Sender
L'EMPIRE D'UN HOMME

José Carlos Somoza
LA CAVERNE DES IDÉES
CLARA ET LA PÉNOMBRE

Nivaria Tejera
FUIR LA SPIRALE
LE RAVIN

Gonzalo Torrente Ballester
LES ANNÉES INDÉCISES
LE SEIGNEUR ARRIVE
AU GRÉ DES VENTS
PÂQUES AMÈRES
DAFNÉ ET LES RÊVES
LES FILLES DU CAPITAINE
FILOMENO, MALGRÉ MOI !
FRAGMENTS D'APOCALYPSE
L'ÎLE DES JACINTHES COUPÉES
LE ROI ÉBAHI
LE ROMAN DU ROND-DE-CUIR
LA SAGA/FUGA DE J. B.
LA SIRÈNE

Textes portugais

Agustina Bessa Luís
FANNY OWEN

Fernanda Botelho
CETTE NUIT, J'AI RÊVÉ DE BRUEGEL

Camilo Castelo Branco
AMOUR DE PERDITION

Filipa Melo
CECI EST MON CORPS

João de Melo
DES GENS HEUREUX PARMI LES LARMES

Eça de Queirós
LA CAPITALE

Textes portugais d'Angola

Pepetela
L'ESPRIT DES EAUX

Textes portugais du Cap-Vert

Baltasar Lopes
CHIQUINHO

Teixeira de Sousa
UN DOMAINE AU CAP-VERT

OUVRAGE RÉALISÉ
PAR L'ATELIER GRAPHIQUE ACTES SUD
REPRODUIT ET ACHEVÉ D'IMPRIMER
SUR ROTO-PAGE
EN JANVIER 2005
PAR L'IMPRIMERIE FLOCH
A MAYENNE
POUR LE COMPTE DES ÉDITIONS
ACTES SUD
LE MÉJAN
PLACE NINA-BERBEROVA
13200 ARLES

DÉPÔT LÉGAL
1re ÉDITION : JUIN 2004
N° impr. : 62129
(Imprimé en France)